四世同堂

城破

老舍——著

寫國破家亡、寫無恥和氣節、寫哭與笑

20 世紀前百大中文小說

——老舍長篇小說經典再現！

Four
Generations
Under
One Roof

「這是因為在他的心理上，他總以為北平是天底下最可靠的大城，不管有什麼災難，到三個月必定災消難滿，而後諸事大吉。」

目錄

第 01 幕　三月糧

祁老太爺什麼也不怕，只怕慶不了八十大壽。在他的壯年，他親眼看見八國聯軍怎樣攻進北京城。後來，他看見了清朝的皇帝怎樣退位，和接續不斷的內戰；一會兒九城的城門緊閉，槍聲與炮聲日夜不絕；一會兒城門開了，馬路上又飛馳著得勝的軍閥的高車大馬。戰爭沒有嚇倒他，和平使他高興。逢節他要過節，遇年他要祭祖，他是個安分守己的公民，只求消消停停的過著不至於愁吃愁穿的日子。即使趕上兵荒馬亂，他也自有辦法：最值得說的是他的家裡老存著全家夠吃三個月的糧食與鹹菜。這樣，即使砲彈在空中飛，兵在街上亂跑，他也會關上大門，再用裝滿石頭的破缸頂上，便足以消災避難。

為什麼祁老太爺只預備三個月的糧食與鹹菜呢？這是因為在他的心理上，他總以為北平是天底下最可靠的大城，不管有什麼災難，到三個月必定災消難滿，而後諸事大吉。北平的災難恰似一個人免不了有些頭疼腦熱，過幾天自然會好了的。不信，你看吧，祁老太爺會屈指算計：直皖戰爭有幾個月？直奉戰爭又有好久？啊！聽我的，我們北平的災難過不去三個月！

七七抗戰那一年，祁老太爺已經七十五歲。對家務，他早已不再操心。他現在的重要工作是澆澆院中的盆花，說說老年間的故事，給籠中的小黃鳥添食換水，和攜著重孫子孫女極慢極慢的去逛大街和護國寺。可是，蘆溝橋的炮聲一響，他老人家便沒法不稍微操點心了，誰教他是四世同堂的老太爺呢。

兒子已經是過了五十歲的人，而兒媳的身體又老那麼病病歪歪的，所以祁老太爺把長孫媳婦叫過來。老人家最喜歡長孫媳婦，因為第一，她已給祁家生了兒女，教他老人家有了重孫子孫女；第二，她既會持家，又懂

得規矩，一點也不像二孫媳婦那樣把頭髮燙得爛雞窩似的，看著心裡就鬧得慌；第三，兒子不常住在家裡，媳婦又多病，所以事實上是長孫與長孫媳婦當家，而長孫終日在外教書，晚上還要預備功課與改卷子，那麼一家十口的衣食茶水，與親友鄰居的慶弔交際，便差不多都由長孫媳婦一手操持了；這不是件很容易的事，所以老人天公道地的得偏疼點她。還有，老人自幼長在北平，耳習目染的和旗籍人學了許多規矩禮路：兒媳婦見了公公，當然要垂手侍立。可是，兒媳婦既是五十多歲的人，身上又經常的鬧著點病；老人若不教她垂手侍立吧，便破壞了家規；教她立規矩吧，又於心不忍，所以不如乾脆和長孫媳婦商議商議家中的大事。祁老人的背雖然有點彎，可是全家還屬他的身量最高。在壯年的時候，他到處都被叫做「祁大個子」。高身量，長臉，他本應當很有威嚴，可是他的眼睛太小，一笑便變成一條縫子，於是人們只看見他的高大的身軀，而覺不出什麼特別可敬畏的地方來。到了老年，他倒變得好看了一些：黃暗的臉，雪白的鬚眉，眼角腮旁全皺出永遠含笑的紋溜；小眼深深的藏在笑紋與白眉中，看去總是笑瞇瞇的顯出和善；在他真發笑的時候，他的小眼放出一點點光，倒好像是有無限的智慧而不肯一下子全放出來似的。

　　把長孫媳婦叫來，老人用小胡梳輕輕的梳著白鬚，半天沒有出聲。老人在幼年只讀過三本小書與六言雜字；少年與壯年吃盡苦處，獨力置買了房子，成了家。他的兒子也只在私塾讀過三年書，就去學徒；直到了孫輩，才受了風氣的推移，而去入大學讀書。現在，他是老太爺，可是他總覺得學問既不及兒子 —— 兒子到如今還能背誦上下《論語》，而且寫一筆被算命先生推獎的好字 —— 更不及孫子，而很怕他們看不起他。因此，他對晚輩說話的時候總是先愣一會兒，表示自己很會思想。對長孫媳婦，他本來無須這樣，因為她識字並不多，而且一天到晚嘴中不是叫孩子，便是談論油鹽醬醋。不過，日久天長，他已養成了這個習慣，也就只好教孫

媳婦多站一會兒了。

　　長孫媳婦沒入過學校，所以沒有學名。出嫁以後，才由她的丈夫像贈送博士學位似的送給她一個名字 —— 韻梅。韻梅兩個字彷彿不甚走運，始終沒能在祁家通行得開。公婆和老太爺自然沒有喊她名字的習慣與必要，別人呢又覺得她只是個主婦，和「韻」與「梅」似乎都沒多少關係。況且，老太爺以為「韻梅」和「運煤」既然同音，也就應該同一個意思，「好嗎，她一天忙到晚，你們還忍心教她去運煤嗎？」這樣一來，連她的丈夫也不好意思叫她了，於是她除了「大嫂」「媽媽」等應得的稱呼外，便成了「小順兒的媽」；小順兒是她的小男孩。

　　小順兒的媽長得不難看，中等身材，圓臉，兩隻又大又水靈的眼睛。她走路，說話，吃飯，作事，都是快的，可是快得並不發慌。她梳頭洗臉擦粉也全是快的，所以有時候碰巧了把粉擦得很勻，她就好看一些；有時候沒有擦勻，她就不大順眼。當她沒有把粉擦好而被人家嘲笑的時候，她仍舊一點也不發急，而隨著人家笑自己。她是天生的好脾氣。

　　祁老人把白鬍梳夠，又用手掌輕輕擦了兩把，才對小順兒的媽說：

　　「我們的糧食還有多少啊？」

　　小順兒的媽的又大又水靈的眼很快的轉動了兩下，已經猜到老太爺的心意。很脆很快的，她回答：「還夠吃三個月的呢！」

　　其實，家中的糧食並沒有那麼多。她不願因說了實話，而惹起老人的囉嗦。對老人和兒童，她很會運用善意的欺騙。「鹹菜呢？」老人提出第二個重要事項來。

　　她回答的更快當：「也夠吃的！乾疙疸，老鹹蘿蔔，全還有呢！」她知道，即使老人真的要親自點驗，她也能馬上去買些來。

　　「好！」老人滿意了。有了三個月的糧食與鹹菜，就是天塌下來，祁

家也會抵抗的。可是老人並不想就這麼結束了關切，他必須給長孫媳婦說明白了其中的道理：「日本鬼子又鬧事哪！哼！鬧去吧！庚子年，八國聯軍打進了北京城，連皇上都跑了，也沒把我的腦袋掰了去呀！八國都不行，單是幾個日本小鬼還能有什麼蹦兒？我們這是寶地，多大的亂子也過不去三個月！我們可也別太粗心大膽，起碼得有窩頭和鹹菜吃！」

老人說一句，小順兒的媽點一次頭，或說一聲「是」。老人的話，她已經聽過起碼有五十次，但是還當作新的聽。老人一見有人欣賞自己的話，不由的提高了一點嗓音，以便增高感動的力量：

「你公公，別看他五十多了，論操持家務還差得多呢！你婆婆，簡直是個病包兒，你跟她商量點事兒，她光會哼哼！這一家，我告訴你，就仗著你跟我！我們倆要是不操心，一家子連褲子都穿不上！你信不信？」

小順兒的媽不好意思說「信」，也不好意思說「不信」，只好低著眼皮笑了一下。

「瑞宣還沒回來哪？」老人問。瑞宣是他的長孫。「他今天有四五堂功課呢。」她回答。

「哼！開了炮，還不快快的回來！瑞豐和他的那個瘋娘們呢？」老人問的是二孫和二孫媳婦 —— 那個把頭髮燙成雞窩似的婦人。

「他們倆 ——」她不知道怎樣回答好。

「年輕輕的公母倆，老是蜜裡調油，一時一刻也離不開，真也不怕人家笑話！」

小順兒的媽笑了一下：「這早晚的年輕夫妻都是那個樣兒！」

「我就看不下去！」老人斬釘截鐵的說。「都是你婆婆寵得她！我沒看見過，一個年輕輕的婦道一天老長在北海，東安市場和 —— 什麼電影園來著？」

「我也說不上來！」她真說不上來，因為她幾乎永遠沒有看電影去的機會。

「小三兒呢？」小三兒是瑞全，因為還沒有結婚，所以老人還叫他小三兒；事實上，他已快在大學畢業了。

「老三帶著妞子出去了。」妞子是小順兒的妹妹。「他怎麼不上學呢？」

「老三剛才跟我講了好大半天，說我們要再不打日本，連北平都要保不住！」小順兒的媽說得很快，可是也很清楚。「說的時候，他把臉都氣紅了，又是搓拳，又是磨掌的！我就直勸他，反正我們姓祁的人沒得罪東洋人，他們一定不能欺侮到我們頭上來！我是好意這麼跟他說，好教他消消氣；喝，哪知道他跟我瞪了眼，好像我和日本人串通一氣似的！我不敢再言語了，他氣哼哼的扯起妞子就出去了！您瞧，我招了誰啦？」

老人愣了一小會兒，然後感慨著說：「我很不放心小三兒，怕他早晚要惹出禍來！」

正說到這裡，院裡小順兒撒嬌的喊著：「爺爺！爺爺！你回來啦？給我買桃子來沒有？怎麼，沒有？連一個也沒有？爺爺你真沒出息！」

小順兒的媽在屋中答了言：「順兒！不准和爺爺訕臉！再胡說，我就打你去！」

小順兒不再出聲，爺爺走了進來。小順兒的媽趕緊去倒茶。爺爺（祁天佑）是位五十多歲的黑鬍子小老頭兒。中等身材，相當的富泰，圓臉，重眉毛，大眼睛，頭髮和鬍子都很重很黑，很配作個體面的鋪店的掌櫃的──事實上，他現在確是一家三間門面的布鋪掌櫃。他的腳步很重，每走一步，他的臉上的肉就顫動一下。作慣了生意，他的臉上永遠是一團和氣，鼻子上幾乎老擰起一旋笑紋。今天，他的神氣可有些不對。他還要

勉強的笑，可是眼睛裡並沒有笑時那點光，鼻子上的一旋笑紋也好像不能撐緊；笑的時候，他幾乎不敢大大方方的抬起頭來。

「怎樣？老大！」祁老太爺用手指輕輕的抓著白鬍子，就手兒看了看兒子的黑鬍子，心中不知怎的有點不安似的。

黑鬍子小老頭很不自然的坐下，好像白鬍子老頭給了他一些什麼精神上的壓迫。看了父親一眼，他低下頭去，低聲的說：

「時局不大好呢！」

「打得起來嗎？」小順兒的媽以長媳的資格大膽的問。「人心很不安呢！」

祁老人慢慢的立起來：「小順兒的媽，把頂大門的破缸預備好！」

第 02 幕　小羊圈

　　祁家的房子坐落在西城護國寺附近的「小羊圈」。說不定，這個地方在當初或者真是個羊圈，因為它不像一般的北平的衚衕那樣直直的，或略微有一兩個彎兒，而是頗像一個葫蘆。通到西大街去的是葫蘆的嘴和脖子，很細很長，而且很髒。葫蘆的嘴是那麼窄小，人們若不留心細找，或向郵差打聽，便很容易忽略過去。進了葫蘆脖子，看見了牆根堆著的垃圾，你才敢放膽往裡面走，像哥侖布看到海上有漂浮著的東西才敢更向前進那樣。走了幾十步，忽然眼一明，你看見了葫蘆的胸：一個東西有四十步，南北有三十步長的圓圈，中間有兩棵大槐樹，四圍有六七家人家。再往前走，又是一個小巷 —— 葫蘆的腰。穿過「腰」，又是一塊空地，比「胸」大著兩三倍，這便是葫蘆肚兒了。「胸」和「肚」大概就是羊圈吧？這還待歷史家去考查一番，而後才能斷定。

　　祁家的房便是在葫蘆胸裡。街門朝西，斜對著一棵大槐樹。在當初，祁老人選購房子的時候，房子的地位決定了他的去取。他愛這個地方。衚衕口是那麼狹窄不惹人注意，使他覺到安全；而葫蘆胸裡有六七家人家，又使他覺到溫暖。門外呢，兩株大槐下可供孩子們玩耍，既無車馬，又有槐豆槐花與槐蟲可以當作兒童的玩具。同時，地點雖是陋巷，而西通大街，背後是護國寺 —— 每逢七八兩日有廟會 —— 買東西不算不方便。所以，他決定買下那所房。

　　房子的本身可不很高明。第一，它沒有格局。院子是東西長而南北短的一個長條，所以南北房不能相對；假若相對起來，院子便被擠成一條縫，而頗像輪船上房艙中間的走道了。南房兩間，因此，是緊靠著街門，而北房五間面對著南院牆。兩間東房是院子的東盡頭；東房北邊有塊小空

地，是廁所。南院牆外是一家老香燭店的曬佛香的場院，有幾株柳樹。幸而有這幾株樹，否則祁家的南牆外便什麼也沒有，倒好像是火車站上的房子，出了門便是野地了。第二，房子蓋得不甚結實。除了北房的木料還說得過去，其餘的簡直沒有值得誇獎的地方。在祁老人手裡，南房的山牆與東房的後牆便塌倒過兩次以上，而界牆的 —— 都是碎磚頭砌的 —— 坍倒是每年雨季所必不能免的。院中是一壋土地，沒有甬路；每逢雨季，院中的存水就能有一尺多深，出入都須打赤腳。

祁老人可是十分喜愛這所房。主要的原因是，這是他自己置買的產業，不論格局與建築怎樣不好，也值得自傲。其次，自從他有了這所房，他的人口便有增無減，到今天已是四世同堂！這裡的風水一定是很好！在長孫瑞宣結婚的時候，全部房屋都徹底的翻蓋了一次。這次是祁天佑出的力 —— 他想把父親置買的產業變成一座足以傳世的堡壘，好上足以對得起老人，下對得起兒孫。木料糟了的一概撤換，碎磚都換上整磚，而且見木頭的地方全上了油漆。經這一修改，這所房子雖然在格局上仍然有欠體面，可是在實質上卻成了小羊圈數一數二的好房子。祁老人看著新房，滿意的嘆了口氣。到他作過六十整壽，決定退休以後，他的勞作便都放在美化這所院子上。在南牆根，他逐漸的給種上秋海棠，玉簪花，繡球，和虎耳草。院中間，他養著四大盆石榴，兩盆夾竹桃，和許多不須費力而能開花的小植物。在南房前面，他還種了兩株棗樹，一株結的是大白棗，一株結的是甜酸的「蓮蓬子兒」。

看著自己的房，自己的兒孫，和手植的花草，祁老人覺得自己的一世勞碌並沒有虛擲。北平城是不朽之城，他的房子也是永世不朽的房子。

現在，天佑老夫婦帶著小順兒住南屋。五間北房呢，中間作客廳；客廳裡東西各有一個小門，通到瑞宣與瑞豐的臥室；盡東頭的和盡西頭的一間，都另開屋門，東頭是瑞全的，西頭是祁老太爺的臥室。東屋作廚房，

並堆存糧米，煤球，柴火；冬天，也收藏石榴樹和夾竹桃什麼的。當初，在他買過這所房子來的時候，他須把東屋和南屋都租出去，才能顯著院內不太空虛；今天，他自己的兒孫都快住不下了。屋子都住滿了自家的人，老者的心裡也就充滿了歡喜。他像一株老樹，在院裡生滿了枝條，每一條枝上的花葉都是由他生出去的！

在衚衕裡，他也感到得意。四五十年來，他老住在這裡，而鄰居們總是今天搬來，明天搬走，能一氣住到十年二十年的就少少的。他們生，他們死，他們興旺，他們衰落，只有祁老人獨自在這裡生了根。因家道興旺而離開這陋巷的，他不去巴結；因家道衰落而連這陋巷也住不下去的，他也無力去救濟；他只知道自己老在這裡不動，漸漸的變成全衚衕的老太爺。新搬來的人家，必定先到他這裡來拜街坊；鄰居有婚喪事設宴，他必坐首席；他是這一帶的老人星，代表著人口昌旺，與家道興隆！

在得意裡，他可不敢妄想。他只希望能在自己的長條院子裡搭起喜棚，慶祝八十整壽。八十歲以後的事，他不願去想；假若老天教他活下去呢，很好；老天若收回他去呢，他閉眼就走，教子孫們穿著白孝把他送出城門去！在葫蘆胸裡，路西有一個門，已經堵死。路南有兩個門，都是清水脊門樓，房子相當的整齊。路北有兩個門，院子都不大，可都住著三四家人家。假若路南是貴人區，路北便是貧民區。路東有三個門，盡南頭的便是祁宅。與祁家一牆之隔的院子也是個長條兒，住著三家子人。再過去，還有一家，裡外兩個院子，有二十多間房，住著至少有七八家子，而且人品很不齊。這可以算作個大雜院。祁老太爺不大看得起這個院子，所以拿那院子的人並不當作街坊看待；為掩飾真正的理由，他總說那個院子只有少一半在「胸」裡，而多一半在葫蘆腰裡，所以不能算作近鄰，倒好像「胸」與「腰」相隔有十幾里路似的。

把大雜院除外，祁老人對其餘的五個院子的看待也有等級。最被他重

視的是由西數第一個 ── 門牌一號 ── 路南的門。這個門裡住著一家姓
錢的，他們搬走過一次，可是不久又搬了回來，前後在這裡已住過十五六
年。錢老夫婦和天佑同輩，他的兩個少爺都和瑞宣同過學。現在，大少爺
已結了婚，二少爺也定了婚而還未娶。在一般人眼中，錢家的人都有點奇
怪。他們對人，無論是誰，都極有禮貌，可是也都保持著個相當的距離，
好像對誰都看得起，又都看不起。他們一家人的服裝都永遠落後十年，或
二十年，到如今，錢老先生到冬天還戴紅呢子大風帽。他家的婦女似乎永
遠不出大門一步；遇必要的時候，她們必須在門口買點針線或青菜什麼
的，也只把門開開一點縫子，彷彿怕走漏了門中什麼祕密似的。他們的男
人雖然也和別家的一樣出來進去，可是他們的行動都像極留著神，好使別
人莫測高深。錢老先生沒有作事，很少出門；只有在他臉上有點酒意的時
候，才穿著古老的衣服在門口立一會兒，仰頭看著槐花，或向兒童們笑一
笑。他們的家境如何？他們有什麼人生的樂趣？有什麼生活上的痛苦？都
沒有人知道。他們的院子裡幾乎永遠沒有任何響動。遇上衚衕裡有什麼娶
親的，出殯的，或是來了跑旱船或耍猴子的，大家都出來看看熱鬧，只有
錢家的門照舊關得嚴嚴的。他們不像是過日子，而倒像終年的躲債或避
難呢。

　　在全衚衕裡，只有祁老人和瑞宣常到錢家來，知道一些錢家的「祕
密」。其實，錢家並沒有什麼祕密。祁老人心中很明白這個，但是不願對
別人說。這樣，他就彷彿有一種替錢家保守祕密的責任似的，而增高了自
己的身分。

　　錢家的院子不大，而滿種著花。祁老人的花苗花種就有許多是由這裡
得來的。錢老先生的屋裡，除了鮮花，便是舊書與破字畫。他的每天的工
作便是澆花，看書，畫畫，和吟詩。到特別高興的時候，他才喝兩盅自己
泡的茵陳酒。錢老先生是個詩人。他的詩不給別人看，而只供他自己吟

味。他的生活是按照著他的理想安排的，並不管行得通行不通。他有時候捱餓，捱餓他也不出一聲。他的大少爺在中學教幾點鐘書，在趣味上也頗有父風。二少爺是這一家中最沒有詩意的，他開駛汽車。錢老先生絕不反對兒子去開汽車，而只不喜聞兒子身上的汽油味；因此，二少爺不大回家來，雖然並沒有因汽油味和父親犯了什麼意見。至於錢家的婦女，她們並不是因為男子專制而不出大門，而倒是為了服裝太舊，自慚形穢。錢先生與兒子絕對不是肯壓迫任何人的人，可是他們的金錢能力與生活的趣味使他們毫不注意到服裝上來，於是家中的婦女也就只好深藏簡出的不出去多暴露自己的缺陷。

在祁老人與錢先生的交往中，祁老人老來看錢先生，而錢先生絕對不到祁家去。假若祁老人帶來一瓶酒，送給錢先生，錢先生必定馬上派兒子送來比一瓶酒貴著兩三倍的一些禮物；他永遠不白受人家的東西。他的手中永遠沒有寬裕過，因為他永遠不算帳，不記帳。有錢他就花掉，沒錢他會愣著想詩。他的大少爺也有這樣的脾氣。他寧可多在家中練習幾點鐘的畫，而不肯去多教幾點鐘的書，增加一點收入。

論性格，論學識，論趣味，祁老人都沒有和錢先生成為好友的可能。可是，他們居然成了好朋友。在祁老人呢，他，第一，需要個年老的朋友，好有個地方去播放他的陳穀子爛芝麻。第二，他佩服錢老人的學問和人品。在錢先生呢，他一輩子不肯去巴結任何人，但是有願與他來往的，他就不便拒絕。他非常的清高，可並沒有看不起人的惡習氣。假若有人願意來看他，他是個頂和藹可親的人。

雖然已有五十七八歲，錢默吟先生的頭髮還沒有多少白的。矮個子，相當的胖，一嘴油光水滑的烏牙，他長得那麼厚厚惇惇的可愛。圓臉，大眼睛，常好把眼閉上想事兒。他的語聲永遠很低，可是語氣老是那麼謙恭和氣，教人覺得舒服。他和祁老人談詩，談字畫，祁老人不懂。祁老人對

他講重孫子怎麼又出了麻疹，二孫媳怎麼又改燙了飛機頭，錢先生不感趣味。但是，兩個人好像有一種默契：你說，我就聽著；我說，你就聽著。錢默吟教祁老人看畫，祁老人便點頭誇好。祁老人報告家中的瑣事，默吟先生便隨時的答以「怎麼好？」「真的嗎？」「對呀！」等等簡單的句子。若實在無詞以答，他也會閉上眼，連連的點頭。到最後，兩個人的談話必然的移轉到養花草上來，而二人都可以滔滔不絕的說下去，也都感到難得的愉快。雖然祁老人對石榴樹的趣味是在多結幾個大石榴，而錢先生是在看花的紅豔與石榴的美麗，可是培植的方法到底是有相互磋磨的必要的。

　　暢談了花草以後，錢先生往往留祁老人吃頓簡單的飯，而錢家的婦女也就可以藉著機會來和老人談談家長裡短 —— 這時節，連錢先生也不能不承認在生活中除了作詩作畫，也還有油鹽醬醋這些問題的。

　　瑞宣有時候陪著祖父來上錢家串門兒，有時候也獨自來。當他獨自來的時候，十之八九是和太太或別人鬧了脾氣。他是個能用理智控制自己的人，所以雖然偶爾的動了怒，他也不願大喊大叫的胡鬧。他會一聲不響的溜到錢家去，和錢家父子談一談與家事國事距離很遠的事情，便把胸中的惡氣散盡。

　　在錢家而外，祁老人也喜歡錢家對門，門牌二號的李家。在全衚衕裡，只有李家的老人與祁老太爺同輩，而且身量只比祁老人矮著不到一寸 —— 這並不是李四爺的身子比祁老人的短這麼些，而是他的背更彎了一點。他的職業的標誌是在他的脖子上的一個很大的肉包。在二三十年前，北平有不少這種脖子上有肉包的人。他們自成一行，專給人們搬家。人家要有貴重的東西，像大磁瓶，座鐘，和楠木或花梨的木器，他們便把它們捆紮好，用一塊窄木板墊在脖子上，而把它們扛了走。他們走得要很穩，脖子上要有很大的力量，才能負重而保險不損壞東西。人們管這一行的人叫做「窩脖兒的」。

自從有板子車以後，這行的人就漸漸的把「窩」變成了「拉」，而年輕的雖然還吃這一行的飯，脖子上可沒有那個肉包了。李四爺在年輕的時候一定是很體面，儘管他脖子有肉包，而背也被壓得老早就有點彎。現在，他的年紀已與祁老人不相上下，可是長臉上還沒有多少皺紋，眼睛還不花，一笑的時候，他的眼與牙都放出光來，使人還能看出一點他年輕時的漂亮。

二號的院子裡住著三家人，房子可是李四爺的。祁老人的喜歡李四爺，倒不是因為李四爺不是個無產無業的遊民，而是因為李四爺的為人好。在他的職業上，他永遠極盡心，而且要錢特別克己；有時候他給窮鄰居搬家，便只要個飯錢，而不提薪資。在職業以外，特別是在有了災難的時節，他永遠自動的給大家服務。例如：地方上有了兵變或兵災，他總是冒險的頂著槍子兒去到大街上探聽訊息，而後回來報告給大家應當怎樣準備。城門要關閉了，他便在大槐樹下喊兩聲：「要關城了！趕緊預備點糧食呀！」及至災難過去，城門又開了，他便又去喊：「太平沒事啦，放心吧！」祁老人雖然以這一帶的老人星自居，可是從給大家服務上來說，他自愧不如李四爺。所以，從年紀上和從品德上說，他沒法不尊敬李四爺。雖然李家的少爺也是「窩脖兒的」，雖然李家院子是個又髒又亂的小雜院。兩個老人若在大槐樹下相遇而立定了，兩家的晚輩便必定趕快的拿出凳子來，因為他們曉得兩個老人的談話多數是由五六十年前說起，而至少須花費一兩鐘頭的。李四爺的緊鄰四號，和祁老人的緊鄰六號都也是小雜院。四號住著剃頭匠孫七夫婦；馬老寡婦與她的外孫子，外孫以沿街去叫：「轉盤的話匣子」為業；和拉洋車的小崔——除了拉車，還常打他的老婆。六號也是雜院，而人們的職業較比四號的略高一級：北房裡住著丁約翰，信基督教，在東交民巷的「英國府」作擺臺的。北耳房住著棚匠劉師傅夫婦，劉師傅在給人家搭棚而外，還會練拳和耍「獅子」。東屋住著

小文夫婦，都會唱戲，表面上是玩票，而暗中拿「黑杵」。

對四號與六號的人們，祁老人永遠保持著不即不離的態度，有事就量力相助，無事便各不相擾。李四爺可就不然了，他對誰都願意幫忙，不但四號與六號的人們都是他的朋友，就連七號 —— 祁老人所不喜歡的大雜院 —— 也常常的受到他的協助。不過，連這樣，李四爺還時常遭受李四媽的指摘與責罵。李四媽，滿頭白髮，一對大近視眼，幾乎沒有一天不罵那個「老東西」的。她的責罵，多數是她以為李四爺對朋友們還沒有盡心盡力的幫忙，而這種責罵也便成為李四爺的見義勇為的一種督促。全衚衕裡的孩子，不管長得多麼醜，身上有多麼髒臭，都是李四媽的「寶貝兒」。對於成年人，李四媽雖然不好意思叫出來，而心中以為他們和她們都應該是她的「大寶貝兒」。她的眼看不清誰醜誰俊，她的心也不辨貧富老幼；她以為一切苦人都可憐可愛，都需要他們老夫婦的幫忙。因此，衚衕裡的人有時候對祁老人不能不敬而遠之，而對李老夫婦便永遠熱誠的愛戴；他們有什麼委屈都去向李四媽陳訴，李四媽便馬上督促李四爺去幫忙，而且李四媽的同情的眼淚是既真誠而又豐富的。

夾在錢家與祁家中間的三號是祁老人的眼中釘。在祁家的房還沒有翻修以前，三號是小羊圈裡最體面的房。就是在祁家院子重修以後，論格局也還不及三號的款式像樣。第一，三號門外，在老槐下面有一座影壁，粉刷得黑是黑，白是白，中間油好了二尺見方的大紅福字。祁家門外，就沒有影壁，全衚衕裡的人家都沒有影壁！第二，論門樓，三號的是清水脊，而祁家的是花牆子。第三，三號是整整齊齊的四合房，院子裡方磚墁地。第四，三號每到夏天，院中必由六號的劉師傅給搭起新蓆子的涼棚，而祁家的陰涼兒只仗著兩株樹影兒不大的棗樹供給。祁老人沒法不嫉妒！

論生活方式，祁老人更感到精神上的壓迫與反感。三號的主人，冠曉荷，有兩位太太，而二太太是唱奉天大鼓的，曾經紅過一時的，尤桐芳。

冠先生已經五十多歲，和祁天佑的年紀仿上仿下，可是看起來還像三十多歲的人，而且比三十多歲的人還漂亮。冠先生每天必定刮臉，十天準理一次髮，白頭髮有一根拔一根。他的衣服，無論是中服還是西裝，都盡可能的用最好的料子；即使料子不頂好，也要做得最時樣最合適。小個子，小長臉，小手小腳，渾身上下無一處不小，而都長得勻稱。勻稱的五官四肢，加上美妙的身段，和最款式的服裝，他頗像一個華麗光滑的玻璃珠兒。他的人雖小，而氣派很大，平日交結的都是名士與貴人。家裡用著一個廚師，一個頂懂得規矩的男僕，和一個老穿緞子鞋的小老媽。一來客，他總是派人到便宜坊去叫掛爐燒鴨，到老寶豐去叫遠年竹葉青。打牌，講究起碼四十八圈，而且飯前飯後要唱鼓書與二簧。對有點身分的街坊四鄰，他相當的客氣，可是除了照例的婚喪禮吊而外，並沒有密切的交往。至於對李四爺，劉師傅，剃頭的孫七，和小崔什麼的，他便只看到他們的職業，而絕不拿他們當作人看。「老劉，明天來拆天棚啊！」「四爺，下半天到東城給我取件東西來，別誤了！」「小崔，你要是跑得這麼慢，我就不坐你的車了！聽見沒有？」對他們，他永遠是這樣的下簡單而有權威的命令。

冠太太是個大個子，已經快五十歲了還專愛穿大紅衣服，所以外號叫做大赤包兒。赤包兒是一種小瓜，紅了以後，北平的兒童拿著它玩。這個外號起得相當的恰當，因為赤包兒經兒童揉弄以後，皮兒便皺起來，露出裡面的黑種子。冠太太的臉上也有不少的皺紋，而且鼻子上有許多雀斑，儘管她還擦粉抹紅，也掩飾不了臉上的摺子與黑點。她比她的丈夫的氣派更大，一舉一動都頗像西太后。她比冠先生更喜歡，也更會，交際；能一氣打兩整天整夜的麻雀牌，而還保持著西太后的尊傲氣度。

冠太太只給冠先生生了兩個小姐，所以冠先生又娶了尤桐芳，為是希望生個胖兒子。尤桐芳至今還沒有生兒子。可是和大太太吵起嘴來，她的

聲勢倒彷彿有十個兒子作後援似的。她長得不美，可是眉眼很媚；她的眉眼一天到晚在臉上亂跑。兩位小姐，高第與招弟，本質都不錯，可是在兩位母親的教導下，既會修飾，又會滿臉上跑眉毛。

　　祁老人既嫉妒三號的房子，又看不上三號所有的男女。特別使他不痛快的是二孫媳婦的服裝打扮老和冠家的婦女比賽，而小三兒瑞全又和招弟小姐時常有些來往。因此，當他發脾氣的時候，他總是手指西南，對兒孫說：「別跟他們學！那學不出好來！」這也就暗示出：假若小三兒再和招弟姑娘來往，他會把他趕出門去的。

第 03 幕　城門閉

祁老人用破缸裝滿石頭，頂住了街門。

李四爺在大槐樹下的警告：「老街舊鄰，都快預備點糧食啊，城門關上了！」更使祁老人覺得自己是諸葛亮。他不便隔著街門告訴李四爺：「我已經都預備好了！」可是心中十分滿意自己的未雨綢繆，料事如神。

在得意之間，他下了過於樂觀的判斷：不出三天，事情便會平定。

兒子天佑是個負責任的人，越是城門緊閉，他越得在鋪子裡。

兒媳婦病病歪歪的，聽說日本鬼子鬧事，長嘆了一口氣，心中很怕萬一自己在這兩天病死，而棺材出不了城！一急，她的病又重了一些。

瑞宣把眉毛皺得很緊，而一聲不出；他是當家人，不能在有了危險的時候，長吁短嘆的。

瑞豐和他的摩登太太一向不注意國事，也不關心家事；大門既被祖父封鎖，只好在屋裡玩撲克牌解悶。老太爺在院中囉嗦，他倆相視，縮肩，吐一吐舌頭。

小順兒的媽雖然只有二十八歲，可是已經飽經患難。她同情老太爺的關切與顧慮；同時，她可也不怕不慌。她的心好像比她的身體老的多，她看得很清楚：患難是最實際的，無可倖免的；但是，一個人想活下去，就不能不去設法在患難中找縫子，逃了出去 —— 盡人事，聽天命。總之生在這個年月，一個人須時時勇敢的去面對那危險的，而小心提防那「最」危險的事。你須把細心放在大膽裡，去且戰且走。你須把受委屈當作生活，而從委屈中咂摸出一點甜味來，好使你還肯活下去。

她一答一和的跟老人說著話兒，從眼淚裡追憶過去的苦難，而希望這

次的危險是會極快便過去的。聽到老人的判斷 —— 不出三天，事情便會平定 —— 她笑了一下：「那敢情好！」而後又發了點議論：「我就不明白日本鬼子要幹什麼！我們管保誰也沒得罪過他們，大傢夥平平安安的過日子，不比拿刀動杖的強？我猜呀，日本鬼子準是天生來的好找彆扭，您說是不是？」

老人想了一會兒才說：「自從我小時候，我們就受小日本的欺侮，我簡直想不出道理來！得啦，就盼著這一回別把事情鬧大了！日本人愛小便宜，說不定這回是看上了蘆溝橋。」「幹嘛單看上了蘆溝橋呢？」小順兒的媽納悶。「一座大橋既吃不得，又不能搬走！」

「橋上有獅子呀！這件事要擱著我辦，我就把那些獅子送給他們，反正擺在那裡也沒什麼用！」

「哼！我就不明白他們要那些獅子幹嘛？」她仍是納悶。「要不怎麼是小日本呢！看什麼都愛！」老人很得意自己能這麼明白日本人的心理。「庚子年的時候，日本兵進城，挨著家兒搜東西，先是要首飾，要表；後來，連銅鈕釦都拿走！」「大概拿銅當作了金子，不開眼的東西！」小順兒的媽掛了點氣說。她自己是一棵草也不肯白白拿過來的人。「大嫂！」瑞全好像自天而降的叫了聲。

「喲！」大嫂嚇了一跳。「三爺呀！幹嘛？」

「你把嘴閉上一會兒行不行？你說得我心裡直鬧得慌！」在全家裡，沒有人敢頂撞老太爺，除了瑞全和小順兒。現在他攔阻大嫂說話，當然也含著反抗老太爺的意思。老太爺馬上聽出來那弦外之音。「怎麼？你不願意聽我們說話，把耳朵堵上就是了！」

「我是不愛聽！」瑞全的樣子很像祖父，又瘦又長，可是在思想上，他與祖父相隔了有幾百年。他的眼也很小，但很有神，眼珠像兩顆發光的黑豆子。在學校裡，他是籃球選手。打球的時候，他的兩顆黑豆子隨著球

亂轉，到把球接到手裡，他的嘴便使勁一閉，像用力嚥一口東西似的。他的眼和嘴的表情，顯露出來他的性格——性子急，而且有決斷。現在，他的眼珠由祖父轉到大嫂，又由大嫂轉到祖父，倒好像在球場上監視對方的球手呢。「日本人要蘆溝橋的獅子？笑話！他們要北平，要天津，要華北，要整個的中國！」

「得了，得了！老三！少說一句。」大嫂很怕老三把祖父惹惱。

其實，祁老人對孫子永遠不動真氣——若是和重孫子在一處，則是重孫子動氣，而太爺爺陪笑了。

「大嫂，你老是這樣！不管誰是誰非，不管事情有多麼嚴重，你老是勸人少說一句！」三爺雖然不會太討厭大嫂，可是心中的確反對大嫂這種敷衍了事的辦法。現在，氣雖然是對大嫂發的，而他所厭惡的卻是一般的——他不喜歡任何不論是非，而只求敷衍的人。

「不這樣，可教我怎樣呢？」小順兒的媽並不願意和老三拌嘴，而是為她多說幾句，好教老太爺不直接的和老三開火。「你們餓了找我要吃，冷了向我要衣服，我還能管天下大事嗎？」

這，把老三問住了。像沒能把球投進籃去而抓抓頭那樣，他用瘦長而有力的手指抓了兩下頭。

祖父笑了，眼中發出點老而淘氣的光兒。「小三兒！在你嫂子面前，你買不出便宜去！沒有我和她，你們連飯都吃不上，還說什麼國家大事！」

「日本鬼子要是打破了北平，誰都不用吃飯！」瑞全咬了咬牙。他真恨日本鬼子。

「那！庚子年，八國聯軍……」老人想把拿手的故事再重述一遍，可是一抬頭，瑞全已經不見了。「這小子！說不過我就溜開！這小子！」

門外有人拍門。

「瑞宣！開門去！」祁老人叫。「多半是你爸爸回來了。」瑞宣又請上弟弟瑞全，才把裝滿石頭的破缸挪開。門外，立著的不是他們的父親，而是錢默吟先生。他們弟兄倆全愣住了。錢先生來訪是件極稀奇的事。瑞宣馬上看到時局的緊急，心中越發不安。瑞全也看到危險，可是隻感到興奮，而毫無不安與恐懼。

錢先生穿著件很肥大的舊藍布衫，袖口與領邊已全磨破。他還是很和藹，很鎮定，可是他自己知道今天破例到友人家來便是不鎮定的表示。含著笑，他低聲的問：「老人們都在家吧？」

「請吧！錢伯父！」瑞宣閃開了路。

錢先生彷彿遲疑了一下，才往裡走。

瑞全先跑進去，告訴祖父：「錢先生來了。」

祁老人聽見了，全家也都聽到，大家全為之一驚。祁老人迎了出來。又驚又喜，他幾乎說不上話來。

錢默吟很自然，微抱歉意的說著：「第一次來看你老人家，第一次！我太懶了，簡直不願出街門。」

到北屋客廳坐下，錢先生先對瑞宣宣告：「千萬別張羅茶水！一客氣，我下次就更不敢來了！」這也暗示出，他願意開門見山的把來意說明，而且不希望逐一的見祁家全家的老幼。祁老人先提出實際的問題：「這兩天我很惦記著你！我們是老鄰居，老朋友了，不准說客氣話，你有糧食沒有。沒有，告訴我一聲！糧食可不比別的東西，一天，一頓，也缺不得！」

默吟先生沒說有糧，也沒說沒糧，而只含混的一笑，倒好像即使已經絕糧，他也不屑於多去注意。

「我——」默吟先生笑著，閉了閉眼。「我請教瑞宣世兄，」他的眼也看了瑞全一下，「時局要演變到什麼樣子呢？你看，我是不大問國事的人，可是我能自由地生活著，全是國家所賜。我這幾天什麼也幹不下去！我不怕窮，不怕苦，我只怕丟了我們的北平城！一朵花，長在樹上，才有它的美麗；拿到人的手裡就算完了。北平城也是這樣，它頂美，可是若被敵人占據了，它便是被折下來的花了！是不是？」見他們沒有回答。他又補上了兩句：「假若北平是樹，我便是花，儘管是一朵閒花。北平若不幸丟失了，我想我就不必再活下去！」

祁老人頗想說出他對北平的信仰，而勸告錢先生不必過於憂慮。可是，他不能完全了解錢先生的話；錢先生的話好像是當票子上的字，雖然也是字，而另有個寫法——你要是隨便的亂猜，贖錯了東西才麻煩呢！於是，他的嘴唇動了動，而沒說出話來。

瑞宣，這兩天心中極不安，本想說些悲觀的話，可是有老太爺在一旁，他不便隨便開口。

瑞全沒有什麼顧忌。他早就想談話，而找不到合適的人。大哥的學問見識都不壞，可是大哥是那麼能故意的緘默，非用許多方法不能招出他的話來。二哥，嘔，跟二哥二嫂只能談談電影與玩樂。和二哥夫婦談話，還不如和祖父或大嫂談談油鹽醬醋呢——雖然無趣，可是至少也還和生活有關。現在，他抓住了錢先生。他知道錢先生是個有些思想的人——儘管他的思想不對他的路子。他立起來挺了挺腰，說：「我看哪，不是戰，就是降！」

「至於那麼嚴重？」錢先生的笑紋僵在了臉上，右腮上有一小塊肉直抽動。

「有田中奏摺在那裡，日本軍閥不能不侵略中國；有九一八的便宜事在那裡，他們不能不馬上侵略中國。他們的侵略是沒有止境的，他們征服

了全世界，大概還要征服火星！」「火星？」祖父既不相信孫子的話，更不知道火星在哪條大街上。

瑞全沒有理會祖父的質問，理直氣壯的說下去：「日本的宗教，教育，氣量，地勢，軍備，工業，與海盜文化的基礎，軍閥們的野心，全都朝著侵略的這一條路子走。走私，鬧事，騎著人家脖子拉屎，都是侵略者的必有的手段！蘆溝橋的炮火也是侵略的手段之一，這回能敷衍過去，過不了十天半月準保又在別處 —— 也許就在西苑或護國寺 —— 鬧個更大的事。日本現在是騎在虎背上，非亂撞不可！」

瑞宣臉上笑著，眼中可已經微微的溼了。

祁老人聽到「護國寺」，心中顫了一下：護國寺離小羊圈太近了！

「三爺，」錢先生低聲的叫。「我們自己怎麼辦呢？」

瑞全，因為氣憤，話雖然說的不很多，可是有點聲嘶力竭的樣子。心中也彷彿很亂，沒法再說下去。在理智上，他知道中國的軍備不是日本的敵手，假若真打起來，我們必定吃很大的虧。但是，從感情上，他又願意馬上抵抗，因為多耽誤一天，日本人便多占一天的便宜；等到敵人完全佈置好，我們想還手也來不及了！他願意抵抗。假若中日真的開了仗，他自己的生命是可以獻給國家的。可是，他怕被人問倒：「犧牲了性命，準能打得勝嗎？」他絕不懷疑自己的情願犧牲，可是不喜歡被人問倒，他已經快在大學畢業，不能在大家面前顯出有勇無謀，任著感情亂說。他身上出了汗。抓了抓頭，他坐下了，臉上起了好幾個紅斑點。

「瑞宣？」錢先生的眼神與語氣請求瑞宣發表意見。

瑞宣先笑了一下，而後聲音很低的說：「還是打好！」錢先生閉上了眼，詳細咂摸瑞宣的話的滋味。

瑞全跳了起來，把雙手放在瑞宣的雙肩上：「大哥！大哥！」

他的臉完全紅了，又叫了兩聲大哥，而說不上話來。

這時候，小順兒跑了進來，「爸！門口，門口……」祁老人正找不著說話的機會與物件，急快的抓到重孫子：「你看！你看！剛開開門，你就往外跑，真不聽話！告訴你，外邊鬧日本鬼子哪！」

小順兒的鼻子皺起來，撇著小嘴：「什麼小日本兒，我不怕！中華民國萬歲！」他得意的伸起小拳頭來。「順兒！門口怎麼啦？」瑞宣問。

小順兒手指著外面，神色相當詭密的說：「那個人來了！說要看看你！」

「哪個人？」

「三號的那個人！」小順兒知道那個人是誰，可是因為聽慣了大家對那個人的批評，所以不願意說出姓名來。「冠先生？」

小順兒對爸爸點了點頭。

「誰？噢，他！」錢先生要往起立。

「錢先生！坐著你的！」祁老人說。

「不坐了！」錢先生立起來。

「你不願意跟他談話，走，上我屋裡去！」祁老人誠意的相留。

「不啦！改天談，我再來！不送！」錢先生已很快的走到屋門口。

祁老人扶著小順兒往外送客。他走到屋門口，錢先生已走到南屋外的棗樹下。瑞宣，瑞全追著送出去。冠曉荷在街門檻裡立著呢。他穿著在三十年前最時行，後來曾經一度極不時行，到如今又二番時行起來的團龍藍紗大衫，極合身，極大氣。下面，白地細藍道的府綢褲子，散著褲角；腳上是青絲襪，白千層底青緞子鞋；更顯得連他的影子都極漂亮可愛。見錢先生出來，他一手輕輕拉了藍紗大衫的底襟一下，一手伸出來，滿面春風的想和錢先生拉手。

　　錢先生既沒失去態度的自然，也沒找任何的掩飾，就那麼大大方方的走出去，使冠先生的手落了空。

　　冠先生也來得厲害，若無其事的把手順便送給了瑞宣，很親熱的握了一會兒。然後，他又和瑞全拉手，而且把左手放在上面，輕輕的按了按，顯出加勁兒的親熱。

　　祁老人不喜歡冠先生，帶著小順兒到自己屋裡去。瑞宣和瑞全陪著客人在客廳裡談話。

　　冠先生只到祁家來過兩次。第一次是祁老太太病故，他過來上香奠酒，並沒坐多大一會兒就走了。第二次是謠傳瑞宣要作市立中學的校長，他過來預為賀喜，坐了相當長的時間。後來，謠言並未變成事實，他就沒有再來過。

　　今天，他是來會錢先生，而順手看看祁家的人。冠曉荷在軍閥混戰的時期，頗作過幾任地位雖不甚高，而油水很厚的官。他作過稅局局長，頭等縣的縣長，和省政府的小官兒。近幾年來，他的官運不甚好，所以他厭惡南京政府，而每日與失意的名士，官僚，軍閥，鬼混。他總以為他的朋友中必定有一兩個會重整旗鼓，再掌大權的，那麼，他自己也就還有一步好的官運 —— 也就是財運。和這些朋友交往，他的模樣服裝都很夠格兒；同時，他的幾句二簧，與八圈麻將，也都不甚寒傖。近來，他更學著唸佛，研究些符咒與法術；於是，在遺老們所常到的恆善社，和其他的宗教團體與慈善機關，他也就有資格參加進去。他並不怎麼信佛與神，而只拿佛法與神道當作一種交際的需要，正如同他須會唱會賭那樣。

　　只有一樣他來不及，他作不上詩文，畫不上梅花或山水來。他所結交的名士們，自然用不著說，是會這些把戲的了；就連在天津作寓公的，有錢而失去勢力的軍閥與官僚，也往往會那麼一招兩招的。連大字不識的丁老帥，還會用大麻刷子寫一丈大的一筆虎呢。就是完全不會寫不會畫的闊

人，也還愛說道這些玩藝；這種玩藝兒是「闊」的一種裝飾，正像闊太太
必有鑽石與珍珠那樣。

他早知道錢默吟先生能詩善畫，而家境又不甚寬綽。他久想送幾個束
脩，到錢家去燻一燻。他不希望自己真能作詩或作畫，而只求知道一點術
語和詩人畫家的姓名，與派別，好不至於在名人們面前丟醜。

他設盡方法想認識錢先生，而錢先生始終像一棵樹 —— 你招呼他，
他不理你。他又不敢直入公堂的去拜訪錢先生，因為若一度遭了拒絕，就
不好再謀面了。今天，他看見錢先生到祁家去，所以也趕過來。在祁家相
識之後，他就會馬上直接送兩盆花草，或幾瓶好酒去，而得到燻一燻的機
會。還有，在他揣測，別看錢默吟很窘，說不定家中會收藏著幾件名貴
的字畫。自然嘍，他若肯出錢買古玩的話，有的是現成的「琉璃廠」。不
過，他不想把錢花在這種東西上。那麼，假若與錢先生交熟了以後，他想
他必會有方法弄過一兩件寶物來，豈不怪便宜的麼？有一兩件古物擺在屋
裡，他豈不就在陳年竹葉青酒，與漂亮的姨太太而外，便又多一些可以展
覽的東西，而更提高些自己的身分麼？

沒想到，他會碰了錢先生一個軟釘子！他的心中極不高興。他承認錢
默吟是個名士，可是比錢默吟的名氣大著很多的名士也沒有這麼大的架子
呀！「給臉不要臉，好，我們走著瞧吧！」他想報復：「哼！只要我一得
手，姓錢的，準保有你個樂子！」在表面上，他可是照常的鎮定，臉上含
著笑與祁家弟兄敷衍。

「這兩天時局很不大好呢！有什麼訊息沒有？」「沒什麼訊息，」瑞宣
也不喜歡冠先生，可是沒法不和他敷衍。「荷老看怎樣？」

「這個 ——」冠先生把眼皮垂著，嘴張著一點，作出很有見解的樣
子。「這個 —— 很難說！總是當局的不會應付。若是應付得好，我想事情
絕不會弄到這麼嚴重！」

　　瑞全的臉又紅起來，語氣很不客氣的問：「冠先生，你看應當怎樣應付呢？」

　　「我？」冠先生含笑的愣了一小會兒。「這就是不在其位，不謀其政了！我現在差不多是專心研究佛法。告訴二位，佛法中的滋味實在是其妙無窮！知道一點佛說佛法，心裡就像喝了點美酒似的，老那麼暈暈忽忽的好受！前天，在孫清老家裡，（丁老帥，李將軍，方錫老，都在那兒，）我們把西王母請下來了，還給她照了個像。玄妙，妙不可言！想想看，西王母，照得清楚極了，嘴上有兩條長鬚，就和鯰魚的須一樣，很長很長，由這裡——」他的手指了指嘴，「一直——」，他的嘴等著他的手向肩上繞，「伸到這裡，玄妙！」「這也是佛法？」瑞全很不客氣的問。

　　「當然！當然！」冠先生板著臉，十分嚴肅的說。「佛法廣大無邊，變化萬端，它能顯示在兩條鯰魚須上！」

　　他正要往下說佛法，他的院裡一陣喧譁。他立起來，聽了聽。「嘔，大概是二小姐回來了！昨天她上北海去玩，大概是街上一亂，北海關了前後門，把她關在裡邊了。內人很不放心，我倒沒怎麼慌張，修佛的人就有這樣好處，心裡老是暈暈忽忽的，不著急，不發慌；佛會替我們安排一切！好，我看看去，我們改天再暢談。」說罷，他臉上鎮定，而腳步相當快的往外走。

　　祁家弟兄往外相送。瑞宣看了三弟一眼，三弟的臉紅了一小陣兒。

　　已到門口，冠先生很懇切的，低聲的向瑞宣說：「不要發慌！就是日本人真進了城，我們也有辦法！有什麼過不去的事，找我來，我們是老鄰居，應當互相！」

第 04 幕　北平陷

天很熱，而全國的人心都涼了，北平陷落！

李四爺立在槐蔭下，聲音悽慘的對大家說：「預備下一塊白布吧！萬一非掛旗不可，到時候用胭脂塗個紅球就行！庚子年，我們可是掛過！」他的身體雖還很強壯，可是今天他感到疲乏。說完話，他蹲在了地上，呆呆的看著一條綠槐蟲兒。

李四媽在這兩天裡迷迷忽忽的似乎知道有點什麼危險，可是始終也沒細打聽。今天，她聽明白了是日本兵進了城，她的大近視眼連連的眨巴，臉上白了一些。她不再罵她的老頭子，而走出來與他蹲在了一處。

拉車的小崔，赤著背出來進去的亂晃。今天沒法出車，而家裡沒有一粒米。晃了幾次，他湊到李老夫婦的跟前：「四奶奶！您還得行行好哇！」

李四爺沒有抬頭，還看著地上的綠蟲兒。李四媽，不像平日那麼哇啦哇啦的，用低微的聲音回答：「待一會兒，我給你送二斤雜合麵兒去！」

「那敢情好！我這裡謝謝四奶奶啦！」小崔的聲音也不很高。

「告訴你，好小子，別再跟家裡的吵！日本鬼子進了城！」李四媽沒說完，嘆了口氣。

剃頭匠孫七並不在剃頭棚子裡耍手藝，而是在附近一帶的鋪戶作包月活。從老手藝的水準說，他對打眼，掏耳，捶背，和刮臉，都很出色。對新興出來花樣，像推分頭，燙髮什麼的，他都不會，也不屑於去學 —— 反正他作買賣家的活是用不著這一套新手藝的。今天，鋪子都沒開市，他在家中喝了兩盅悶酒，臉紅撲撲的走出來。藉著點酒力，他想發發牢騷：

「四太爺！您是好意。告訴大夥兒掛白旗，誰愛掛誰掛，我孫七可就

不能掛！我恨日本鬼子！我等著，他們敢進我們的小羊圈，我教他們知道知道我孫七的厲害！」

要擱在平日，小崔一定會跟孫七因辯論而吵起來；他們倆一向在辯論天下大事的時候是死對頭。現在，李四爺使了個眼神，小崔一聲沒出的躲開。孫七見小崔走開，頗覺失望，可是還希望李老者跟他閒扯幾句，李四爺一聲也沒出。孫七有點不得勁兒。待了好大半天，李四爺抬起頭來，帶著厭煩與近乎憤怒的神氣說：「孫七！回家睡覺去！」孫七，雖然有點酒意，也不敢反抗李四爺，笑了一下，走回家去。

六號沒有人出來。小文夫婦照例現在該吊嗓子，可是不敢出聲。劉師傅在屋裡用力的擦自己的一把單刀。

頭上已沒有了飛機，城外已沒有了炮聲，一切靜寂。只有響晴的天上似乎有一點什麼波動，隨人的脈搏輕跳，跳出一些金的星，白的光。亡國的晴寂！

瑞宣，胖胖的，長得很像父親。不論他穿著什麼衣服，他的樣子老是那麼自然，大雅。這個文文雅雅的態度，在祁家是獨一份兒。祁老太爺和天佑是安分守己的買賣人，他們的舉止言談都毫無掩飾的露出他們的本色。瑞豐受過教育，而且有點不大看得起祖父與父親，所以他拚命往文雅，時髦裡學。可是，因為學的過火，他老顯出點買辦氣或市儈氣；沒得到文雅，反失去家傳的純樸。老三瑞全是個愣小子，毫不關心哪是文雅，哪是粗野。只有瑞宣，不知從何處學來的，或者學也不見就學得到，老是那麼溫雅自然。同他的祖父，父親一樣，他作事非常的認真。但是，在認真中 —— 這就與他的老人們不同了 —— 他還很自然，不露出劍拔弩張的樣子。他很儉省，不虛花一個銅板，但是他也很大方 —— 在適當的地方，他不打算盤。在他心境不好的時候，他像一片春陰，教誰也能放心不會有什麼狂風暴雨。在他快活的時候，他也只有微笑，好像是笑他自己為

什麼要快活的樣子。

　　他很用功，對中國與歐西的文藝都有相當的認識。可惜他沒機會，或財力，去到外國求深造。在學校教書，他是頂好的同事與教師，可不是頂可愛的，因為他對學生的功課一點也不馬虎，對同事們的應酬也老是適可而止。他對任何人都保持著個相當的距離。他不故意的冷淡誰，也不肯繞著彎子去巴結人。他是憑本事吃飯，無須故意買好兒。

　　在思想上，他與老三很接近，而且或者比老三更深刻一點。所以，在全家中，他只與老三說得來。可是，與老三不同，他不願時常發表他的意見。這並不是因為他驕傲，不屑於對牛彈琴，而是他心中老有點自愧——他知道的是甲，而只能作到乙，或者甚至於只到丙或丁。他似乎有點女性，在行動上他總求全盤的體諒。舉個例說：在他到了該結婚的年紀，他早已知道什麼戀愛神聖，結婚自由那一套。可是他娶了父親給他定下的「韻梅」。他知道不該把一輩子拴在個他所不愛的女人身上，但是他又不忍看祖父，父母的淚眼與愁容。他替他們想，也替他的未婚妻想。想過以後，他明白了大家的難處，而想得到全盤的體諒。他只好娶了她。他笑自己這樣的軟弱。同時，趕到他一看祖父與父母的臉上由憂愁改為快活，他又感到一點驕傲——自我犧牲的驕傲。

　　當下過雪後，他一定去上北海，爬到小白塔上，去看西山的雪峰。在那裡，他能一氣立一個鐘頭。那白而遠的山峰把他的思想引到極遠極遠的地方去。他願意擺脫開一切俗事，到深遠的山中去讀書，或是乘著大船，在海中周遊世界一遭。趕到不得已的由塔上下來，他的心便由高山與野海收回來，而想到他對家庭與學校的責任。他沒法卸去自己的人世間的責任而跑到理想的世界裡去。於是，他順手兒在路上給祖父與小順兒買些點心，像個賢孫慈父那樣婆婆媽媽的！好吧，既不能遠走高飛，便回家招老小一笑吧！他的無可如何的笑紋又擺在他凍紅了的臉上。

034 | 第 04 幕　北平陷

　　他幾乎沒有任何嗜好。黃酒,他能喝一斤。可是非到過年過節的時候,絕不動酒。他不吸菸。茶和水並沒有什麼分別。他的娛樂只有幫著祖父種種花,和每星期到「平安」去看一次或兩次電影。他的看電影有個實際的目的:他的英文很不錯,可是說話不甚流利,所以他願和有聲電影去學習。每逢他到「平安」去,他總去的很早,好買到前排的座位 —— 既省錢,又得聽。坐在那裡,他連頭也不回一次,因為他知道二爺瑞豐夫婦若也在場,就必定坐頭等座兒;他不以坐前排為恥,但是倒怕老二夫婦心裡不舒服。

　　北平陷落了,瑞宣像個熱鍋上的螞蟻,出來進去,不知道要作什麼好。他失去了平日的沉靜,也不想去掩飾。出了屋門,他仰頭看看天,天是那麼晴朗美麗,他知道自己還是在北平的青天底下。一低頭,彷彿是被強烈的陽光閃的,眼前黑了一小會兒 —— 天還是那麼晴藍,而北平已不是中國人的了!他趕緊走回屋裡去。到屋裡,他從平日積蓄下來的知識中,去推斷中日的戰事與世界的關係。忽然聽到太太或小順兒的聲音,他嚇了一跳似的,從世界大勢的烏雲中跳回來:他知道中日的戰爭必定會使世界的地理與歷史改觀,可是擺在他面前的卻是這一家老少的安全與吃穿。祖父已經七十多歲,不能再去出力賺錢。父親賺錢有限,而且也是五十好幾的人。母親有病,禁不起驚慌。二爺的收入將將夠他們夫婦倆花的,而老三還正在讀書的時候。天下太平,他們都可以不愁吃穿,過一份無災無難的日子。今天,北平亡了,該怎麼辦?平日,他已是當家的;今天,他的責任與困難更要增加許多倍!在一方面,他是個公民,而且是個有些知識與能力的公民,理當去給國家作點什麼,在這國家有了極大危難的時候。在另一方面,一家老的老,小的小,平日就依仗著他,現在便更需要他。他能甩手一走嗎?不能!不能!可是,不走便須在敵人腳底下作亡國奴,他不能受!不能受!

出來進去，出來進去，他想不出好主意。他的知識告訴他那最高的責任，他的體諒又逼著他去顧慮那最迫切的問題。他想起文天祥，史可法，和許多許多的民族英雄，同時也想起杜甫在流離中的詩歌。

老二還在屋中收聽廣播 —— 日本人的廣播。

老三在院中把腳跳起多高：「老二，你要不把它關上，我就用石頭砸碎了它！」

小順兒嚇愣了，忙跑到祖母屋裡去。祖母微弱的聲音叫著，「老三！老三！」

瑞宣一聲沒出的把老三拉到自己的屋中來。

哥兒倆對愣了好大半天，都想說話，而不知從何處說起。老三先打破了沉寂，叫了聲：「大哥！」瑞宣沒有答應出來，好像有個棗核堵住了他的嗓子。老三把想起來的話又忘了。

屋裡，院中，到處，都沒有聲響。天是那麼晴，陽光是那麼亮，可是整個的大城 —— 九門緊閉 —— 像晴光下的古墓！

忽然的，遠處有些聲音，像從山上往下軲轆石頭。「老三，聽！」瑞宣以為是重轟炸機的聲音。

「敵人的坦克車，在街上示威！」老三的嘴角上有點為阻攔嘴唇顫動的慘笑。

老大又聽了聽。「對！坦克車！輛數很多！哼！」他咬住了嘴唇。

坦克車的聲音更大了，空中與地上都在顫抖。

最愛和平的中國的最愛和平的北平，帶著它的由歷代的智慧與心血而建成的湖山，宮殿，壇社，寺宇，宅園，樓閣與九條彩龍的影壁，帶著它的合抱的古柏，倒垂的翠柳，白玉石的橋樑，與四季的花草，帶著它的最輕脆的語言，溫美的禮貌，誠實的交易，徐緩的腳步，與唱給宮廷聽的歌

劇……不為什麼，不為什麼，突然的被飛機與坦克強姦著它的天空與柏油路！

「大哥！」老三叫了聲。

街上的坦克，像幾座鐵礦崩炸了似的發狂的響著，瑞宣的耳與心彷彿全聾了。

「大哥！」

「啊？」瑞宣的頭偏起一些，用耳朵來找老三的聲音。「嘔！說吧！」

「我得走！大哥！不能在這裡作亡國奴！」

「啊？」瑞宣的心還跟著坦克的聲音往前走。

「我得走！」瑞全重了一句。

「走？上哪兒？」

坦克的聲音稍微小了一點。

「上哪兒都好，就是不能在太陽旗下活著！」

「對！」瑞宣點了點頭，胖臉上起了一層小白疙疸。「不過，也別太忙吧？誰知道事情準變成什麼樣子呢。萬一過幾天『和平』解決了，豈不是多此一舉？你還差一年才能畢業！」「你想，日本人能叨住北平，再撒了嘴？」

「除非把華北的利益全給了他！」

「沒了華北，還有北平？」

瑞宣愣了一會兒，才說：「我是說，我們允許他用經濟侵略，他也許收兵。武力侵略沒有經濟侵略那麼合算。」坦克車的聲音已變成像遠處的輕雷。

瑞宣聽了聽，接著說：「我不攔你走，只是請你再稍等一等！」

「要等到走不了的時候，可怎麼辦？」

瑞宣嘆了口氣。「哼！你……我永遠走不了！」「大哥，我們一同走！」

瑞宣的淺而慘的笑又顯露在憂鬱的臉上：「我怎麼走？難道叫這一家老小都……」

「太可惜了！你看，大哥，數一數，我們國內像你這樣受過高等教育，又有些本事的人，可有多少？」

「我沒辦法！」老大又嘆了口氣，「只好你去盡忠，我來盡孝了！」

這時候，李四爺已立起來，輕輕的和白巡長談話。白巡長已有四十多歲，臉上剃得光光的，看起來還很精神。他很會說話，遇到住戶們打架拌嘴，他能一面挖苦，一面恫嚇，而把大事化小，小事化無。因此，小羊圈一帶的人們都怕他的利口，而敬重他的好心。

今天，白巡長可不十分精神。他深知道自己的責任是怎樣的重大 —— 沒有巡警就沒有治安可言。雖然他只是小羊圈這一帶的巡長，可是他總覺得整個的北平也多少是他的。他愛北平，更自傲能作北平城內的警官。可是，今天北平被日本人占據了；從此他就得給日本人維持治安了！論理說，北平既歸了外國人，就根本沒有什麼治安可講。但是，他還穿著那身制服，還是巡長！他不大明白自己是幹什麼呢！「你看怎樣呀？巡長！」李四爺問：「他們能不能亂殺人呢？」「我簡直不敢說什麼，四大爺！」白巡長的語聲很低。「我彷彿是教人家給扣在大缸裡啦，看不見天地！」「我們的那麼多的兵呢？都哪兒去啦？」

「都打仗來著！打不過人家呀！這年月，打仗不能專憑膽子大，身子棒啦！人家的槍炮厲害，有飛機坦克！我們……」

「那麼，北平城是丟鐵了？」

「大隊坦克車剛過去，你難道沒聽見？」

「鐵啦？」

「鐵啦！」

「怎麼辦呢？」李四爺把聲音放得極低：「告訴你，巡長，我恨日本鬼子！」

巡長向四外打了一眼：「誰不恨他們！得了，說點正經的：四大爺，你待會兒到祁家，錢家去告訴一聲，教他們把書什麼的燒一燒。日本人恨唸書的人！家裡要是存著三民主義或是洋文書，就更了不得！我想這條衚衕裡也就是他們兩家有書，你去一趟吧！我不好去 ——」巡長看了看自己的制服。

李四爺點頭答應。白巡長無精打彩的向葫蘆腰裡走去。

四爺到錢家拍門，沒人答應。他知道錢先生有點古怪脾氣，又加上在這兵荒馬亂的時候不便惹人注意，所以等了一會兒就上祁家來。

祁老人的誠意歡迎，使李四爺心中痛快了一點。為怕因祁老人提起陳穀子爛芝麻而忘了正事，他開門見山的說明瞭來意。祁老人對書籍沒有什麼好感，不過書籍都是錢買來的，燒了未免可惜。他打算教孫子們挑選一下，把該燒的賣給「打鼓兒的」好了。

「那不行！」李四爺對老鄰居的安全是誠心關切著的。「這兩天不會有打鼓兒的；就是有，他們也不敢買書！」說完，他把剛才沒能叫開錢家的門的事也告訴了祁老者。祁老者在院中叫瑞全：「瑞全，好孩子，把洋書什麼的都燒了吧！都是好貴買來的，可是我們能留著它們惹禍嗎？」老三對老大說：「看！焚書坑儒！你怎樣？」

「老三你說對了！你是得走！我既走不開，就認了命！你走！我在這裡焚書，掛白旗，當亡國奴！」老大無論如何再也控制不住自己，他落了淚。

「聽見沒有啊，小三兒？」祁老者又問了聲。

「聽見了！馬上就動手！」瑞全不耐煩的回答了祖父，而後小聲的向瑞宣：「大哥！你要是這樣，教我怎好走開呢？」瑞宣用手背把淚抹去。「你走你的，老三！要記住，永遠記住，你家的老大並不是個沒出息的人……」他的嗓子裡噎了幾下，不能說下去。

第 05 幕　焚書籍

　　瑞全把選擇和焚燒書籍的事交給了大哥。他很喜愛書，但是現在他覺得自己與書的關係已不十分親密了。他應該放下書而去拿起槍刀。他愛書，愛家庭，愛學校，愛北平，可是這些已並不再在他心中占有重要的地位。青年的熱血使他的想像飛馳。他，這兩天，連作夢都夢到逃亡。他還沒有能決定怎樣走，和向哪裡走，可是他的心似乎已從身中飛出去；站在屋裡或院中，他看見了高山大川，鮮明的軍旗，悽壯的景色，與血紅的天地。他要到那有鮮血與炮火的地方去跳躍，爭鬥。在那裡，他應該把太陽旗一腳踢開，而把青天白日旗插上，迎著風飄蕩！

　　被壓迫百多年的中國產生了這批青年，他們要從家庭與社會的壓迫中衝出去，成個自由的人。他們也要打碎民族國家的鈨鐐，成個能挺著胸在世界上站著的公民。他們沒法有滋味的活下去，除非他們能創造出新的中國史。他們的心聲就是反抗。瑞全便是其中的一個。他把中國幾千年來視為最神聖的家庭，只當作一種生活的關係。到國家在呼救的時候，沒有任何障礙能攔阻得住他應聲而至；像個羽毛已成的小鳥，他會毫無棧戀的離巢飛去。

　　祁老人聽李四爺說叫不開錢家的門，很不放心。他知道錢家有許多書。他打發瑞宣去警告錢先生，可是瑞全自告奮勇的去了。

　　已是掌燈的時候，門外的兩株大槐像兩隻極大的母雞，張著慈善的黑翼，彷彿要把下面的五六戶人家都蓋覆起來似的。別的院裡都沒有燈光，只有三號 ── 小羊圈唯一的安了電燈的一家 ── 冠家的院裡燈光輝煌，像過年似的，把影壁上的那一部分槐葉照得綠裡透白。瑞全在影壁前停了一會兒，才到一號去叫門。不敢用力敲門，他輕輕的叩了兩下門環，又低

聲假嗽一兩下，為是雙管齊下，好惹起院內的注意。這樣作了好多次，裡面才低聲的問了聲：「誰呀？」他聽出來，那是錢伯伯的聲音。

「我，瑞全！」他把嘴放在門縫上次答。

裡面很輕很快的開了門。

門洞裡漆黑，教瑞全感到點不安。他一時決定不了是進去還是不進去好。他只好先將來意說明，看錢伯伯往裡請他不請！

「錢伯伯！我們的書大概得燒！今天白巡長囑咐李四爺告訴我們！」

「進去說，老三！」錢先生一邊關門，一邊說。然後，他趕到前面來：「我領路吧，院裡太黑！」

到了屋門口，錢先生教瑞全等一等，他去點燈。瑞全說不必麻煩。錢先生語聲中帶著點悽慘的笑：「日本人還沒禁止點燈！」

屋裡點上了燈，瑞全才看到自己的四圍都是長長短短的，黑糊糊的花叢。

「老三進來！」錢先生在屋中叫。瑞全進去，還沒坐下，老者就問：「怎樣？得燒書？」

瑞全的眼向屋中掃視了一圈。「這些線裝書大概可以不遭劫了吧？日本人恨我們的讀書人，更恨讀新書的人；舊書或者還不至於惹禍！」

「嘔！」錢默吟的眼閉了那麼一下。「可是我們計程車兵有許多是不識字的，也用大刀砍日本人的頭！對不對？」瑞全笑了一下。「侵略者要是肯承認別人也是人，也有人性，會發火，他就無法侵略了！日本人始終認為我們都是狗，踢著打著都不哼一聲的狗！」

「那是個最大的錯誤！」錢先生的胖短手伸了一下，請客人坐下。他自己也坐下。「我是向來不問國家大事的人，因為我不願談我所不深懂的事。可是，有人來亡我的國，我就不能忍受！我可以任著本國的人去發

號施令，而不能看著別國的人來作我的管理人！」他的聲音還像平日那麼低，可是不像平日那麼溫柔。愣了一會兒，他把聲音放得更低了些，說：「你知道嗎，我的老二今天回來啦！」

「二哥在哪兒呢？我看看他！」

「又走啦！又走啦！」錢先生的語聲裡似乎含著點什麼祕密。

「他說什麼來著？」

「他？」錢默吟把聲音放得極低，幾乎像對瑞全耳語呢。「他來跟我告別！」

「他上哪兒？」

「不上哪兒！他說，他不再回來了！教我在將來報戶口的時候，不要寫上他；他不算我家的人了！」錢先生的語聲雖低，而眼中發著點平日所沒有的光；這點光裡含著急切，興奮，還有點驕傲。

「他要幹什麼去呢？」

老先生低聲的笑了一陣。「我的老二就是個不愛線裝書，也不愛洋裝書的人。可是他就不服日本人！你明白了吧？」瑞全點了點頭。「二哥要跟他們幹？可是，這不便聲張吧？」「怎麼不便聲張呢？」錢先生的聲音忽然提高，像發了怒似的。

院中，錢太太咳嗽了兩聲。

「沒事！我和祁家的老三說閒話兒呢！」錢先生向窗外說。而後，把聲音又放低，對瑞全講：「這是值得驕傲的事！我 —— 一個橫草不動，豎草不拿的人 —— 會有這樣的一個兒子，我還怕什麼？我只會在文字中尋詩，我的兒子 —— 一個開汽車的 —— 可是會在國破家亡的時候用鮮血去作詩！我丟了一個兒子，而國家會得到一個英雄！什麼時候日本人問到我的頭上來：那個殺我們的是你的兒子？我就胸口湊近他們的槍刺，說：一

點也不錯！我還要告訴他們：我們還有多少多少像我的兒子的人呢！你們的大隊人馬來，我們會一個個的零削你們！你們在我們這裡坐的車，住的房，喝的水，吃的飯，都會教你們中毒！中毒！」錢先生一氣說完，把眼閉上，嘴唇上輕顫。

　　瑞全聽愣了。愣著愣著，他忽然的立起來，撲過錢先生去，跪下磕了一個頭：「錢伯伯！我一向以為你只是個閒人，只會閒扯！現在……我給你道歉！」沒等錢先生有任何表示，他很快的立起來。「錢伯伯，我也打算走！」

　　「走？」錢先生細細的看了看瑞全。「好！你應當走，可以走！你的心熱，身體好！」

　　「你沒有別的話說？」瑞全這時候覺得錢伯伯比任何人都可愛，比他的父母和大哥都更可愛。

　　「只有一句話！到什麼時候都不許灰心！人一灰心便只看到別人的錯處，而不看自己的消沉墮落！記住吧，老三！」「我記住！我走後，只是不放心大哥！瑞宣大哥是那麼有思想有本事，可是被家所累，沒法子逃出去！在家裡，對誰他也說不來，可是對誰他也要笑瞇瞇的像個當家人似的！我走後，希望伯伯你常常給他點安慰；他最佩服你！」「那，你放心吧！我們沒法子把北平的一百萬人都搬了走，總得有留下的。我們這走不開的老弱殘兵也得有勇氣，差不多和你們能走開的一樣。你們是迎著砲彈往前走，我們是等著鎖鐐加到身上而不能失節！來吧，我跟你吃一杯酒！」錢先生向桌底下摸了會兒，摸出個酒瓶來，淺綠，清亮，像翡翠似的 —— 他自己泡的茵陳。不顧得找酒杯，他順手倒了兩半茶碗。一仰脖，他把半碗酒一口吃下，咂了幾下嘴。

　　瑞全沒有那麼大的酒量，可是不便示弱，也把酒一飲而盡。酒力登時由舌上熱到胸中。

「錢伯伯！」瑞全嗽了幾口熱氣才說：「我不一定再來辭行啦，多少要保守點祕密！」

「還辭行？老實說，這次別離後，我簡直不抱再看見你們的希望！『風蕭蕭兮易水寒，壯士一去兮不復還！』」錢先生手按著酒瓶，眼中微微發了溼。

瑞全腹中的酒漸漸發散開，他有點發暈，想到空曠的地方去痛快的吸幾口氣。「我走啦！」他幾乎不敢再看錢先生就往外走。

錢先生還手按酒瓶愣著。直到瑞全走出屋門，他才追了上來。他一聲沒出的給瑞全開了街門，看著瑞全出去；而後，把門輕輕關好，長嘆了一聲。

瑞全的半碗酒吃猛了點，一著涼風，他的血流得很快，好像河水開了閘似的。立在槐樹的黑影下，他的腦中像走馬燈似的，許多許多似乎相關，又似乎不相關的景像，連續不斷的疾馳。他看見這是晚飯後，燈火輝煌的時候，在煤市街，鮮魚口那一帶，人們帶著酒臭與熱臉，打著響亮滿意的「嗝兒」，往戲園裡擠。戲園裡，在亮得使人頭疼的燈光下，正唱著小武戲。一閃，他又看見：從東安市場，從北河沿，一對對的青年男女，倚著肩，眼中吐露出愛的花朵，向真光，或光陸，或平安電影場去；電影園放著胡魯胡魯響的音樂，或情歌。他又看見北海水上的小艇，在燈影與荷葉中搖盪；中山公園中的古柏下坐著，走著，摩登計程車女。這時候，哪裡都應當正在熱鬧，人力車，馬車，電車，汽車，都在奔走響動。

一陣涼風把他的幻影吹走。他傾耳細聽，街上沒有一點聲音。那最常聽到的電車鈴聲，與小販的呼聲，今天都一律停止。北平是在悲泣！

忽然的，槐樹尖上一亮，像在夢中似的，他猛孤丁的看見了許多房脊。光亮忽然又閃開，眼前依舊烏黑，比以前更黑。遠處的天上，忽然又劃過一條光來，很快的來回閃動；而後，又是一條，與剛才的一條交叉到

一處，停了一停；天上亮，下面黑，空中一個顫動的白的十字。星星失去了光彩，侵略者的怪眼由城外掃射著北平的黑夜。全城靜寂，任著這怪眼 —— 探照燈 —— 發威！

瑞全的酒意失去了一半，臉上不知何時已經被淚流溼。他不是個愛落淚的人。可是，酒意，靜寂，顫動的白光，與他的跳動的心，會合在一處，不知不覺的把淚逼出來。他顧不得去擦眼。有些淚在面上，他覺得心中舒服了一些。

三號的門開了。招弟小姐出來，立在階上，仰著頭向上找，大概是找那些白光呢。她是小個子，和她的爸爸一樣的小而俊俏。她的眼最好看，很深的雙眼皮，一對很亮很黑的眼珠，眼珠轉到眶中的任何部分都顯著靈動俏媚。假若沒有這一對眼睛，她雖長得很勻稱秀氣，可就顯不出她有什麼特別引人注意的地方了。她的眼使她全身都靈動起來，她的眼把她所有的缺點都遮飾過去，她的眼能替她的口說出最難以表達的心意與情感，她的眼能替她的心與腦開出可愛的花來。儘管她沒有高深的知識，沒有什麼使人佩服的人格與行動，可是她的眼會使她征服一切；看見她的眼，人們便忘了考慮別的，而只覺得她可愛。她的眼中的光會走到人們的心裡，使人立刻發狂。

她現在穿著件很短的白綢袍，很短很寬，沒有領子。她的白脖頸全露在外面，小下巴向上翹著；彷彿一個仙女往天上看有什麼動靜呢。院內的燈光照到大槐上，大槐的綠色又折到她的白綢袍上，給袍子輕染上一點灰暗，像用鉛筆輕輕擦上的陰影。這點陰影並沒能遮住綢子的光澤，於是，光與影的混合使袍子老像微微的顫動，毛毛茸茸的像蜻蜓的翅翼在空中輕顫。

瑞全的心跳得更快了。他幾乎沒加思索，就走了過來。他走得極輕極快，像自天而降的立在她的面前。這，嚇了她一跳，把手放在了胸口上。

「你呀？」她把手放下去，一雙因驚恐而更黑更亮的眼珠定在了他的臉上。

「走一會兒去？」瑞全輕輕的說。

她搖了搖頭，而眼中含著點歉意的說：「那天我就關在了北海一夜，不敢再冒險了！」

「我們是不是還有逛北海的機會呢？」

「怎麼沒有？」她把右手扶在門框上，臉兒稍偏著點問。瑞全沒有回答她。他心中很亂。

「爸爸說啦，事情並不怎麼嚴重！」

「嘔！」他的語氣中帶著驚異與反感。

「瞧你這個勁兒！進來吧，我們湊幾圈小牌，好不好？多悶得慌啊！」她往前湊了一點。

「我不會！明天見吧！」像往前帶球似的，他三兩步跑到自己家門前。開開門，回頭看了一眼，她還在那裡立著呢。他想再回去和她多談幾句，可是像帶著怒似的，梆的一聲關上門。

他幾乎一夜沒能睡好。在理智上，他願堅決的斬斷一切情愛 —— 男女，父母，兄弟，朋友的 —— 而把自己投在戰爭的大浪中，去儘自己的一點對國家的責任。可是，情愛與愛情 —— 特別是愛情 —— 總設法擠入他的理智，教他去給自己在無路可通的地方開一條路子。他想：假若他能和招弟一同逃出北平去，一同擔任起抗戰中的工作，夠多麼美好！他對自己起誓，他決定不能在戰爭未完的時候去講戀愛。他只希望有一個自己所喜愛的女友能同他一道走，一同工作。能這樣，他的工作就必定特別的出色！

招弟的語言，態度，教他極失望。他萬沒想到在城池陷落的日子，她

還有心想到打牌！

再一想，他就又原諒了招弟，而把一切罪過都加到她的父母身上去。他不能相信她的本質就是不堪造就的。假若她真愛他的話，他以為必定能夠用言語，行為，和愛情，把她感化過來，教她成個有用的小女人。

嘔！即使她的本質就不好吧，她還可愛！每逢一遇到她，他就感到他的身與心一齊被她的黑眼睛吸收了去；她是一切，他什麼也不是。他只感到快活，溫暖，與任何別人所不能給他的一種生命的波盪。在她的面前，他覺得他是荷塘裡，伏在睡蓮的小圓葉上的一個翠綠的嫩蛙。他的周圍全是香，美，與溫柔！

去她的吧！日本人已入了城，還想這一套？沒出息！他閉緊了眼。

但是，他睡不著。由頭兒又想了一遍，還是想不清楚。

想過了一遍，兩遍，三遍，他自己都覺得不耐煩了，可是還睡不著。

他開始替她想：假若她留在北平，她將變成什麼樣子呢？說不定，她的父親還會因求官得祿而把她送給日本人呢！想到這裡，他猛的坐了起來。教她去伺候日本人？教她把美麗，溫柔，與一千種一萬種美妙的聲音，眼神，動作，都送給野獸？

不過，即使他的推測不幸而變為事實，他又有什麼辦法呢？還是得先打出日本鬼子去吧？他又把脊背放在了床上。頭一遍雞鳴！他默數著一二三四……

第 06 幕　敵破城

　　有許多像祁老者的老人，希望在太平中度過風燭殘年，而被侵略者的槍炮打碎他們的希望。即使他們有一份愛國的誠心，可是身衰氣敗，無能為力。他們只好忍受。忍受到幾時？是否能忍受得過去？他們已活了六七十年，可是剩下的幾年卻毫不能自主；即使他們希望不久就入墓，而墓地已經屬於敵人！他們不知如何是好！

　　有許多像祁天佑的半老的人，事業已經固定，精力已剩了不多，他們把自己的才力已看得十分清楚，只求在身心還未完全衰老的時候再努力奔忙幾年，好給兒孫打下一點生活的基礎，而後再　──假若可能──　去享幾年清福。他們沒有多少野心，而只求在本分中憑著努力去賺得衣食與家業。可是，敵人進了他們的城；機關，學校，商店，公司……一切停閉。離開北平？他們沒有任何準備，而且家庭之累把他們牢牢的拴在屋柱上。不走？明天怎辦呢？他們至少也許還有一二十年的生命，難道這麼長的光陰都要像牛馬似的，在鞭撻下度過去？他們不曉得怎樣才好！

　　有許多像祁瑞宣的壯年人，有職業，有家庭，有知識，有愛國心，假若他們有辦法，他們必定馬上去奔赴國難，絕不後人。他們深恨日本人，也知道日本人特別恨他們。可是，以瑞宣說吧，一家大小的累贅，像一塊巨石壓在他的背上，使他抬不起頭來，眼老釘在地上；儘管他想飛騰，可是連動也動不得。現在，學校是停閉了，還有開學的希望沒有？不知道！即使開學，他有什麼臉去教學生呢？難道他上堂去告訴年輕的學生們好好的當亡國奴？假若學校永遠停閉，他便非另謀生路不可；可是，他能低首下心的向日本人或日本人的走狗討飯吃嗎？他不知怎樣才好！

　　有許多像瑞全的青年人，假若手中有武器，他們會馬上去殺敵。平

日，他們一聽到國歌便肅然起敬，一看到國旗便感到興奮；他們的心一點
也不狹小偏激，但是一提到他們的國家，他們便不由的，有一種近乎主觀
的，牢不可破的，不容有第二種看法的，意見 —— 他們以為他們自己的
國家最好，而且希望它會永遠完整，光明，興旺！他們很自傲能夠這樣，
因為這是歷史上所沒有過的新國民的氣像。他們的自尊自傲，使他們沒法
子不深恨日本人，因為日本人幾十年來天天在損傷他們國家的尊嚴，破壞
他們的國土的完整；他們打算光榮的活著，就非首先反抗日本不可！這是
新國民的第一個責任！現在，日本兵攻破他們的北平！他們寧願去死，也
不願受這個汙辱！可是，他們手中是空的；空著手是無法抵抗敵人的飛機
與坦克的。既不能馬上去廝殺，他們想立刻逃出北平，加入在城外作戰的
軍隊。可是，他們怎麼走？向哪裡走？事前毫無準備。況且，事情是不是
可以好轉呢？誰也不知道。他們都是學生，知道求學的重要；假若事情緩
和下去，而他們還可以繼續求學，他們就必定願意把學業結束了，而後把
身心獻給國家。他們著急，急於知道個究竟，可是誰也不能告訴他們預
言。他們不知怎樣才好！

　　有許多小崔，因為北平陷落而登時沒有飯吃；有許多小文夫婦，閉上
了他們的口，不能再歌舞昇平；有許多孫七，詬罵著日本人而沒有更好的
方法發洩惡氣；有許多劉師傅想著靠他們的武藝和日本小鬼去拚一拚，可
是敵人的坦克車在柏油路上擺開，有一里多地長；有許多……誰都有吃與
喝那樣的迫切的問題，誰都感到冤屈與恥辱，他們都在猜測事情將要怎樣
變化 —— 誰都不知怎樣才好！

　　整個的北平變成了一隻失去舵的孤舟，在野水上飄蕩！舟上的人們，
誰都想作一點有益的事情，而誰的力量也不夠拯救他自己的。人人的心中
有一團苦悶的霧氣。

　　玉泉山的泉水還閒適的流著，積水灘，後海，三海的綠荷還在吐放著

清香；北面與西面的青山還在藍而發亮的天光下面雄偉的立著；天壇，公園中的蒼松翠柏還伴著紅牆金瓦構成最壯美的景色；可是北平的人已和北平失掉了往日的關係；北平已不是北平人的北平了。在蒼松與金瓦的上面，懸著的是日本旗！人們的眼，畫家的手，詩人的心，已經不敢看，不敢畫，不敢想北平的雄壯偉麗了！北平的一切已都塗上恥辱與汙垢！人們的眼都在相互的問：「怎麼辦呢？」而得到的回答只是搖頭與羞愧！

　　只有冠曉荷先生的心裡並沒感覺到有什麼不舒服。他比李四爺，小崔，孫七，劉師傅……都更多知道一些什麼「國家」「民族」「社會」這類的名詞；遇到機會，他會運用這些名詞去登臺講演一番。可是，小崔們雖然不會說這些名詞，心裡卻有一股子氣兒，一股子不服人的，特別不服日本人的，氣兒。冠先生，儘管嘴裡花哨，心中卻沒有這一股子氣。他說什麼，與相信什麼，完全是兩回事。他口中說「國家民族」，他心中卻只知道他自己。他自己是一切。他自己是一顆光華燦爛的明星，大赤包與尤桐芳和他的女兒是他的衛星 —— 小羊圈三號的四合房是他的宇宙。在這個宇宙裡，作飯，鬧酒，打牌，唱戲，穿好衣服，彼此吵嘴鬧脾氣，是季節與風雨。在這個宇宙裡，國家民族等等只是一些名詞；假若出賣國家可以使飯食更好，衣服更漂亮，這個宇宙的主宰 —— 冠曉荷 —— 連眼也不眨巴一下便去出賣國家。在他心裡，生命就是生活，而生活理當奢華舒服。為達到他的理想生活水準，他沒有什麼不可以作的事。什麼都是假的，連國家民族都是假的，只有他的酒飯，女人，衣冠，與金錢，是真的。

　　從老早，他就恨惡南京，因為國民政府，始終沒有給他一個差事。由這點恨惡向前發展，他也就看不起中國。他覺得中國毫無希望，因為中國政府沒有給他官兒作！再向前發展，他覺得英國法國都可愛，假若英國法國能給他個官職。現在，日本人攻進了北平；日本人是不是能啟用他呢？想了半天，他的臉上浮起點笑意，像春風吹化了的冰似的，漸漸的由冰硬

而露出點水汪汪的意思來。他想：日本人一時絕難派遣成千成萬的官吏來，而必然要用些不抗日的人們去辦事。那麼，他便最有資格去作事，因為憑良心說，他向來沒存過絲毫的抗日的心思。同時，他所結交的朋友中有不少是與日本人有相當的關係的，他們若是幫助日本人去辦事，難道還能剩下他嗎？想到這裡，他對著鏡子看了看自己，覺得印堂確是發亮，眼睛也有光。他好像記得西河沿福來店的大相士神仙眼說過，他就在這二年裡有一步好運。對著鏡子，他喊了一聲：「桐芳！」他看到自己喊人的口形是頗有些氣派，也聽到自己的聲音是清亮而帶著水音兒，他的必能走好運的信心當時增高了好幾倍。

「幹嘛呀？」桐芳嬌聲細氣的在院裡問。

因為自己心裡高興，他覺得她的聲音特別的甜美好聽，而且彷彿看到了她的永遠抹得鮮紅而範圍擴大的嘴唇。他好像受了她的傳染，聲音也帶著幾分甜美與尖銳：「那回神仙眼說我哪一年交好運來著？」問罷，他偏著點頭，微笑的等她回答。

「就是今年吧？」她剛說完，馬上又把那個「吧」字取締了：「就是今年！今年不是牛年嗎？」

「是牛年！他說我牛年交運啊？」

「一點不錯，我記得死死的！」

他沒再說什麼，而覺得心中有一股熱氣直往上衝騰。他不便說出來，而心裡決定好：日本人是可愛的，因為給他帶來好運！

在全城的人都惶惑不安的時節，冠曉荷開始去活動。在他第一次出門的時候，他的心中頗有些不安。街上重要的路口，像四牌樓，新街口，和護國寺街口，都有武裝的日本人站崗，槍上都上著明晃晃的刺刀。人們過這些街口，都必須向職位深深的鞠躬。他很喜歡鞠躬，而且很會鞠日本式

的躬；不過，他身上並沒有什麼特別的證章或標誌，萬一日本兵因為不認識他而給他一些麻煩呢？人家日本人有的是子彈，隨便鬧著玩也可以打死幾個人呀！還有，他應當怎樣出去呢？是步行呢？還是把小崔叫過來，作他的暫時的包車伕呢？假若步行到闊人的家裡去，豈不被人恥笑？難道冠曉荷因為城亡了就失去坐車的身分？假若坐車呢，萬一過十字路口，碰上日本兵可怎麼辦呢？坐在車上安然不動，恐怕不行吧？這倒是個問題！

想了好久，他決定坐小崔的車出去。把小崔叫來，冠先生先和他講條件：

「小崔，這兩天怎麼樣？」

小崔，一個腦袋像七稜八瓣的倭瓜的年輕小夥子，沒有什麼好氣兒的回答：

「怎麼樣？還不是餓著！」不錯，冠先生確是小崔的主顧，可是小崔不會太看得起冠先生。

「得啦，」冠先生降格相從的一笑，「今天不至於餓著了，拉我出去吧！」

「出去？城外頭還開著炮哪！」小崔不會太怕大砲，他倒是心中因懷疑冠先生要幹什麼去而有些反感。他不準知道冠先生出去作什麼，但是他確能猜到：在這個炮火連天的時候要出去，必定是和日本人有什麼勾結。他恨在這時候與日本人有來往的人。他寧可煞一煞腰帶，多餓一兩頓，也不願拉著這樣的人去滿街飛跑！生活艱苦的人，像小崔，常常遇到人類和其他的一切動物最大的憂患 —— 飢餓。可是，因為常常的碰上它，他們反倒多了一些反抗的精神；積極的也好，消極的也好，他們總不肯輕易屈服。

冠先生，可是，不明白這點道理；帶著驕傲與輕蔑的神氣，他說：「我

不教你白拉，給你錢！而且，」他輕快的一仰下巴頦，「多給你錢！平日，我給你八毛錢一天，今天我出一塊！一塊！」他停頓了一下，又找補上個「一塊！」這兩個字是裹著口水，像一塊糖果似的，在口中咂著味兒說出來的。他以為這兩個字一定會教任何窮人去頂著槍彈往前飛跑的。「車廠子都關著呢，我哪兒賃車去？再說，」小崔沒往下說，而在倭瓜臉上擺出些不屑的神氣來。

「算啦！算啦！」冠先生掛了氣。「不拉就說不拉，甭繞彎子！你們這種人，就欠餓死！」

大赤包兒這兩天既沒人來打牌，又不能出去遊逛，一腦門子都是官司。她已經和尤桐芳和兩個女兒都鬧過了氣，現在想抓到機會另闢戰場。仰著臉，挑著眉，腳步沉穩，而怒氣包身，她像座軋路的汽輾子似的走進來。並沒有看小崔（因為不屑於），她手指著冠先生：「你跟他費什麼話呢？教他滾蛋不就結啦！」

小崔的倭瓜臉上發了紅。他想急忙走出去，可是他管不住了自己。平日他就討厭大赤包，今天在日本鬼子進城的時節，他就覺得她特別討厭：「說話可別帶髒字兒，我告訴你！好男不跟女鬥，我要是還口，你可受不了！」

「怎麼著？」大赤包的眼帶著殺氣對準了小崔的臉，像兩個機關槍槍口似的。她臉上的黑雀斑一個個都透出點血色，紫紅紅的像打了花臉。「怎麼著？」她穩而不懷善意的往前邁了兩步。

「你說怎麼著？」小崔一點也不怕她，不過心中可有點不大好受，因為他知道假若大赤包真動手，他就免不了吃啞叭虧；她是個女的，他不能還手。

教小崔猜對了：大赤包冷不防的給了他一個氣魄很大的嘴巴。他發了火：「怎嗎？打人嗎？」可是，還不肯還手。北平是亡了，北平的禮教還存

在小崔的身上。「要打，怎不去打日本人呢？」

「好啦！好啦！」冠先生覺得小崔捱了打，事情就該結束了，他過來把大赤包拉開。「小崔，你還不走？」「走？新新！憑什麼打人呢？你們這一家子都是日本人嗎？」小崔立住不動。

二太太桐芳跑了進來。兩隻永遠含媚的眼睛一掃，她已經明白了個大概。她決定偏向著小崔。一來，她是唱鼓書出身，同情窮苦的人們；二來，為反抗大赤包，她不能不衵護小崔。「得了，小崔，好男不跟女鬥。甭跟她生氣！」小崔聽到這兩句好話，氣平了一點：「不是呀，二太太！你聽我說！」

「全甭說啦！我都明白！等過兩天，外面消停了，你還得拉我出去玩呢！走吧，家去歇歇吧！」桐芳知道從此以後，大赤包絕不再坐小崔的車，所以故意這麼交待一番，以示反抗。

小崔也知道自己得罪了兩個 —— 冠先生和大赤包 —— 照顧主兒；那麼，既得到桐芳的同情與照應，也該見臺階就下。「好啦，二太太，我都看在你的面上啦！」說完，手摸著熱辣辣的臉，往外走。

約摸著小崔已走到門口，冠先生才高聲的宣告：「這小子，給臉不要臉！你看著，從此再不坐他的車！」說罷，他在屋中很快的來回走了兩趟，倒好像是自己剛剛打完人似的那樣發著餘威！

「算啦吧，你！」大赤包發著真正的餘威，「連個拉車的你都治不了，你沒長著手嗎？你家裡的小妖精幫著拉車的說話，你也不敢哼一聲，你看你，還像個男子漢大丈夫！多咱你的小婆子跟拉車的跑了，你大概也不敢出一聲，你個活王八！」她的話裡本也罵到桐芳，可是桐芳已躲到自己屋裡去。像得了勝的蟋蟀似的在盆兒裡暗自得意。

冠曉荷微笑的享受著這絕對沒有樂音的叫罵，決定不還口。他怕因為

吵鬧，說喪氣話，而沖壞了自己的好運。他又走到鏡子前，細細端詳自己的印堂與眉眼：印堂的確發亮，他得到不少的安慰。

冠太太休息了一會兒，老聲老氣的問：「你僱車幹嘛？難道這時候還跟什麼臭女人拿約會嗎？」冠先生轉過臉來，很俊美的一笑：「我出去乾點正經的，我的太太！」

「你還有什麼正經的？十來年了，你連屁大的官兒都沒作過！」

「這就快作了啊！」

「怎嗎？」

「一朝天子一朝臣，你還不明白嗎？」

「嗯！」大赤包由鼻孔裡透出點不大信任他的聲音與意思。可是，很快的她又「嗯」了一下，具有恍然大悟的表示。她馬上把嘴唇並上，嘴角下垂，而在鼻窪那溜兒露出點笑意。她的喜怒哀樂都是大起大落，整出整入的；只有這樣說惱便惱，說笑就笑，才能表現出她的魄力與氣派，而使她像西太后。她的語聲忽然變得清亮了：「你為什麼不早說！走，我跟你去！」

「我們倆走著去？」

「不會叫汽車嗎？」

「鋪子都關著門哪！」

「就是鐵門，我也會把它砸開！走！」

第 07 幕　大赤包

雖然孫七平日好和小崔鬧彆扭，及至小崔受了委屈，他可是真誠的同情小崔。

「怎麼著？大赤包敢打人？」孫七 —— 因為給人家剃過二十多年的頭，眼睛稍微有點近視 —— 眯著點眼問。「他媽的，他們還沒勾上日本鬼子呢，就這個樣；趕明兒他們給小鬼子哑上 ××，還有我們活的份兒嗎？」小崔的聲音故意放高，為是教三號的人們聽見。

「他們也得敢！」孫七的聲音也不低。「我們走著瞧，光腳的還怕穿鞋的嗎？」

孫七和小崔的聯合攻擊，教全衚衕的人都曉得了冠家的活動。大家全不曉得國家大事要怎樣演變，而一致的以為冠曉荷沒有人味兒。

這點「輿論」不久便傳到白巡長的耳中去。他把小崔調到個空僻的地方囑咐了一番：「你少說點話！這年月，誰也不準知道誰站在那兒呢，最好是別得罪人！聽見沒有？」

「聽見了！」小崔，一個洋車伕，對巡警是向來沒有什麼好感的。白巡長可是個例外。多少次，他因酒後發酒瘋，或因窮而發邪脾氣，人家白巡長總是嘴裡厲害，而心中憨厚，不肯把他帶了走。因此，即使白巡長的話不能完全教他心平氣和，他也勉強的遵從。「白巡長，難道日本兵就這麼永遠占了北平嗎？」

「那，我不知道。我就知道壞鬼們都快要抬頭！」白巡長嘆了口氣。

「怎麼？」

「怎麼！你看哪，每打一次仗，小偷兒，私運煙土的，和嘎雜子們，

就都抖起來一回。我知道的清楚，因為我是幹警察的。我們明明知道，可是不能管他們，你看，連我們自己還不知道明天是什麼樣兒呀！這次，就更不同了；來的是日本人，還有不包庇壞蛋琉璃球兒的？你看著吧，趕明兒大街上要不公然的吆喝煙土，你把咱的眼珠子挖了去！」

「那麼從今以後就沒有我們好人走的路兒了？」「好人？城全教人家給打下來了，好人又值幾個銅板一個？不過，話得往回說，壞人儘管搖頭擺尾的得意，好人還得作好人！我們得忍著點，不必多得罪人，好鞋不踩臭狗屎，你明白我的話吧？」

小崔點了點頭，而心中有點發胡塗。

事實上，連日本人也沒把事情弄清楚。日本並不像英美那樣以政治決定軍事，也不像德意那樣以軍事決定政治。她的民族的性格似乎替她決定了一切。她有天大的野心，而老自慚腿短身量矮，所以儘管她有吞吃了地球的慾望，而不敢公然的提出什麼主義，打起什麼旗號。她只能在軍人闖出禍來以後，才去找合適的欺人的名詞與說法。她的政治是給軍事擦屁股用的。

在攻陷北平以前，在北平，在天津，在保定，日本都埋伏下一些地痞流氓，替他們作那些絕對無恥，連她自己也不好意思承認的事情。及至北平攻陷，這些地痞流氓自然沒有粉墨登場的資格與本領，而日本也並未準備下多少官吏來馬上發號施令。所以，北平只是軍事的占領，一切都莫名其妙的停頓下來。

小崔的腿，孫七的手，小文的嘴，都空閒起來。只有冠曉荷「馬不停蹄」。可是，他並沒奔走出什麼眉目來。和大赤包轉了兩天，他開始明白，政治與軍事的本營都在天津。北平是世界的城園，文物的寶庫，而在政治與軍事上，它卻是天津的附屬。策動侵華的日本人在天津，最願意最肯幫助日本人的華人也在那裡。假若天津是唱著文武帶打的大戲，北平只是一出空城計。

可是，冠曉荷並不灰心。他十分相信他將要交好運，而大赤包的鼓勵與協助，更教他欲罷不能。自從娶了尤桐芳以後，他總是與小太太串通一氣，夾攻大赤包。大赤包雖然氣派很大，敢說敢打敢鬧，可是她的心地卻相當的直爽，只要得到幾句好話，她便信以為真的去原諒人。冠曉荷常常一方面暗中援助小太太，一方面給大赤包甜蜜的話聽，所以她深恨尤桐芳，而總找出理由原諒她的丈夫。同時，她也知道在姿色上，在年齡上，沒法與桐芳抗衡，所以原諒丈夫彷彿倒是一種無可奈何的敗中取勝的辦法。她交際，她熱心的幫助丈夫去活動，也是想與桐芳爭個各有千秋。這回在城亡國辱之際，除了湊不上手打牌，與不能出去看戲，她並沒感到有什麼可痛心的，也沒想到曉荷的好機會來到。及至聽到他的言論，她立刻興奮起來。她看到了官職，金錢，酒飯，與華美的衣服。她應當拚命去幫助丈夫，好教這些好東西快快到她的手中。她的熱誠與努力，頗使曉荷感動，所以這兩天他對太太特別的和藹客氣，甚至於善意的批評她的頭髮還少燙著幾個鬈兒！這，使她得到不少的溫暖，而暫時的與桐芳停了戰。

第三天，她決定和曉荷分頭出去。由前兩天的經驗，她曉得留在北平的朋友們都並沒有什麼很大的勢力，所以她一方面教曉荷去找他們，多有些聯絡反正是有益無損的；在另一方面，她自己去另闢門路，專去拜訪婦女們——那些在天津的闊人們的老太太，太太，姨太太，或小姐，因為愛聽戲或某種原因而留在北平的。她覺得這條路子比曉荷的有更多的把握，因為她既自信自己的本領，又知道運動官職地位是須走內線的。把曉荷打發走，她囑咐桐芳看家，而教兩個女兒也出去：

「你們也別老坐在家裡白吃飯！出去給你爸爸活動活動！自從政府遷到南京，你爸爸就教人家給刷下來了；雖然說我們沒有捱過餓，可是坐吃山空，日子還長著呢，將來怎麼辦？乘著他還能蹦蹦跳跳的，乘著這個改朝換代的時機，我們得眾星捧月，把他抬出去！聽明白沒有？」

　　高第和招弟並不像媽媽那麼熱心。雖然她們的家庭教育教她們喜歡熱鬧，奢侈，與玩樂，可是她們究竟是年輕一代的人；她們多少也知道些亡國的可恥。

　　招弟先說了話。她是媽媽的「老」女兒，所以比姐姐得寵。今天，因為怕日本兵挨家來檢查，所以她只淡淡的敷了一點粉，而沒有抹口紅。「媽，聽說路上遇見日本兵，就要受搜查呢！他們專故意的摸女人的胸口！」

　　「教他們摸去吧！還能摸掉你一塊肉！」大赤包一旦下了決心，是什麼也不怕的。「你呢？」她問高第。高第比妹妹高著一頭，後影兒很好看，而面貌不甚美──嘴唇太厚，鼻子太短，只有兩隻眼睛還有時候顯著挺精神。她的身量與脾氣都像媽媽，所以不得媽媽的喜歡；兩個硬的碰到一塊兒，誰也不肯退讓，就沒法不碰出來火光。在全家中，她可以算作最明白的人，有時候她敢說幾句他們最不愛聽的話。因此，大家都不敢招惹她，也就都有點討厭她。「我要是你呀，媽，我就不能讓女兒在這種時候出去給爸爸找官兒作！丟人！」高第把短鼻子縱成一條小硬棒子似的說。「好！你們都甭去！趕明兒你爸爸賺來錢，你們可別伸手跟他要啊！」大赤包一手抓起刺繡的手提包，一手抓起小檀香骨的摺扇，像戰士衝鋒似的走出去。

　　「媽！」招弟把娘叫住。「別生氣，我去！告訴我上哪兒？」

　　大赤包匆忙的由手提包裡拿出一張小紙，和幾塊錢的鈔票來。指著紙條，她說：「到這幾家去！別直入公堂的跟人家求事，明白吧？要順口答音的探聽有什麼路子可走！你打聽明白了，明天我好再親自去。我要是一個人跑得過來，絕不勞動你們小姐們！真！我跑酸了腿，絕不為我自己一個人！」

　　交代完，大赤包口中還唧唧咕咕的叨嘮著走出去。招弟手中拿著那

張小紙和幾張鈔票，向高第吐了吐舌頭。「得！先騙過幾塊錢來再說！姐姐，我們倆出去玩會兒好不好？等媽媽回來，我們就說把幾家都拜訪過了，可是都沒有人在家，不就完啦。」

「上哪兒去玩。還有心情去玩？」高第皺著眉說。「沒地方去玩倒是真的！都是臭日本鬼子鬧的！」招弟撅著小嘴說。「也不知什麼時候才能太平？」

「誰知道！招弟，假若我們打不退日本兵，爸爸真去給鬼子作事，我們怎辦呢？」

「我們？」招弟眨著眼想了一會兒。「我想不出來！你呢？」「那，我就不再吃家裡的飯！」

「喲！」招弟把脖兒一縮，「你淨挑選好聽的說！你有賺飯吃的本事嗎？」

「嗨！」高第長嘆了一口氣。

「我看哪，你是又想仲石了，沒有別的！」

「我倒真願去問問他，到底這都是怎麼一回事！」

仲石是錢家那個以駛汽車為業的二少爺。他長得相當的英俊，在駛著車子的時候，他的臉蛋紅紅的，頭髮蓬鬆著，顯出頂隨便，而又頂活潑的樣子，及至把藍布的工人服脫掉，換上便裝，頭髮也梳攏整齊，他便又像個乾淨俐落的小機械師。雖然他與冠家是緊鄰，他可是向來沒注意過冠家的人們，因為第一他不大常回家來，第二他很喜愛機械，一天到晚他不是要弄汽車上的機件，（他已學會修理汽車），便是拆開再安好一個破錶，或是一架收音機；他的心裡幾乎沒想過女人。他的未婚妻是他嫂子的叔伯妹妹，而由媽媽硬給他定下的。他看嫂子為人老實規矩，所以也就相信她的叔伯妹妹也必定錯不了。他沒反對家中給他定婚，也沒怎樣熱心的要結

婚。趕到媽媽問他「多咱辦喜事啊」的時候，他總是回答：「不忙！等我開
了一座修理汽車行再說！」他的志願是開這麼一個小鋪，自東自夥，能夠
裝配一切零件。他願意躺在車底下去擺弄那些小東西；弄完，看著一部已
經不動的車又能飛快的跑起來，他就感到最大的欣悅。

有一個時期，他給一家公司開車，專走湯山。高第，有一次，參加了
一個小團體，到湯山旅行，正坐的是仲石的車。她有點暈車，所以坐在了
司機臺上。她認識仲石，仲石可沒大理會她。及至說起話來，他才曉得她
是冠家的姑娘，而對她相當的客氣。在他，這不過是情理中當然的舉動，
絲毫沒有別的意思。可是，高第，因為他的模樣的可愛，卻認為這是一件
羅曼司的開始。

高第有過不少的男友，但是每逢他們一看到招弟，便馬上像蜂兒看到
另一朵更香蜜的花似的，而放棄了她。她為這個和妹妹吵嘴，妹妹便理直
氣壯的反攻：「我並不要搶你的朋友，可是他們要和我相好，有什麼辦法
呢？也許是你的鼻子不大討人喜歡吧？」這種無情的攻擊，已足教高第把
眼哭腫，而媽媽又在一旁敲打著：「是呀，你要是體面點，有個人緣兒，
能早嫁個人，也教我省點心啊！」媽媽的本意，高第也知道，是假若她能
像妹妹一樣漂亮，嫁個闊人，對冠家豈不有很大的好處麼？

因此，高第漸漸的學會以幻想作安慰。她老想有朝一日，她會忽然的
遇到一個很漂亮的青年男子，在最靜僻的地方一見傾心，直到結婚的時候
才教家中看看他是多麼體面，使他們都大吃一驚。她需要愛；那麼，既得
不到，她便在腦中給自己製造。

遇見了仲石，她以為心裡所想的果然可以成為事實！她的耳朵幾乎是
釘在了西牆上，西院裡的一咳一響，都使她心驚。她耐心的，不怕費事
的，去設盡心機打聽錢家的一切，而錢家的事恰好又沒多少人曉得。她從
電話簿子上找到公司的地址，而常常繞著道兒到公司門外走來走去，希望

能看到仲石，可是始終也見不到。越是這樣無可捉摸，她越感到一種可愛的苦痛。她會用幻想去補充她所缺乏的事實，而把仲石的身世，性格，能力等等都填滿，把他製造成個最理想的青年。

她開始愛讀小說，而且自己偷偷的也寫一些故事。哪一個故事也沒能寫得齊全，只是她的白字與錯字卻非常的豐富。故事中的男主角永遠是仲石，女主角可有時候是她自己，有時候是招弟。遇到以招弟為女主角的時候，那必定是個悲劇。

招弟偷看了這些不成篇的故事。她是世界上第一個知道高第有這個祕密的。為報復姐姐使她作悲劇的主角，她時常以仲石為工具去嘲弄姐姐。在她看，錢家全家的人都有些古怪；仲石雖然的確是個漂亮青年，可是職業與身分又都太低。儘管姐姐的模樣不秀美，可還犯不上嫁個汽車司機的。在高第心中呢，仲石必是個能作一切，知道一切的人，而暫時的以開車為好玩，說不定哪一天他就會脫穎而出，變成個英雄，或什麼承受巨大遺產的財主，像小說中常見到的那樣的人物。每逢招弟嘲諷她，她就必定很嚴肅的回答：「我真願意和他談談，他一定什麼都知道！」

今天，招弟又提起仲石來，高第依然是那麼嚴肅的回答，而且又補充上：

「就算他是個不折不扣的汽車伕吧，也比跪下向日本人求官作的強，強的多！」

第 08 幕　淨街了

　　祁瑞宣的心裡很為難。八月中旬是祖父七十五歲的壽日。在往年，他必定叫三四桌有海參，整雞，整魚的三大件的席來，招待至親好友，熱鬧一天。今年怎麼辦呢？這個事不能去和老人商議，因為一商議就有打算不招待親友的意思，而老人也許在表面上贊同，心裡卻極不高興 —— 老人的年歲正像歲末的月份牌，撕一張就短一張，而眼看著已經只剩下不多的幾張了；所以，老人們對自己的生日是特別注意的，因為生日與喪日的距離已沒有好遠。

　　「我看哪，」小順兒的媽很費了一番思索才向丈夫建議，「還是照往年那麼辦。你不知道，今年要是鴉雀無聲的過去，他老人家非病一場不可！你愛信不信！」

　　「至於那麼嚴重？」瑞宣慘笑了一下。

　　「你沒聽見老人直吹風兒嗎？」小順兒的媽的北平話，遇到理直氣壯振振有詞的時候，是詞彙豐富，而語調輕脆，像清夜的小梆子似的。「這兩天不住的說，只要街上的鋪子一下板子，就什麼事也沒有了。這不是說給我們聽哪嗎？老人家放開桄兒（儘量的）活，還能再活幾年，再說，我們要是不預備下點酒兒肉兒的，親戚朋友們要是來了，我們豈不抓瞎？」

　　「他們會不等去請，自動的來，在這個年月？」「那可就難說！別管天下怎麼亂，我們北平人絕不能忘了禮節！」

　　瑞宣沒再言語。平日，他很自傲生在北平，能說全國遵為國語的話，能拿皇帝建造的御苑壇社作為公園，能看到珍本的書籍，能聽到最有見解的言論，淨憑耳燻目染，也可以得到許多見識。連走卒小販全另有風度！今天，聽到韻梅的話，他有點討厭北平人了，別管天下怎麼亂……嘔，作

了亡國奴還要慶壽！

「你甭管，全交給我得啦！哪怕是吃炒菜麵呢，反正親友來了，不至於對著臉兒發愣！老人家呢要看的是人，你給他山珍海味吃，他也吃不了幾口！」小順兒的媽說完，覺得很滿意，用她的水靈的大眼睛掃射了一圈，彷彿天堂，人間，地獄，都在她的了解與管理中似的。

祁天佑回家來看看。他的臉瘦了一些，掛著點不大自然的笑容。「鋪戶差不多都開了門，我們可挑出了幌子去。有生意沒生意的，開開門總覺得痛快點！」他含著歉意的向祁老人報告。

「開開門就行了！鋪戶一開，就有了市面，也就顯著太平了！」祁老人的臉上也有了笑容。

和老父親搭訕了幾句，天佑到自己屋裡看看老伴兒。她雖還是病病歪歪的，而心裡很精細，問了國事，再問鋪子的情形。天佑對國事不十分清楚，而只信任商會，商會一勸大家獻捐，他就曉得是要打仗，商會一有人出頭維持治安，他便知道地面上快消停了。這次，除了商會中幾個重要人物作些私人的活動，商會本身並沒有什麼表示，而鋪戶的開市是受了警察的通告的。因此，天佑還不能肯確的說大局究竟如何。

至於買賣的好壞，那要完全依著治亂而決定，天佑的難處就在因為不明白時局究竟如何，而不敢決定是否馬上要收進點貨物來。

「日本鬼子進了城，一時不會有什麼生意。生意淡，貨價就得低，按理說我應當進點貨，等時局稍微一平靜，貨物看漲，我們就有個賺頭！可是，我自己不敢作主，東家們又未必肯出錢，我只好愣著！我心裡不用提有多麼不痛快了！這回的亂子和哪一回都不同，這回是日本鬼子打我們，不是我們自己打自己，誰知道他們會拉什麼屎呢？」

「過一天算一天吧，你先甭著急！」

「我瞥著急？鋪子賺錢，我才能多分幾個！」

「天塌砸眾人哪，又有什麼法兒呢？」

說到這裡，瑞宣進來了，提起給祖父作壽的事。父親皺了皺眉。在他的心裡，給老父親作壽差不多和初二十六祭財神一樣，萬不能馬虎過去。但是，在這日本兵剛剛進了城的時候，他實在打不起精神來。想了半天，他低聲的說：「你看著辦吧，怎辦怎好！」瑞宣更沒了主意。

大家愣住了，沒有話說，雖然心裡都有千言萬語。這時候，隔壁小文拉起胡琴來，小文太太像在城根喊嗓子那樣，有音無字的咿 —— 咿 —— 啊 —— 啊 —— 了幾聲。

「還有心思幹這個！」瑞宣皺著眉說。

「人家指著這個吃飯呀！」天佑本來也討厭唱戲，可是沒法子不說這句實話。意在言外的，他抓到了人們的心情的根底 —— 教誰壓管著也得吃飯！

瑞宣溜了出來。他覺得在屋中透不過氣來。父親的這一句話教他看見了但丁的地獄，雖然是地獄，那些鬼魂們還能把它弄得十分熱鬧！他自己也得活下去，也就必須和鬼魂們擠來擠去！

「瑞宣！」天佑叫了一聲，趕到屋門口來。「你到學校看看去吧！」

小順兒正用小磚頭打樹上的半紅的棗子。瑞宣站住，先對小順兒說：「你打不下棗兒來，不留神把奶奶屋的玻璃打碎，就痛快了！」

「門口沒有，沒有賣糖的，還不教人家吃兩個棗兒？」小順兒怪委屈的說。

奶奶在屋裡接了話：「教他打去吧！孩子這幾天什麼也吃不著！」

小順兒很得意，放膽的把磚頭扔得更高了些。

瑞宣問父親：「哪個學校？」

「教堂的那個。我剛才由那裡過，聽見打鈴的聲兒，多半是已經開了課。」

「好！我去看看！」瑞宣正想出去走走，散一散胸中的悶氣。

「我也去！」小順兒打下不少的葉子，而沒打下一個棗兒，所以改變計劃，想同父親逛逛街去。

奶奶又答了話：「你不能去呀！街上有日本鬼子！教爺爺給你打兩個棗兒！乖！」

瑞宣沒顧得戴帽子，匆匆的走出去。

他是在兩處教書。一處是市立中學，有十八個鐘點，都是英語。另一處是一個天主教堂立的補習學校，他只教四個鐘頭的中文。兼這四小時的課，他並不為那點很微薄的報酬，而是願和校內的意國與其他國籍的神父們學習一點拉丁文和法文。他是個不肯教腦子長起鏽來的人。

大街上並沒有變樣子。他很希望街上有了驚心的改變，好使他咬一咬牙，管什麼父母子女，且去身赴國難。可是，街上還是那個老樣兒，只是行人車馬很少，教他感到寂寞，空虛，與不安。正如他父親所說的，鋪戶已差不多都開了門，可是都沒有什麼生意。那些老實的，規矩的店夥，都靜靜的坐在櫃檯內，有的打著盹兒，有的向門外呆視。衚衕口上已有了洋車，車伕們都不像平日那麼嬉皮笑臉的開玩笑，有的靠著牆根靜立，有的在車簸箕上坐著。恥辱的外衣是靜寂。

他在護國寺街口，看見了兩個武裝的日本兵，像一對短而寬的熊似的立在街心。他的頭上出了汗。低下頭，他從便道上，緊擦著鋪戶的門口走過去。他覺得兩腳像踩著棉花。走出老遠，他才敢抬起頭來。彷彿有人叫了他一聲，他又低下頭去；他覺得自己的姓名很可恥。

到了學校，果然已經上了課，學生可是並沒有到齊。今天沒有他的功

課，他去看看意國的竇神父。平日，竇神父是位非常和善的人；今天，在祁瑞宣眼中，他好像很冷淡，高傲。瑞宣不知道這是事實，還是因自己的心情不好而神經過敏。說過兩句話後，神父板著臉指出瑞宣的曠課。瑞宣忍著氣說：「在這種情形之下，我想必定停課！」

「嗢！」神父的神氣十分傲慢。「平常你們都很愛國，趕到炮聲一響，你們就都藏起去！」

瑞宣嚥了口吐沫，愣了一會兒。他又忍住了氣。他覺得神父的指摘多少是近情理的，北平人確是缺乏西洋人的那種冒險的精神與英雄氣概。神父，既是代表上帝的，理當說實話。想到這裡，他笑了一下，而後誠意的請教：「竇神父！你看中日戰爭將要怎麼發展呢？」

神父本也想笑一下，可是被一點輕蔑的神經波浪把笑攔回去。「我不知道！我只知道改朝換代是中國史上常有的事！」

瑞宣的臉上燒得很熱。他從神父的臉上看到人類的惡根性——崇拜勝利（不管是用什麼惡劣的手段取得的勝利），而對失敗者加以輕視及汙衊。他一聲沒出，走了出來。

已經走出半裡多地，他又轉身回去，在教員休息室寫了一張紙條，叫人送給竇神父——他不再來教課。

再由學校走出來，他覺得心中輕鬆了一些。可是沒有多大一會兒，他又覺得這實在沒有什麼可得意的；一個被捉進籠中的小鳥，儘管立志不再啼唱，又有什麼用處呢？他有點頭疼。喪膽遊魂的，他走到小羊圈的口上，街上忽然亂響起來，拉車的都急忙把車拉入衚衕裡去，鋪戶都忙著上板子，幾個巡警在驅逐行人：「別走了！回去！到衚衕口裡去！」鋪戶上板子的聲響，無論在什麼時候，總給人以不快之感。瑞宣愣著了。一眼，他看見白巡長。趕過去，他問：「是不是空襲？」這本是他突然想起來的，並沒有什麼特別的意義。及至已經問出來，他的心中忽然一亮：「我們有

空軍，來炸北平吧！和日本人一同炸死，也甘心！」他暗自禱告著。

白巡長的微笑是恥辱，無可奈何，與許多說不出的委屈的混合物：「什麼空襲？淨街！給 ── 」他的眼極快的向四圍一掃，而後把聲音放低，「給日本老爺淨街！」瑞宣的心中又黑了，低頭走進巷口。

在大槐樹底下，小崔的車歪脖橫狼的放著。小崔，倭瓜臉氣得一青一紅的，正和李四爺指手畫腳的說：「看見沒有？剛剛把車拉出去，又淨了街！教人怎麼往下混呢？一刀把我宰了，倒乾脆！這麼笨鋸鋸我，簡直受不了！」

李四爺今天得到訊息較遲，含著歉意的向瑞宣打招呼：「街上怎樣啦？祁大爺！」

「吃過飯了？四爺爺？」瑞宣立住，勉強的笑著說：「大概是日本要人從這裡過，淨街！」

「不是關城門？」在李四爺的心中，只要不關城門，事情就不至於十分嚴重。

「不至於吧！」

「快三十年沒見過這個陣式了！」李四爺慨嘆著說。「當初有皇上的時候，皇上出來才淨街！難道日本人要作我們的皇上嗎？」

瑞宣沒話可答，慘笑了一下。

「祁先生！」小崔用烏黑的手扯了瑞宣一把，給大褂上印上了兩個指頭印兒。「你看，到底要怎樣呢？真要他媽的老這麼鋸磨人，我可要當兵去啦！」

瑞宣喜歡李四爺與小崔這點情感，可是他沒法回答他們的問題。

四大媽拖著破鞋，瞇著兩隻大近視眼，從門內出來。「誰說當兵去？又是小崔吧？你這小子，放下老婆不管，當兵去？真有你的！把老婆交給

我看著嗎？趕緊回家睡個覺去，等鋪子開了門，再好好的去拉車！」

「四大媽，誰知道鋪子關到什麼時候呢！一落太陽，又該戒嚴了，我拉誰去？」

「甭管借鹽，還是借醋，我不准你在這裡瞎胡扯！」

小崔知道反抗四大媽是沒有便宜的，氣哼哼的把車拉進院子去。

「看你這老東西！」四大媽轉移了攻擊的目標。「鋪子都上了門，你怎麼不喊一聲，教大傢夥知道知道哇？」說到了這裡，她才看見瑞宣：「喲！祁大爺呀，你看我這瞎摸閤眼的！祁大爺，這麼一會兒關城，一會兒淨街的，到底都是怎麼回事呀？」

瑞宣沒話可說。他恨那些華北執政的人們，平日把百姓都裝在罐子裡，一旦遇到危難，他們甩手一走，把那封得嚴嚴的罐子留給敵人！憑著幾千年的文化與歷史，民氣是絕對可用的，可是……

「我也說不清！盼著過幾天就好點了吧！」他只能這麼敷衍一下，好搭訕著走開。

進了家門，他看見祁老人，天佑，瑞豐夫婦，都圍著棗樹閒談呢。瑞豐手裡捧著好幾個半紅的棗子，一邊吃，一邊說：「這就行了！甭管日本人也罷，中國人也罷，只要有人負責，諸事就都有了辦法。一有了辦法，日本人和我們的心裡就都消停了！」說著，把棗核兒用舌頭一頂，吐在地上；又很靈巧的把另一個棗子往高處一扔，用嘴接住。

瑞豐長得幹頭幹腦的，什麼地方都彷彿沒有油水。因此，他特別注意修飾，凡能以人工補救天然的，他都不惜工本，虔誠修治。他的頭髮永遠從當中分縫，生髮油與生髮蠟上得到要往下流的程度。他的小幹臉永遠颳得極乾淨，像個剛剛削去皮的荸薺；臉蛋上抹著玉容油。他的小幹手上的指甲，永遠打磨得十分整齊，而且擦上油。他的衣服都作得頂款式，鮮

明，若在天橋兒閒溜，人家總以為他是給哪個紅姑娘彈弦子的。

或者因為他的頭小，所以腦子也不大，他所注意的永遠是最實際的東西與問題，所走的路永遠是最省腳步的捷徑。他沒有絲毫的理想。

現在，他是一家中學的庶務主任。

瑞宣與瑞全都看不上老二。可是祁老人，天佑，和天佑太太都相當的喜歡他，因為他的現實主義使老人們覺得他安全可靠，不至於在外面招災惹禍。假若不是他由戀愛而娶了那位摩登太太，老人們必定會派他當家過日子，他是那麼會買東西，會交際，會那麼婆婆媽媽的和七姑姑八老姨都說得來。不幸，他娶了那麼位太太。他實際，她自私；二者歸一，老人們看出不妥之處來，而老二就失去了家庭中最重要的地位。為報復這個失敗，他故意的不過問家事，而等到哥嫂買貴了東西，或處置錯了事情，他才頭頭是道的去批評，甚至於攻擊。

「大哥！」瑞豐叫得很親切，顯出心中的痛快：「我們學校決定了用存款維持目前，每個人 —— 不論校長，教員，和職員 —— 都暫時每月拿二十塊錢維持費。大概你們那裡也這麼辦。二十塊錢，還不夠我坐車吸菸的呢！可是，這究竟算是有了個辦法；是不是？聽說，日本的軍政要人今天在日本使館開會，大概不久就能發表中日兩方面的負責人。一有人負責，我想，經費就會有了著落，維持費或者不至於發好久。得啦，這總算都有了頭緒；管他誰組織政府呢，反正我們能賺錢吃飯就行！」

瑞宣很大方的一笑，不敢發表自己的意見。在父子兄弟之間，他知道，沉默有時候是最保險的。

祁老人連連的點頭，完全同意於二孫子的話。他可是沒開口說什麼，因為二孫媳婦也在一旁，他不便當眾誇獎孫子，而增長他們小夫婦的驕氣。

「你到教堂去啦？怎麼樣？」天佑問瑞宣。

瑞豐急忙把嘴插進來：「大哥，那個學校可是你的根據地！公立學校 —— 或者應當說，中國人辦的學校 —— 的前途怎樣，誰還也不敢說。外國人辦的就是鐵桿兒莊稼！你馬上應當運動，多得幾個鐘點！洋人絕不能教你拿維持費！」

瑞宣本來想暫時不對家中說他剛才在學校中的舉動，等以後自己找到別的事，補償上損失，再告訴大家。經老二這麼一通，他冒了火。還笑著，可是笑得很不好看，他聲音很低，而很清楚的說：「我已經把那四個鐘頭辭掉了！」「什 —— 」老二連「什」下的「麼」還沒說出來，就又閉上了嘴。平日，他和老三常常吵嘴；老三不怕他，他也不怕老三；爭吵總是無結果而散。對老大，他只敢暗中攻擊，而不敢公開的吵鬧；他有點怕老大。今天，看瑞宣的神色不大對，他很快的閉上了嘴。

祁老人心裡很不滿意長孫這個把饅頭往外推的辦法，可是不便說什麼，於是假裝沒有聽見。

天佑知道長子的一舉一動都有分寸，也知道一個人在社會上作事是必定有進有退的，而且進退決定於一眨眼的工夫，不願意別人追問為了什麼原因。所以，他很怕別人追問瑞宣，而趕緊的說：「反正只是四點鐘，沒關係！老大你歇歇去！」

小順兒的媽正在東屋裡作事，兩手又溼又紅，用手背抹著腦門上的汗，在屋門裡往外探了探頭。院中大家的談話，她沒有聽清楚，可是直覺的感到有點不對。見丈夫往北屋走，她問了聲：「有晾涼了的綠豆湯，喝不喝？」她的語氣滿含著歉意，倒好像是她自己作了什麼使大家不快的事。瑞宣搖了搖頭，走進老三屋裡去。老三正在床上躺著，看一本線裝書 —— 洋書都被大哥給燒掉，他一來因為無聊，二來因要看看到底為什麼線裝書可以保險，所以順手拿起一本來。看了半天，他才明白那是一

本《大學衍義》。他納著氣兒慢慢的看那些大字。字都印得很清楚，可是彷彿都像些舞台上的老配角，穿戴著殘舊的衣冠，在那兒裝模作樣的扭著方步，一點也不精神。當他讀外文的或中文的科學書籍的時候，書上那些緊湊的小字就像小跳蚤似的又黑又亮。他皺緊了眉頭，用眼去捉它們，一個個的捉入腦中。他須花費很大的心力與眼力，可是讀到一個段落，他便整個的得到一段知識，使他心中高興，而腦子也彷彿越來越有力量。那些細小的字，清楚的圖表，在他了解以後，不但只使他心裡寬暢，而且教他的想像活動 —— 由那些小字與圖解，他想到宇宙的秩序，偉大，精微，與美麗。假若在打籃球的時候，他覺得滿身都是力量與筋肉，而心裡空空的；趕到讀書的時候，他便忘了身體，而只感到宇宙一切的地方都是精微的知識。現在，這本大字的舊書，教他摸不清頭腦，不曉得說的到底是什麼。他開始明白為什麼敵人不怕線裝書。

「大哥！你出去啦？」他把書扔在一邊，一下子坐起來。

瑞宣把與竇神父見面的經過，告訴了弟弟，然後補上：「無聊！不過，心裡多少痛快點！」

「我喜歡大哥你還有這麼點勁兒！」瑞全很興奮的說。

「誰知道這點勁兒有什麼用處呢？能維持多麼久呢？」「當然有用處！人要沒有這點勁兒，跟整天低著頭挑選食的雞有什麼分別呢？至於能維持多麼久，倒難說了；大哥你就吃了這一家子人的虧；連我也算上，都是你的累贅！」「一想起竇神父的神氣，我真想跺腳一走，去給中國人爭點氣！連神父都這樣看不起我們，別人更可想見了！我們再低著頭裝窩囊廢，世界上恐怕就沒一個人同情我們，看得起我們了！」

「大哥你儘管這麼說，可是老攔著我走！」

「不，我不攔你走！多咱我看走的時機到了，我必定放了你！」

「可要保守祕密呀，連大嫂也別告訴。」老三聲音很低的說。

「當然！」

「我就不放心媽媽！她的身子骨那麼壞，我要偷偷的走了，她還不哭個死去活來的？」

瑞宣愣了一會兒才說：「那有什麼法子呢！國破，家就必亡啊！」

第 09 幕　當漢奸

　　要是依著日本軍閥的心意，當然最如意與簡明的打算，是攻陷一處便成立個軍政府，以軍人作首領，而把政治用槍刺挑著。但是，這樣去作，須一下手便有通盤的軍事計劃與雄厚的兵力。事實上，他們有極大的侵略野心，而沒有整個的用兵計劃與龐大得足以一鼓而攻下華北的兵力。他們的野心受了欺詐的誘惑，他們想只要東響幾聲炮，西放一把火，就能使中華的政府與人民喪膽求和，而他們得以最小的損失換取最大的利益。欺詐是最危險的事，因為它會翻過頭來騙你自己。日本軍人攻下了北平與天津，而戰事並沒有完結。他們須將錯就錯的繼續打下去，而不能不把用槍刺穿住的肥肉分給政客們與資本家們一些。他們討厭政客與大腹賈，可是沒法子不准他們分肥。他們更討厭中國的漢奸，而漢奸又恰好能幫助他們以很小的兵力鎮服一座城或一個縣分。他們須擦一擦手上的血，預備和他們所討厭的政客與漢奸握手。握手之後，那些政客與漢奸會給他們想出許多好聽的字眼，去欺騙中國人與他們自己。他們最不願要和平，而那些小鼻小眼的人卻提出「和平」；他們本只忠於自己——為升官，為搶錢，而發動戰爭——而政客們偏說他們是忠於天皇。「武士道」的精神，因此，一變而為欺人與自欺，而應當叱吒風雲的武士都變成了小丑。

　　假若他們不是這樣，而坦率的自比於匈奴或韓尼布林，以燒紅的鐵鞭去擊碎了大地，他們在歷史上必定會留下個永遠被詛咒的名聲，像魔鬼永遠與天使對立似的。但是，他們既要殺人放火，而又把血跡與火場用紙掩蓋上。歷史上將無以名之，而只能很勉強的把他們比作黃鼬或老鼠。北平為老鼠們淨了街。老鼠是詭詐而怕人的。

　　他們的聚議，假若不是因戰爭催迫著，將永無結果。他們非教政客與

漢奸們來幫忙不可，可是幫忙即須染指。他們應教別人分潤多少？分潤什麼？自己搶來的，而硬看著別人伸手來拿，不是什麼好受的事，特別是在鼠眼的東洋武士們。假若照著他們的本意，他們只須架上機關槍，一刻鐘的工夫便把北平改成個很大的屠場，而後把故宮裡的寶物，圖書館的書籍，連古寺名園裡的奇花與珍貴的陳設，通通的搬了走，用不著什麼拐彎抹角的作文章。可是，還有許多西洋人在北平，東洋的武士須戴上一張面具，遮蓋上猙獰的面孔。政客們又說，這是政治問題，不應當多耗費子彈。資本家們也笑容可掬的宣告，屠殺有背於經濟的原理。最後，漢奸們打躬作揖的陳述，北平人是最老實的，絕不抗日，應求「皇軍」高抬貴手。於是，最簡單的事變成很複雜，而屠殺劫搶變為組織政府與施行「王道」。

這樣的從軍事占領迂迴到組織政府，使藏在天津的失意軍閥與官僚大為失望。他們的作官與摟錢的慾望，已經隨著日寇的侵入而由期待變為馬上可以如願以償。他們以為只要一向日本軍人磕頭便可以富貴雙臨。沒料到，日本軍是要詳加選擇，而並不摸摸腦袋就算一個人。同時，日本軍人中既有派別，而政客與資本家又各有黨系，日本人須和日本人鬥爭，華人也就必須隨著亂轉，而不知道主要的勢力是在哪裡。他們的簡單的認日本軍閥為義父的辦法須改為見人就叫爸爸。他們慌亂、奔走、探聽、勾結、競爭、唯恐怕落選 —— 這回能登臺，才能取得「開國元勛」的資格與享受。他們像暑天糞窖的蛆那麼活躍。

更可憐的是冠曉荷一類的人。他們所巴結的人已經是慌亂而不知究竟如何，他們自己便更摸不清頭腦。他們只恨父母沒多給了他們兩條腿！他們已奔走得筋疲力盡，而事情還是渺茫不定。

冠曉荷的俊美的眼已陷下兩個坑兒，臉色也黑了一些。他可是一點也不灰心，他既堅信要轉好運，又絕不疏忽了人事。他到處還是侃侃而談，

談得嗓子都有點發啞，口中有時候發臭。他買了華達丸含在口中，即使是不說話的時候，口中好還有些事作。他的事情雖然還沒有眉目，他可是已經因到各處奔走而學來不少名詞與理論；由甲處取來的，他拿到乙處去賣；然後，由乙處又學來一半句，再到丙處去說。實在沒有地方去說，他還會在家中傳習給太太與女兒。而且，這樣的傳習與宣傳，還可以掩飾自己的失敗，常常的在一語未完而打個哈欠什麼的，表示自己因努力而感到疲乏。假若他的事情已經成功，他一定不會有什麼閒心去關切，或稍稍的注意，老街舊鄰們。現在，事情還沒有任何把握，他就注意到鄰居們：為什麼像祁瑞宣那樣的人們會一聲不響，大門不出，二門不邁的呢？他們究竟有什麼打算與把握呢？對錢默吟先生，他特別的注意。他以為，像錢先生那樣的年紀，學問，與為人，必定會因日本人來到而走一步好運。在他這幾天的奔走中，他看到不少的名士們，有的預備以詩文結交日本朋友，打算創立個詩社什麼的。

從這些詩人騷客的口中，冠曉荷學會了一套：「日本人是喜歡作詩的，而且都作中國舊詩！要不怎麼說白話詩沒價值呢！」

有的預備著以繪畫和書法為媒，與日本人接近，冠曉荷又學會一套：

「藝術是沒有國籍的，中國人作畫，正和日本人一樣，都要美。我們以美易美，也就沒什麼誰勝誰敗之分了！」有的預備著以種花草為保身之計，他們說：「日本人最愛花草。在東洋，連插花瓶都極有講究！大家在一塊兒玩玩花草，也就無須乎分什麼中國人與日本人了！」這一套也被冠先生學會。

這些準備與言論，使冠曉荷想到錢默吟。錢先生既會詩文，又會繪畫，還愛種花；全才！他心中一動：嗝！假若打著錢先生的旗號，成立個詩社或畫社，或開個小鮮花店，而由他自己去經營，豈不就直接的把日本人吸引了來，何必天天求爺爺告奶奶的謀事去呢？

　　想到這裡，他也恍然大悟，嗚！怨不得錢先生那麼又臭又硬呢，人家心裡有數兒呀！他很想去看看錢先生，但是又怕碰壁。想起上次在祁家門口與錢先生相遇的光景，他不肯再去吃釘子。他想還是先到祁家打聽一下好。假若祁瑞宣有什麼關於錢默吟的訊息，他再決定怎樣去到錢宅訪問 —— 只要有希望，碰釘子也不在乎。同時，他也納悶祁瑞宣有什麼高深莫測的辦法，何以一點也不慌不忙的在家裡蹲著。含上一顆華達丸，梳了梳頭髮，他到祁家來看一眼。「瑞宣！」他在門口拱好了手，非常親切的叫：「沒事吧？我來看看你們！」

　　同瑞宣來到屋中，落了坐，他先誇獎了小順兒一番，然後引入正題：「有什麼訊息沒有？」

　　「沒有呢！」

　　「太沉悶了！」冠曉荷以為瑞宣是故意有話不說，所以想用自己的數據換取情報：「我這幾天不斷出去，真實的訊息雖然很少，可是大致的我已經清楚了大勢所趨。一般的說，大家都以為中日必須合作。」

　　「哪個大家？」瑞宣本不想得罪人，但是一遇到冠先生這路人，他就不由的話中帶著刺兒。

　　冠先生覺到了那個刺兒，轉了轉眼珠，說：「自然，我們都希望中國能用武力阻止住外患，不過我們打得過日本與否，倒是個問題。北平呢，無疑的是要暫時由日本人占領，那麼，我想，像我們這樣有點用處的人，倒實在應當出來作點事，好少教我們的人民吃點虧。在這條衚衕裡，我就看得起你老哥和錢默翁，也就特別的關切你們。這幾天，默翁怎樣？」

　　「這兩天，我沒去看他。」

　　「他是不是有什麼活動呢？」

　　「不知道！他恐怕不會活動吧，他是詩人！」

「詩人不見得就不活動呀！聽說詩人杜秀陵就很有出任要職的可能！」

瑞宣不願再談下去。

「我們一同看看默翁去，好不好？」

「改天吧！」

「哪一天？你定個時間！」

瑞宣被擠在死角落裡，只好改敷衍為進攻。「找他幹什麼呢？」

「是呀，」曉荷的眼放出光來，「這就是我要和你商量商量的呀！我知道錢先生能詩善畫，而且愛養花草。日本人呢，也喜歡這些玩藝兒。我們 —— 你，我，錢先生 —— 要是組織個什麼詩畫社，消極的能保身，積極的還許能交往上日本人，有點什麼發展！我們一定得這麼作，這確乎是條平妥的路子！」「那麼，冠先生，你以為日本人就永遠占據住我們的北平了？」

「他們占據一個月也好，一百年也好，我們得有個準備。說真的，你老哥別太消極！在這個年月，我們就得充分的活動，好弄碗飯吃，是不是？」

「我想錢先生絕不肯作這樣的事！」

「我們還沒見到他呢，怎能斷定？誰的心裡怎麼樣，很難不詳談就知道！」

瑞宣的胖臉微微紅起來。「我自己就不幹！」他以為這一句話一定開罪於冠先生，而可以不再多囉嗦了。冠先生並沒惱，反倒笑了一下：「你不作詩，畫畫，也沒關係！我也不會！我是說由默翁作文章，我們倆主持事務。早一點下手，把牌子創開，日本人必聞風而至，我們的小羊圈就成了文化中心！」

瑞宣再不能控制自己，冷笑得出了聲。

「你再想想看！」冠先生立起來。「我覺得這件事值得作！作好了，於我們有益；作不好呢也無損！」一邊說，他一邊往院中走。「要不這樣好不好？我來請客，把錢先生請過來，大家談談？他要是不願上我那裡去呢，我就把酒菜送到這邊來！你看怎樣？」

瑞宣答不出話來。

走到大門口，冠先生又問了聲：「怎樣？」

瑞宣自己也不知道哼了一句什麼，便轉身進來。他想起那位寶神父的話。把神父的話與冠曉荷的話加在一處，他打了個冷戰。

冠曉荷回到家中，正趕上冠太太回來不久。她一面換衣服，一面喊洗臉水和酸梅湯。她的赤包兒式的臉上已褪了粉，口與鼻大吞大吐的呼吸著，聲勢非常的大，彷彿是剛剛搶過敵人的兩三架機關槍來似的。

大赤包對丈夫的財祿是絕對樂觀的。這並不是她信任丈夫的能力，而是相信她自己的手眼通天。在這幾天內，她已經和五位闊姨太太結為乾姊妹，而且順手兒贏了兩千多塊錢。她預言：不久她就會和日本太太們結為姊妹，而教日本的軍政要人們也來打牌。

因為滿意自己，所以她對別人不能不挑剔。「招弟！你幹了什麼？高第你呢？怎麼？該加勁兒的時候，你們反倒歇了工呢？」然後，指槐罵柳的，仍對兩位小姐發言，而目標另有所在：「怎麼，出去走走，還曬黑了臉嗎？我的臉皮老，不怕曬！我知道幫助丈夫興家立業，不能專仗著臉子白，裝他媽的小妖精！」

說完，她伸著耳朵聽；假若尤桐芳有什麼反抗的表示，她準備大舉進攻。

尤桐芳，可是，沒有出聲。

大赤包把槍口轉向丈夫來：「你今天怎麼啦？也不出去？把事情全交給我一個人了？你也不害羞！走，天還早呢，你給我乖乖的再跑一趟去！你又不是裹腳的小妞兒，還怕走大了腳？」

「我走！我走！」冠先生拿腔作調的說。「請太太不要發脾氣！」說罷，戴起帽子，懶洋洋的走出去。

他走後，尤桐芳對大赤包開了火。她頗會調動開火的時間：冠先生在家，她能忍就忍，為是避免禍首的罪名；等他一出門，她的槍彈便擊射出來。大赤包的嘴已很夠野的，桐芳還要野上好幾倍。罵到連她自己都覺難以入耳的時候，她會坦率的宣告：「我是唱玩藝兒出身滿不在乎！」尤桐芳不記得她的父母是誰，「尤」是她養母的姓。四歲的時候，她被人拐賣出來。八歲她開始學鼓書。她相當的聰明，十歲便登臺賺錢。十三歲，被她的師傅給強姦了，影響到她身體的發育，所以身量很矮。小扁臉，皮膚相當的細潤，兩隻眼特別的媚。她的嗓子不錯，只是底氣不足，往往唱著唱著便聲嘶力竭。她的眼補救了嗓子的不足。為生活，她不能不利用她的眼幫助歌唱。她一發表，便把眼從右至左打個圓圈：使臺下的人都以為她是看自己呢。因此，她曾經紅過一個時期。她到北平來獻技的時候，已經是二十二歲。一來是，北平的名角太多；二來是她曾打過二次胎，中氣更不足了；所以，她在北平不甚得意。就是在她這樣失意的時候，冠先生給她贖了身。大赤包的身量 —— 先不用多說別的 —— 太高，所以他久想娶個矮子。

假若桐芳能好好的讀幾年的書，以她的身世，以她的聰明，她必能成為一個很有用的小女人。退一步說，即使她不讀書，而能堂堂正正的嫁人，以她的社會經驗，和所受的痛苦，她必能一撲納心的作個好主婦。她深知道華美的衣服，悅耳的言笑，豐腴的酒席，都是使她把身心腐爛掉，而被扔棄在爛死崗子的毒藥。在表面上，她使媚眼，她歌唱，她開玩笑，

而暗地裡她卻以淚洗面。沒有父母，沒有兄弟姊妹親戚；睜開眼，世界是個空的。在空的世界中，她須向任何人都微笑，都飛眼，為是賺兩頓飯吃。在二十歲的時候，她已明白了一切都是空虛，她切盼遇到個老實的男人，給她一點生活的真實。可是，她只能作姨太太！除了她的媚眼無法一時改正——假如她遇上一個好男人——她願立刻改掉一切的惡習。但是，姨太太是「專有」的玩物；她須把媚惑眾人的手段用來取悅一個人。再加上大赤包的嫉妒與壓迫，她就更須向丈夫討好，好不至於把到了口的飯食又丟掉。一方面，她須用舊有的誘惑技巧拴住丈夫的心，另一方面，她決定不甘受欺侮，以免變成墊在桌腿下的青蛙。況且，在心裡，她不比任何人壞；或者，因為在江湖上走慣了，她倒比一般的人更義氣一些。以一個女人來說，她也不比任何女人更不貞節。雖然她十三歲就破了身，二十二歲就已墮過兩次胎，可是那並不是她自己的罪惡。因此，大赤包越攻擊她，她便越要抗辯，她覺得大赤包沒有罵她的資格。不幸，她的抗辯，本來是為得到了解，可是因為用了詬罵的形式來表達，便招來更多的攻擊與仇恨。她也就只好將錯就錯的繼續反攻。

　　今天，她的責罵不僅是為她自己，而且是為了她的老家——遼寧。她不準知道自己是關外人不是，但是她記得在瀋陽的小河沿賣過藝，而且她的言語也是那裡的。既無父母，她願妥定的有個老家，好教自己覺得不是無根的浮萍。她知道日本人騙去了她的老家，也曉得日本人是怎樣虐待著她的鄉親，所以她深恨大赤包的設盡方法想接近日本人。在全家裡，她只和高第說得來。冠曉荷對她相當的好，但是他的愛她純粹是寵愛玩弄，而毫無尊重的意思。高第呢，既不得父母的歡心，當然願意有個朋友，所以對桐芳能平等相待，而桐芳也就對高第以誠相見。

　　桐芳叫罵了一大陣以後，高第過來勸住了她。雷雨以後，多數是晴天；桐芳把怨氣放盡，對高第特別的親熱。兩個人談起心來。一來二去

的，高第把自己的一點小祕密告訴了桐芳，引起桐芳許多的感慨。

「託生個女人，唉，就什麼也不用說了！我告訴你，大小姐，一個女人就像一個風箏。別看它花紅柳綠的，在半天空中搖搖擺擺，怪美的，其實那根線兒是在人家手裡呢！不服氣，你要掙斷那根線兒，好，你就頭朝下，不是落在樹上，就是掛在電線上，連尾巴帶翅膀，全扯得稀爛，比什麼都難看！」牢騷了一陣，她把話拉回來：「我沒見過西院裡的二爺。不過，要嫁人的話，就嫁個老老實實的人；不怕窮點，只要小兩口兒能消消停停的過日子就好！你甭忙，我去幫你打聽！我這一輩子算完了，睜開眼，天底下沒有一個親人！不錯，我有個丈夫；可是，又不算個丈夫！也就是我的心路寬，臉皮厚！要不然，我早就縶在尿窩子裡死啦！得啦，我就盼著你有一門子好親事，也不枉我們倆相好一程子！」

高第的短鼻子上縱起不少條兒笑紋。

第 10 幕　八一三

北平的天又高起來！八一三！上海的炮聲把久壓在北平人的頭上的黑雲給掀開了！

祁瑞宣的眉頭解開，胖臉上擁起一浪一浪的笑紋，不知不覺的低聲哼著岳武穆的《滿江紅》。

瑞全扯著小順兒，在院中跳了一個圈，而後把小妞子舉起來，扔出去，再接住，弄得妞子驚顫的尖聲笑著，而嚇壞了小順兒的媽。

「老三！你要是把她的嫩胳臂嫩腿摔壞了，可怎麼辦！」小順兒的媽高聲的抗議。

祁老人只曉得上海是個地名，對上海抗戰一點也不感興趣，只慨嘆著說：「劫數！劫數！這又得死多少人呀！」

天佑在感情上很高興中國敢與日本決一死戰，而在理智上卻擔憂自己的生意：「這一下子更完了，貨都由上海來啊！」「爸爸，你老想著那點貨，就不為國家想想！」瑞全笑著責備他老人家。

「我並沒說打日本不好哇！」天佑抱歉的聲辯。小順兒的媽莫名其妙，也不便打聽，看到大家都快活，她便加倍用力的工作，並且建議吃一頓茴香餡的餃子。歪打正著，瑞全以為大嫂是要以吃餃子紀念這個日子，而大加誇獎。「大嫂我幫著你包！」

「你呀？歇著吧！打慣了球的手，會包餃子？別往臉上貼金啦！」

天佑太太聽到大家吵嚷，也出了聲：「怎麼啦？」

瑞全跑到南屋，先把窗子都開啟，而後告訴媽媽：「媽！上海也開了仗！」

「好！蔣委員長作大元帥吧？」

「是呀！媽，你看我們能打勝不能？」瑞全喜歡得忘了媽媽不懂得軍事。

「那誰知道呀！反正先打死幾萬小日本再說！」「對！媽你真有見識！」

「你們要吃餃子是不是？」

「大嫂的主意！她真有兩下子，什麼都知道！」「攙我起來，我幫她拌餡子去；她拌餡子老太鹹！」「媽你別動，我們有的是人！連我還下手呢！」

「你？」媽媽笑了一下。她慢慢的自己坐起來。瑞全忙過去攙扶，而不知把手放在哪兒好。

「算了吧！別管我，我會下地！這兩天我好多了！」事實上，她的病是像夏天的雨，說來就來，說走就走。當她精神好的時候，她幾乎和好人差不多；可是，忽然的一陣不舒服，她便須趕快去睡倒。

慢慢的，她穿上了鞋，立了起來。立起來，她是那麼矮，那麼瘦，瑞全彷彿向來沒注意過似的；他有點驚訝。他很愛媽媽，可是向來沒想到過媽媽就是這樣的一個小老太太。再看，媽媽與祖父，父親，都長得不同。她不是祁家的人，可又是他的母親，他覺得奇怪，而不知怎麼的就更愛她。再看，她的臉色是那麼黃，耳朵薄得幾乎是透明的，他忽然感到一陣難過。上海開了仗，早晚他須由家裡跑出去；上海在呼喚他！他走了以後，誰知道什麼時候才能再見到媽媽呢？是不是能再見到她呢？

「媽！」他叫出來，想把心中的祕密告訴她。

「啊？」

「啊 —— 沒什麼！」他跑到院中，仰頭看著那又高又藍的天，吐了口氣。

他到東屋看了看，見大嫂沒有容納他幫忙包餃子的表示，沒出聲，找了大哥去。

「大哥！我該走了吧？想想看，上海一開仗，得用多少人，我不能光坐在家裡等好訊息！」

「到上海去？」

「是呀！以前，想走我找不到目的地；現在有了去處，還不走？再不走，我就要爆炸了！」

「怎麼走呢？天津有日本人把住，你又年輕力壯，又像學生的樣子，日本人能輕易放你過去？我不放心！」「你老這麼婆婆媽媽的，大哥！這根本是冒險的事，沒法子想得周到！溜出北平去再說，走一步再打算第二步！」「我們再仔細想一想！」瑞宣含著歉意的說。「怎樣走？怎樣化裝？帶什麼東西？都須想一想！」

「要是那樣，就別走啦！」瑞全並沒發氣，可是不耐煩的走出去。

瑞豐有點見風駛舵。見大家多數的都喜歡上海開仗的訊息，他覺得也應當隨聲附和。在他心裡，他並沒細細的想過到底打好，還是不打好。他只求自己的態度不使別人討厭。

瑞豐剛要讚美抗戰，又很快的改了主意，因為太太的口氣「與眾不同」。

瑞豐太太，往好裡說，是長得很富泰；往壞裡說呢，乾脆是一塊肉。身量本就不高，又沒有脖子，猛一看，她很像一個啤酒桶。臉上呢，本就長得蠢，又儘量的往上塗抹顏色，頭髮燙得像雞窩，便更顯得蠢而可怕。瑞豐乾枯，太太豐滿，所以瑞全急了的時候就管他們叫「剛柔相濟」。她不只是那麼一塊肉，而且是一塊極自私的肉。她的腦子或者是一塊肥油，她的心至好也不過是一塊像蹄髈一類的東西。

「打上海有什麼可樂的？」她的厚嘴唇懶懶的動彈，聲音不大，似乎喉眼都糊滿脂肪。「我還沒上過上海呢！炮轟平了它，怎麼辦？」

「轟不平！」瑞豐滿臉賠笑的說：「打仗是在中國地，大洋房都在租界呢，怎能轟平？就是不幸轟平了，也沒關係；趕到我們有錢去逛的時候，早就又修起來了；外國人多麼闊，說修就修，說拆就拆，快得很！」

「不論怎麼說，我不愛聽在上海打仗！等我逛過一回再打仗不行嗎？」

瑞豐很為難，他沒有阻止打仗的勢力，又不願得罪太太，只好不敢再說上海打仗的事。

「有錢去逛上海，」太太並不因瑞豐的沉默而消了氣：「你多咱才能有錢呢？嫁了你才算倒了黴！看這一家子，老少男女都是嗇刻鬼，連看回電影都好像犯什麼罪似的！一天到晚，沒有說，沒有笑，沒有玩樂，老都撅著嘴像出喪的！」「你別忙啊！」瑞豐的小幹臉上笑得要裂縫子似的，極懇切的說：「你等我事情稍好一點，夠我們花的，再分家搬出去呀！」

「等！等！等！老是等！等到哪一天？」瑞豐太太的胖臉漲紅，鼻窪上冒出油來。

中國的飛機出動！北平人的心都跳起多高！小崔的耳邊老像有飛機響似的，抬著頭往天上找。他看見一隻敵機，但是他硬說是中國的，紅著倭瓜臉和孫七辯論：「要講剃頭刮臉，我沒的可說；你拜過師，學過徒！說到眼神，就該你閉上嘴了；尊家的一對眼有點近視呀！我看得清楚極了！飛機的翅膀上畫著青天白日；一點錯沒有！我們的飛機既能炸上海，就能炸北平！」

孫七心中本來也喜歡我們的飛機能來到北平，可是經小崔一說，他就不能不借題抬幾句槓。及至小崔攻擊到他的近視眼，他認了輸，夾著小

白布包，笑嘻嘻的到鋪戶去作活。到了鋪戶中，他把小崔的話擴大了一些，告訴給小商人們。他一手按著人家的臉，一手用刀在臉上和下巴底下刮剃，低聲而懇切的說：「我剛才看見七架我們的轟炸機，好身材高大！翅兒上畫著青天白日，清楚極了！」人家在他的剃刀威脅之下，誰也不敢分辯。

小崔哼唧著小曲，把車拉出去。到車口，他依然廣播著他看見了中國飛機。在路上，看到日本兵，他揚著點臉飛跑；跑出相當的遠，他高聲的宣佈：「全殺死你們忘八日的！」而後，把我們的飛機飛過天空的事，告訴給坐車的人。

李四爺許久也沒應下活來 —— 城外時時有炮聲，有幾天連巡警都罷了崗，誰還敢搬家呢。今天，他應卜一檔兒活來，不是搬家，而是出殯。他的本行是「窩脖兒」，到了晚年，他也應喪事；他既會穩當的捆紮與挪移箱匣桌椅，當然也能沒有失閃的調動棺材。在護國寺街口上，棺材上了槓。一把紙錢像大白蝴蝶似的飛到空中，李四爺的尖銳清脆的聲音喊出：「本家兒賞錢八十吊啊！」抬槓的人們一齊喊了聲「啊！」李四爺，穿著孝袍，精神百倍的，手裡打著響尺，好像把滿懷的顧慮與牢騷都忘了。

李四大媽在小羊圈口上，站得緊靠馬路邊，為是看看丈夫領殯 ——責任很重的事 —— 的威風。擦了好幾把眼，看見了李四爺，她含笑的說了聲：「看這個老東西！」

棚匠劉師傅也有了事作。警察們通知有天棚的人家，趕快把棚席拆掉。警察們沒有告訴大家拆棚的理由，可是大家都猜到這是日本鬼子怕中央的飛機來轟炸；蓆棚是容易起火的。劉師傅忙著出去拆棚。高高的站在房上，他希望能看到我們的飛機。

小文夫婦今天居然到院中來調嗓子，好像已經不必再含羞帶愧的作了。

　　連四號的馬老寡婦也到門口來看看。她最膽小，自從蘆溝橋響了炮，她就沒邁過街門的門檻。她也不許她的外孫 —— 十九歲的程長順 —— 去作生意，唯恐他有什麼失閃。她的頭髮已完全白了，而渾身上下都收拾得乾乾淨淨的，手指上還戴著四十年前的式樣的，又重又大的，銀戒指。她的相貌比李四媽還更和善；心理也非常的慈祥，和李四媽差不多。可是，她在行動上，並不像李四媽那樣積極，活躍，因為自從三十五歲她就守寡，不能不沉穩謹慎一些。

　　她手中有一點點積蓄，可是老不露出來。過日子，她極儉省，並且教她的外孫去作小生意。外孫程長順在八歲的時候父母雙亡，就跟著外婆。他的頭很大，說話有點曬鼻，像患著長期傷風似的。因為頭大，而說話又嗚曬嗚曬的，所以帶著點傻相；其實他並不傻。外婆對他很好，每飯都必給他弄點油水，她自己可永遠吃素。在給他選擇個職業的時候，外婆很費了一番思索；結果是給他買了一架舊留聲機和一兩打舊唱電影，教他到後半天出去轉一轉街。長順非常喜歡這個營業，因為他自己喜歡唱戲。他的營業也就是消遣。他把自己所有的唱片上的戲詞與腔調都能唱上來。遇到電影殘破，中間斷了一點的時候，他會自己用嘴哼唧著給補充上。有時候，在給人家唱完半打或一打電影之後，人家還特煩他大聲的唱幾句。他說話時雖嗚曬嗚曬的，唱起來可並不這樣；反之，正因為他的鼻子的關係，他的歌唱的尾音往往收入鼻腔，聽起來很深厚有力。他的生意很不錯，有幾條街的人們專等著他，而不照顧別人。他的曬鼻成了他的商標。他的志願是將來能登臺去唱黑頭，因他的腦袋既大，而又富於鼻音。這一程子，長順悶得慌極了！外婆既不許他出去轉街，又不准他在家裡開開留聲機。每逢他剛要把機器開啟，外婆就說：「別出聲兒呀，長順，教小日本兒，聽見還了得！」今天，長順告訴外婆：「不要緊了，我可以出去作買賣啦！上海也打上了，我們的飛機，一千架，出去炸日本鬼子！我們準得

打勝！上海一打勝，我們北平就平安了！」

外婆不大信長順的話，所以大著膽子親自到門外調查一下；倒彷彿由門外就能看到上海似的。

老太太的白髮，在陽光下，發著一圈兒銀光。大槐樹的綠色照在她的臉上，給皮膚上的黃亮光兒減去一些，有皺紋的地方都畫上一些黯淡的細道兒。衚衕裡沒有行人，沒有動靜，她獨自立了一會兒，慢慢的走回屋中去。

「怎樣？外婆！」長順急切的問。

「倒沒有什麼，也許真是平安了！」

「上海一開仗，我們準打勝！外婆你信我的話，準保沒錯兒！」長順開始收拾工具，準備下午出去作生意。

全衚衕中，大家都高興，都準備著迎接勝利，只有冠曉荷心中不大痛快。他的事情還沒有眉目。假若事情已定，他大可以馬上去渾水摸魚，管什麼上海開仗不開仗。但是，事情既沒決定，而上海已經在抗戰，萬一中國打勝，他豈不是沒打到狐狸而弄來一屁股臊？他很不痛快的決定這兩天暫時停止活動，看看風色再說。

大赤包可深不以為然：「你怎麼啦？事情剛開頭兒，你怎麼懈了勁兒呢？上海打仗？關我們什麼屁事？憑南京那點兵就打得過日本？笑話！再有六個南京也不行！」大赤包差不多像中了邪。她以為後半世的產業與享受都憑此一舉，絕對不能半途而廢。

湊巧，六號住的丁約翰回來了。丁約翰的父親是個基督徒，在庚子年被義和團給殺了。父親殉道，兒子就得到洋人的保護；約翰從十三歲就入了「英國府」作打雜兒的。漸漸的，他升為擺臺的，現在已經是四十多歲的人了。雖然擺臺的不算什麼很高貴的職業，可是由小羊圈的人們看來，

丁約翰是與眾不同的。他自己呢也很會吹噓，一提到身家，他便告訴人家他是世襲基督徒，一提到職業，他便宣告自己是在英國府作洋事 —— 他永遠管使館叫做「府」，因為「府」只比「宮」次一等兒。他在小羊圈六號住三間正房，並不像孫七和小崔們只住一間小屋。他的三間房都收拾得很乾淨，而且頗有些洋擺設：案頭上有許多內容一樣而封面不同的洋書 —— 四福音書和聖詩；櫥子裡有許多殘破而能將就使用的啤酒杯，香檳杯，和各式樣的玻璃瓶與咖啡盒子。論服裝，他也有特異之處，他往往把舊西服上身套在大衫上當作馬褂 —— 當然是洋馬褂。

在全衚衕裡，他只與冠家有來往。這因為：第一，他看不起別的人家，而大家也並不怎麼特別尊敬他，所以彼此兩便，不必往來；第二，他看得起冠家，而冠家也能欣賞他的洋氣，這已經打下友誼的基礎，再加上，他由「府」裡拿出來的一點奶油，咖啡，或真正的牛津橙子醬什麼的，只有冠家喜歡要，懂得它們是多麼道地，所以雙方就更多了一些關係 —— 他永遠把這類的洋貨公道的賣給冠家。

這次，他只帶來半瓶蘇格蘭的灰色奇酒，打算白送給冠先生。

假若丁約翰是在隨便的一家西餐廳擺臺，大赤包必定不會理會他，即使他天天送來奶油與罐頭。丁約翰是在英國府擺臺，這就大有文章了。假若宮裡的太監本來是殘廢的奴役，而因在皇宮裡的關係被人另眼看待，那麼，大赤包理當另眼看待丁約翰。她覺得丁約翰本人與丁約翰所拿來的東西，都不足為奇，值得注意的倒是「英國府」那三個有聲勢的字。丁約翰來自英國府，那些東西來自英國府，這教大赤包感到冠家與英國使館有了聯絡，一點可驕傲的聯絡！每逢她給客人拿出咖啡或果醬的時候，她必要再三的說明：「這是由英國府拿出來的！」「英國府」三個字彷彿黏在了她的口中，像口香糖似的那麼甜美。

見丁約翰提著酒瓶進來，她立刻停止了申斥丈夫，而把當時所能搬運

到臉上的笑意全搬運上來：「喲！丁約翰！」她也非常喜歡「約翰」這兩個字。雖然它們不像「英國府」那麼堂皇雄偉，可是至少也可以與「沙丁魚」「灰色奇酒」並駕齊驅的含有洋味。

丁約翰，四十多歲，臉颳得很光，背挺得很直，眼睛永遠不敢平視，而老向人家的手部留意，好像人們的手裡老拿著刀叉似的。聽見大赤包親熱的叫他，他只從眼神上表示了點笑意 —— 在英國府住慣了，他永遠不敢大聲的說笑。「拿著什麼？」大赤包問。

「灰色奇！送給你的，冠太太！」

「送？」她的心裡顫動了一下。她頂喜歡小便宜。接過去，像抱吃奶的嬰孩似的，她把酒瓶摟在胸前。「謝謝你呀，約翰！你喝什麼茶？還是香片吧？你在英國府常喝紅茶，該換換口味！」

「坐下，約翰！」冠先生也相當的客氣。「有什麼訊息沒有？上海的戰事，英國府方面怎麼看？」

「中國還能打得過日本嗎？外國人都說，大概有三個月，至多半年，事情就完了！」丁約翰很客觀的說，倒彷彿他不是中國人，而是英國的駐華外交官。

「怎麼完？」

「中國軍隊教人家打垮！」

大赤包聽到此處，一興奮，幾乎把酒瓶掉在地上。「冠曉荷！你聽見沒有？雖然我是個老孃們，我的見識可不比你們男人低！把膽子壯起點來，別錯過了機會！」

冠曉荷愣了一小會兒，然後微笑了一下：「你說的對！你簡直是會思想的坦克車！」

第 11 幕　日本狗

　　生在某一種文化中的人，未必知道那個文化是什麼，像水中的魚似的，他不能跳出水外去看清楚那是什麼水。假若他自己不能完全客觀的去了解自己的文化，那能夠客觀的來觀察的旁人，又因為生活在這種文化以外，就極難呷摸到它的滋味，而往往因一點胭脂，斷定他美，或幾個麻斑而斷定他醜。不幸，假若這個觀察者是要急於蒐集一些數據，以便證明他心中的一點成見，他也許就只找有麻子的看，而對擦胭脂的閉上眼。

　　日本人是相當的細心的。對中國的一切，他們從好久就有很詳密的觀察與調查，而自居為最能了解中國人的人。對中國的工礦農商與軍事的情形，他們也許比中國人還更清楚，但是，他們要拿那些數目字作為了解中國文化的基礎，就正好像拿著一本旅行指南而想作出欣賞山水的詩來。同時，他們為了施行詭詐與愚弄，他們所接觸的中國人多數的是中華民族的渣滓。這些渣滓，不幸，給了他們一些便利，他們便以為認識了這些人就是認識了全體中國人，因而斷定了中國文化裡並沒有禮義廉恥，而只有男盜女娼。國際間的友誼才是了解文化的真正基礎，彼此了解並尊重彼此的文化，世界上才會有和平。日本人的辦法，反之，卻像一個賊到一所大宅子中去行竊，因賄賂了一兩條狗而偷到了一些值錢的東西；從此，他便認為宅子中的東西都應該是他的，而以為宅子中只有那麼一兩條可以用饅頭收買的狗。這，教日本人吃了大虧。他們的細心，精明，勤苦，勇敢，都因為那兩條狗而變成心勞日拙，他們變成了慣賊，而賊盜是要受全人類的審判的！

　　他們沒有想到在平津陷落以後，中國會有全面的抗戰。在他們的軍人心裡，以為用槍炮劫奪了平津，便可以用軍事占領的方式，一方面假裝靜

候政治的解決，一方面實行劫搶，先把他們的衣袋裝滿了金銀。這樣，他們自己既可達到發財的目的，又可以使軍人的聲勢在他們國內繼長增高。因此，上海的抗戰，使在平津的敵寇顯出慌張。他們須一方面去迎戰，一方面穩定平津；他們沒法把平津的財寶都帶在身上去作戰。怎樣穩定平津？他們在事前並沒有多少準備。肆意的屠殺固然是最簡截明快的辦法，但是，有了南京政府的全面抗戰，他們開始覺到屠殺也許是危險的事，還不如把他們所豢養的中國狗拉出幾條來，給他們看守著平津。假若在這時候，他們能看清楚，中國既敢抗戰，必定是因為在軍事的估量而外，還有可用的民氣，在物質的損失中，具有忍無可忍的決心，他們就會及時的收兵，免得使他們自己墮入無底的深淵。可是，他們不相信中國是有深厚文化的國家，而只以槍炮的數目猜想了一切。人類最大的慘劇便是彼此以武力猜想價值，像熊或狗似的老想試試自己的力氣，而忽略了智慧才是最有價值的，與真有價值的。

醞釀了許久的平津政治組織，在那半死不活的政務委員會外，只出來了沒有什麼用處的地方維持會，與替日本人維持地面的市政府。日本軍人們心裡很不痛快，因為這樣的簡陋的場面頗有損於「帝國」的尊嚴。漢奸們很不高興，因為出頭的人是那麼少，自己只空喜歡了一場，而並不能馬上一窩蜂似的全作了官。好諷刺的人管這叫做傀儡戲，其實傀儡戲也要行頭鮮明，鑼鼓齊備，而且要生末淨旦俱全；這不能算是傀儡戲，而只是一鑼，一羊，一猴的猴子戲而已。用金錢，心血，人命，而只換來一場猴子把戲，是多滑稽而可憐呢！

冠曉荷聽了丁約翰的一番話，決定去加入猴子戲，而把全面的抗戰放在一邊，絕對不再加以考慮。市長和警察局長既然發表了，他便決定向市政府與警察局去活動。對市政與警政，他完全不懂，但是總以為作官是一種特別的技巧，而不在乎有什麼專門的學識沒有。

他和大赤包又奔走了三四天，依然沒有什麼結果。曉荷於無可如何之中，找出點原諒自己的道理：「我看哪，說不定上海的作戰只是給大家看看，而骨子裡還是講和。講和之後，北平的官員還是由南京任命，所以現在北平也大更動人。要不然，就憑我們這點本事，經驗，和活動的能力，怎麼會就撲個空呢？」

「放你的狗屁！」大赤包心中也不高興，但是還咬著牙不自認失敗。「你的本事在哪兒？我問問你！真有本事的話，出去一伸手就拿個官兒來，看看你！不說你自己是窩囊廢，倒胡猜亂想的洩自己的氣！日子還長著呢，現在就洩了氣還行嗎？挺挺你的脊樑骨，去幹哪！」

冠先生很難過的笑了笑。不便和太太吵嘴，他暗中決定：無論用什麼方法，也得弄個官兒，教她見識見識！

這時候，真的訊息與類似謠言的訊息，像一陣陣方向不同，冷暖不同的風似的刮入北平。北平，在世界人的心中是已經死去，而北平人卻還和中國一齊活著，他們的心還和中華一切地方的英勇抵抗而跳動。東北的義勇軍又活動了，南口的敵人，傷亡了二千，青島我軍打退了登陸的敵人，石家莊被炸……這些真的假的訊息，一個緊跟著一個，一會兒便傳遍了全城。特別使小羊圈的人們興奮的是一個青年汽車伕，在南口附近，把一部卡車開到山澗裡去，青年和車上的三十多名日本兵，都摔成了肉醬。青年是誰？沒有人知道。但是，人們猜測，那必是錢家的二少爺。他年輕，他在京北開車，他老不回家……這些事實都給他們的猜測以有力的佐證，一定是他！

可是，錢宅的街門還是關得嚴嚴的，他們無從去打聽訊息。他們只能多望一望那兩扇沒有門神，也沒有多少油漆的門，表示尊敬與欽佩！

瑞宣聽到人們的嘀咕，心中又驚又喜。他常聽祖母說，在庚子年八國聯軍入城的時候，許多有地位的人全家自盡殉難。不管他們殉難的心理是

什麼，他總以為敢死是氣節的表現。這回日本人攻進北平，人們彷彿比庚子年更聰明瞭，除了陣亡的將士，並沒有什麼殉難的官員與人民。這是不是真正的聰明呢？他不敢斷定。現在，聽到錢二少爺的比自殺殉難更壯烈，更有意義的舉動，他覺得北平人並不盡像他自己那麼因循苟安，而是也有英雄。他相信這件事是真的，因為錢老人曾經對瑞全講過二少爺的決定不再回家。同時，他深怕這件事會連累到錢家的全家，假若大家因為欽佩錢仲石而隨便提名道姓的傳播。他找了李四爺去。

李四爺答應了暗地裡囑咐大家，不要再聲張，而且讚歎著：「我們要是都像人家錢二少，別說小日本，就是大日本也不敢跟我們刺毛啊！」

瑞宣本想去看看錢老先生，可是沒有去，一來他怕惹起街坊們的注意，二來怕錢先生還不曉得這回事，說出來倒教老人不放心。

李四爺去囑咐大家，大家都覺得應該留這點神。可是，在他遇到小崔以前，小崔已對尤桐芳說了。小崔雖得罪了冠先生和大赤包，尤桐芳和高第可是還坐他的車；桐芳對苦人，是有同情心的，所以故意的僱他的車，而且多給點錢，好教小崔沒白捱了大赤包的一個嘴巴；高第呢是成心反抗母親，母親越討厭小崔，她就越多坐他的車子。

坐著小崔的車，桐芳總喜歡和他說些閒話。在家裡，一切家務都歸大赤包處理，桐芳不能過問。她雖嫁了人，而不能作主婦，她覺得自己好像是住在旅館中的娼妓！因此，她愛問小崔一些家長裡短，並且羨慕小崔的老婆——雖然窮苦，雖然常捱打，可究竟是個管家的主婦。小崔呢，不僅向桐芳報告家政，也談到街坊四鄰的情形。照著往常的例子，他把他引以為榮的事也告訴了她。

「冠太太！」不當著冠家的人，他永遠稱呼她太太，為是表明以好換好。「我們的衚衕裡出了奇事！」

「什麼奇事？」她問，以便叫他多喘喘氣。

「聽說錢家的二爺，摔死了一車日本兵！」

「是嗎？聽誰說的？」

「大傢夥兒都那麼說！」

「喝！他可真行！」

「北平人也不都是窩囊廢！」

「那麼他自己呢？」

「自然也死嘍！拚命的事嗎！」

桐芳回到家中，把這些話有枝添葉的告訴給高第，而被招弟偷偷聽了去。招弟又「本社專電」似的告訴了冠先生。

曉荷聽完了招弟的報告，心中並沒有什麼感動。他只覺得錢二少爺有點愚蠢：一個人只有一條命，為摔死別人，而也把自己饒上，才不上算！除了這點批判而外，他並沒怎樣看重這條專電。順口答音的，他告訴了大赤包。

大赤包要是決定作什麼，便連作夢也夢見那回事。她的心思，現在，完全縈繞在給冠曉荷運動官上，所以刮一陣風，或房簷上來了一隻喜鵲，她都以為與冠先生的官運有關。聽到錢二少的訊息，她馬上有了新的決定。

「曉荷！」她的眼一眨一眨的，臉兒上籠罩著一股既莊嚴又神祕的神氣，頗似西太后與內閣大臣商議國家大事似的。「去報告！這是你的一條進身之路！」

曉荷愣住了。教他去貪贓受賄，他敢幹；他可是沒有挺著胸去直接殺人的膽氣。

「怎麼啦？你！」大赤包審問著。

「去報告？那得抄家呀！」曉荷覺得若是錢家被抄了家，都死在刀

下，錢先生一定會來鬧鬼！

「你這個松頭日腦的傢夥！你要管你自己的前途，管別人抄家不抄家幹嘛！再說，你不是吃過錢老頭子的釘子，想報復嗎？這是機會！」

聽到「報復」，他動了點心。他以為錢默吟大不該那麼拒人千里之外；那麼，假若錢家真被抄了家，也是咎由自取 —— 大概也就不會在死後還鬧鬼！他也思索出來：敢情錢默吟的又臭又硬並不是因為與日本人有關係，而是與南京通著氣。那麼，假若南京真打勝了，默吟得了勢，還有他 —— 冠曉荷 —— 的好處嗎？

「這個訊息真不真呢？」他問。

「桐芳聽來的，問她！」大赤包下了懿旨。

審問桐芳的結果，並不能使曉荷相信那個訊息是千真萬確的。他不願拿著個可信可疑的訊息去討賞。大赤包可是另有看法：

「真也罷，假也罷，告他一狀再說！即使訊息是假的，那又有什麼關係，我們的訊息假，而心不假；教上面知道我們是真心實意的向著日本人，不也有點好處嗎？你要是膽子小，我去！」

曉荷心中還不十分安帖，可是又不敢勞動皇后御駕親征，只好答應下來。

桐芳又很快的告訴了高第。高第在屋裡轉開了磨。仲石，她的幻想中的英雄，真的成了英雄。她覺得這個英雄應當是屬於她的。可是，他已經死去。她的愛，預言，美好的幻夢，一齊落了空！假若她不必入尼姑庵，而世界上還有她的事作的話，她應當首先去搭救錢家的人。但是，她怎麼去見錢先生呢？錢先生既不常出來，而街門又永遠關得嚴嚴的；她若去叫門，必被自己家裡的人聽到。寫信，從門縫塞進去？也不妥當。她必須親自見到錢先生，才能把話說得詳盡而懇切。她去請桐芳幫忙。桐芳建議從

牆頭上爬過去。她說：「我們的南房西邊不是有一棵小槐樹？上了槐樹，你就可以夠著牆頭！」

高第願意這樣去冒險。她的心裡，因仲石的犧牲，裝滿了奇幻的思想的。她以為仲石的死是受了她的精神的感召，那麼，在他死後，她也就應當作些非凡的事情。她決定去爬牆，並且囑咐桐芳給她觀風。

大概有九點鐘吧。冠先生還沒有回來。大赤包有點頭痛，已早早的上了床。招弟在屋中讀著一本愛情小說。高第決定乘這時機，到西院去。她囑咐桐芳聽著門，因為她回來的時候是不必爬牆的。

她的短鼻子上出著細小的汗珠，手與唇都微顫著。爬牆的危險，與舉動的奇突，使她興奮，勇敢，而又有點懼怕。爬到牆那邊，她就可以看見英雄的家；雖然英雄已死，她可是還能看到些英雄的遺物；她應當要過一兩件來，作為紀念！想到那裡，她的心跳得更快了；假若不是桐芳託她兩把，她必定上不去那棵小樹。上了樹，她的心中清醒了好多，危險把幻想都趕了走。她的眼睜得很大，用顫抖的手牢牢的抓住牆頭。

費了很大的事，她才轉過身去。轉了身，手扒著牆頭，腳在半空，她只顧了喘氣，把一切別的事都忘掉。她不敢往下看，又不敢鬆手，只閉著眼掙扎著掛在那裡。好久，她心裡一迷忽，手因無力而鬆開，她落在了地上。她的身量高，西院的地又因種花的關係而頗鬆軟，所以她只覺得心中震動了一下，腿腳倒都沒碰疼。這時候，她清醒了好多，心跳得很快。再轉過身來，她看明白：其餘的屋子都黑忽忽的，只有北房的西間兒有一點燈光。燈光被窗簾遮住，只透出一點點。院中，高矮不齊，一叢叢的都是花草；在微弱的燈光中，像一些蹲伏著的人。高第的心跳得更快了；她大著膽，手捂著胸口，慢慢的用腳試探著往前挪動，底襟時時掛在刺梅一類的枝上。好容易，她挪移到北屋外，屋裡有兩個人輕輕的談話。她閉著氣，蹲在窗下。屋裡的語聲是一老一少，老的（她想）一定是錢老先生，

少的或者是錢大少爺。聽了一會兒,她辨清那年少的不是北平口音,而是像膠東的人。這,引起她的好奇心,想立起來看看窗簾有沒有縫隙。急於立起來,她忘了窗臺,而把頭碰在上面。她把個「哎喲」只吐出半截,可是已被屋中聽到。燈立刻滅了。隔了一小會兒,錢先生的聲音在問:「誰?」

她慌成了一團,一手捂著胸口,一手按著頭,半蹲半立的木在那裡。

錢先生輕輕的出來,又低聲的問了聲「誰?」

「我!」她低聲的回答。

錢先生嚇了一跳:「你是誰?」

高第留著神立起來:「小點聲!我是隔壁的大小姐,有話對你說。」

「進來!」錢先生先進去,點上燈。

高第的右手還在頭上摸弄那個包,慢慢的走進去。

錢先生本來穿著短衣,急忙找到大衫穿上,把鈕釦扣錯了一個。「冠小姐?你打哪兒進來的?」

高第一腳的露水,衣服被花枝掛破了好幾個口子,頭上一個包,頭髮也碰亂,看了看自己,看了看錢先生,覺得非常的好笑。她微笑了一下。

錢先生的態度還鎮靜,可是心裡有點莫名其妙之感,眨巴著眼呆看著她。

「我由牆上跳過來的,錢伯伯!」她找了個小凳,坐下。

「跳牆?」詩人向外打了一眼。「幹嘛跳牆?」「有要緊的事!」她覺得錢先生是那麼敦厚可愛,不應當再憋悶著他。「仲石的事!」

「仲石怎樣?」

「伯伯,你還不知道?」

「不知道！他沒有回來！」

「大家都說，都說……」她低下頭去，愣著。

「都說什麼？」

「都說他摔死一車日本兵！」

「真的？」老人的油汪水滑的烏牙露出來，張著點嘴，等她回答。

「大家都那麼說！」

「嘔！他呢？」

「也……」

老人的頭慢慢往下低，眼珠往旁邊挪，不敢再看她。高第急忙的立起來，以為老人要哭。老人忽然又抬起頭來，並沒有哭，只是眼中溼潤了些。縱了一下鼻子，他伸手把桌下的酒瓶摸上來。「小姐，你……」他的話說得不甚真切，而且把下半句 —— 你不喝酒吧？ —— 嚥了回去。厚惇惇的手微有點顫，他倒了大半茶杯茵陳酒，一揚脖喝了一大口。用袖口抹了抹嘴，眼亮起來，他看著高處，低聲的說：「死得好！好！」打了個酒嗝，他用烏牙咬上了下唇。

「錢伯伯，你得走！」

「走？」

「走！大家現在都吵嚷這件事，萬一鬧到日本人耳朵裡去，不是要有滅門的罪過嗎？」

「嘔！」錢先生反倒忽然笑了一下，又端起酒來。「我沒地方去！這是我的家，也是我的墳墓！況且，刀放脖子上的時候，我要是躲開，就太無勇了吧！小姐，我謝謝你！請回去吧！怎麼走？」

高第心裡很不好受。她不能把她父母的毒計告訴錢先生，而錢先生又是這麼真純，正氣，可愛。她把許多日子構成的幻想全都忘掉，忘了對仲

石的虛構的愛情，忘了她是要來看看「英雄之家」，她是面對著一位可愛，而將要遭受苦難的老人；她應當設法救他。可是，她一時想不出主意。她用一點笑意掩飾了她心中的不安，而說了聲：「我不用再跳牆了吧？」

「當然！當然！我給你開門去！」他先把杯中的餘酒喝盡，而後身子微晃了兩晃，彷彿頭發暈似的。

高第扶住了他。他定了定神，說：「不要緊！我開門去！」他開始往外走。一邊走一邊嘟囔：「死得好！死得好！我的……」他不敢叫出兒子的名字來，把手扶在屋門的門框上，立了一會兒。院中的草茉莉與夜來香放著濃烈的香味，他深深的吸了一口氣。

高第不能明白老詩人心中的複雜的感情，而只覺得錢先生的一切都與父親不同。她所感到的不同並不是在服裝面貌上，而是在一種什麼無以名之的氣息上，錢先生就好像一本古書似的，寬大，雅靜，尊嚴。到了大門內，她說了句由心裡發出來的話：「錢伯伯，別傷心吧！」

錢老人嗯嗯的答應了兩聲，沒說出話來。

出了大門，高第飛也似的跑了幾步。她跳牆的動機是出於好玩，冒險，與詭祕的戀愛；搭救錢先生只是一部分。現在，她感到了充實與熱烈，忘了仲石，而只記住錢先生；她願立刻的一股腦兒都說給桐芳聽。桐芳在門內等著她呢，沒等叫門，便把門開開了。

默吟先生立在大門外，仰頭看看大槐樹的密叢叢的黑葉子，長嘆了一聲。忽然，靈機一動，他很快的跑到祁家門口。正趕上瑞宣來關街門，他把瑞宣叫了出來。

「有工夫沒有？我有兩句話跟你談談！」他低聲的問。「有！要不是你來，我就關門睡覺去了！完全無事可作，連書也看不下去！」瑞宣低聲的答對。

「好！上我那裡去！」

「我進去說一聲。」

默吟先生先回去，在門洞裡等著瑞宣。瑞宣緊跟著就來到，雖然一共沒有幾步路，可是他趕得微微有點喘；他知道錢先生夜間來訪，必有要緊的事。

到屋裡，錢先生握住瑞宣的手，叫了聲：「瑞宣！」他想和瑞宣談仲石的事。不但要談仲石殉國，也還要把兒子的一切 —— 他幼時是什麼樣子，怎樣上學，愛吃什麼…… —— 都說給瑞宣聽。可是，他嘆了兩口氣，鬆開手，嘴唇輕輕的動了幾動，彷彿是對自己說：「談那些幹什麼呢！」比了個手式，請瑞宣坐下，錢先生把雙肘都放在桌兒上，面緊對著瑞宣的，低聲而懇切的說：「我要請你幫個忙！」

瑞宣點了點頭，沒問什麼事；他覺得只要錢伯伯教他幫忙，他就應當馬上答應。

錢先生拉過一個小凳來，坐下，臉仍舊緊對著瑞宣，閉了會兒眼。睜開眼，他安詳了好多，臉上的肉鬆下來一些。「前天夜裡，」他低聲的安詳的說：「我睡不著。這一程子了，我夜夜失眠！我想，亡了國的人，大概至少應當失眠吧！睡不著，我到門外去散散步。輕輕的開開門，我看見一個人緊靠著槐樹立著呢！我趕緊退了回來。你知道，我是不大愛和鄰居們打招呼的。退回來，我想了想：這個人不大像附近的鄰居。雖然我沒看清楚他的臉，可是以他的通身的輪廓來說，他不像我認識的任何人。這引起我的好奇心。我本不是好管閒事的人，可是失眠的人的腦子特別精細，我不由的想看清他到底是誰，和在樹底下幹什麼。」說到這裡，他又閉了閉眼，然後把杯中的餘滴倒在口中，咂摸著滋味。「我並沒往他是小偷或土匪上想，因為我根本沒有值錢的東西怕偷。我也沒以為他是乞丐。我倒是以為他必定有比無衣無食還大的困難。留了很小的一點門縫，我用一隻

眼往外看。果然，不出我所料，他是有很大的困難。他在槐樹下面極慢極慢的來迴繞，一會兒立住，仰頭看看；一會兒又低著頭慢慢的走。走了很久，忽然他極快的走向路西的堵死的門去了。他開始解腰帶！我等著，狠心的等著！等他把帶子拴好了才出去；我怕出去早了會把他嚇跑！」

「對的！」瑞宣本不想打斷老人的話，可是看老人的嘴角已有了白沫兒，所以插進一兩個字，好教老人喘口氣。「我極快的跑出去！」默吟先生的眼發了光。「一下子摟住他的腰！他發了怒，回手打了我兩拳。我輕輕的叫了聲『朋友！』他不再掙扎，而全身都顫起來。假若他一個勁兒跟我掙扎，我是非鬆手不可的，他年輕力壯！『來吧！』我放開手，說了這麼一句。他像個小羊似的跟我進來！」

「現在還在這裡？」

錢先生點了點頭。

「他是作什麼的？」

「詩人！」

「詩人？」

錢先生笑了一下：「我說他的氣質像詩人，他實在是個軍人。他姓王，王排長。在城內作戰，沒能退出去。沒有錢，只有一身破褲褂，逃走不易，藏起來又怕連累人，而且怕被敵人給擒住，所以他想自盡。他寧可死，而不作俘虜！我說他是詩人，他並不會作詩；我管富於情感，心地爽朗的人都叫做詩人；我和他很說得來。我請你來，就是為這個人的事。我們得設法教他逃出城去。我想不出辦法來，而且，而且，」老先生又愣住了。

「而且，怎樣？錢伯伯！」

老人的聲音低得幾乎不易聽見了：「而且，我怕他在我這裡吃連累！

你知道，仲石，」錢先生的喉中噎了一下：「仲石，也許已經死啦！說不定我的命也得賠上！據說，他摔死一車日本兵，日本人的氣量是那麼小，哪能白白饒了我！不幸，他們找上我的門來，豈不也就發現了王排長？」

「聽誰說的，仲石死了？」

「不用管吧！」

「伯伯，你是不是應當躲一躲呢？」

「我不考慮那個！我手無縛雞之力，不能去殺敵雪恥，我只能臨危不苟，兒子怎死，我怎麼陪著。我想日本人會打聽出他是我的兒子，我也就不能否認他是我的兒子！是的，只要他們捕了我去，我會高聲的告訴他們，殺你們的是錢仲石，我的兒子！好，我們先不必再談這個，而要趕快決定怎樣教王排長馬上逃出城去。他是軍人，他會殺敵，我們不能教他死在這裡！」

瑞宣的手摸著臉，細細的思索。

錢先生倒了半杯酒，慢慢的喝著。

想了半天，瑞宣忽然立起來。「我先回家一會兒，和老三商議商議；馬上就回來。」

「好！我等著你！」

第 12 幕　混出城

　　老三因心中煩悶，已上了床。瑞宣把他叫起來。極簡單扼要的，瑞宣把王排長的事說給老三聽。老三的黑豆子眼珠像夜間的貓似的，睜得極黑極大，而且發著帶著威嚴的光。他的顴骨上紅起兩朵花。聽完，他說了聲：「我們非救他不可！」瑞宣也很興奮，可是還保持著安詳，不願因興奮而鹵莽，因鹵莽而敗事。慢條斯禮的，他說：「我已經想了個辦法，不知道你以為如何？」

　　老三慌手忙腳的登上褲子，下了床，倒彷彿馬上他就可以把王排長背出城似的。「什麼辦法？大哥！」「先別慌！我們須詳細的商量一下，這不是鬧著玩的事！」瑞全忍耐的坐在床沿上。

　　「老三！我想啊，你可以同他一路走。」

　　老三又立了起來：「那極好了！」

　　「這有好處，也有壞處。好處是王排長既是軍人，只要一逃出城去，他就必有辦法；他不會教你吃虧。壞處呢，他手上的掌子，和說話舉止的態度神氣，都必教人家一看就看出他是幹什麼的。日本兵把著城門，他不容易出去；他要是不幸而出了岔子，你也跟著遭殃！」

　　「我不怕！」老三的牙咬得很緊，連脖子上的筋都挺了起來。

　　「我知道你不怕，」瑞宣要笑，而沒有笑出來。「有勇無謀可辦不了事！我們死，得死在晴天大日頭底下，不能窩窩囊囊的送了命！我想去找李四大爺去。」

　　「他是好人，可是對這種事他有沒有辦法，我就不敢說！」「我 —— 教給他辦法！只要他願意，我想我的辦法還不算很壞！」

「什麼辦法？什麼辦法？」

「李四大爺要是最近給人家領槨出殯，你們倆都身穿重孝，混出城去，大概不會受到檢查！」

「大哥！你真有兩下子！」瑞全跳了起來。

「老實點！別教大家聽見！出了城，那就聽王排長的了。他是軍人，必能找到軍隊！」

「就這麼辦了，大哥！」

「你願意？不後悔？」

「大哥你怎麼啦？我自己要走的，能後悔嗎？況且，別的事可以後悔，這種事 —— 逃出去，不作亡國奴 —— 還有什麼可後悔的呢？」

瑞宣沉靜了一會兒才說：「我是說，逃出去以後，不就是由地獄入了天堂，以後的困難還多的很呢。前些日子我留你，不准你走，也就是這個意思。五分鐘的熱氣能使任何人登時成為英雄，真正的英雄卻是無論受多麼久，多麼大的困苦，而仍舊毫無悔意或灰心的人！記著我這幾句話，老三！記住了，在國旗下吃糞，也比在太陽旗下吃肉強！你要老不灰心喪氣，老像今天晚上這個勁兒，我才放心！好，我找李四大爺去。」瑞宣去找李四爺。老人已經睡了覺，瑞宣現把他叫起來。李四媽也跟著起來，夾七夾八的一勁兒問：是不是祁大奶奶要添娃娃？還是誰得了暴病，要請醫生？經瑞宣解釋了一番，她才明白他是來與四爺商議事體，而馬上決定非去給客人燒一壺水喝不可，瑞宣攔不住她，而且覺得她離開屋裡也省得再打岔，只好答應下來。她掩著懷，瞇摸閤眼的走出去，現找劈柴升火燒水。乘著她在外邊瞎忙，瑞宣把來意簡單的告訴了老人。老人橫打鼻樑，願意幫忙。

「老大，你到底是讀書人，想得周到！」老人低聲的說：「城門上，車

站上，檢查得極嚴，實在不容易出去。當過兵的人，手上腳上身上彷彿全有記號，日本人一看就認出來；捉住，準殺頭！出殯的，連棺材都要在城門口教巡警拍一拍，可是穿孝的人倒還沒受過多少麻煩。這件事交給我了，明天就有一檔子喪事，你教他們倆一清早就跟我走，槓房有孝袍子，我給他們賃兩身。然後，是教他倆裝作孝子，還是打執事的，我到時候看，怎麼合適怎辦！」

四大媽的水沒燒開，瑞宣已經告辭，她十分的抱歉，硬說柴火被雨打溼了：「都是這個老東西，什麼事也不管；下雨的時候，連劈柴也不搬進去！」

「閉上你的嘴！半夜三更的你嚎什麼！」老人低聲的責罵。瑞宣又去找錢老者。

這時候，瑞全在屋裡興奮得不住的打嗝，彷彿被食物噎住了似的。想想這個，想想那個，他的思想像走馬燈似的，隨來隨去，沒法集中。他恨不能一步跳出城去，加入軍隊去作戰。剛想到這裡，他又看見自己跟招弟姑娘在北海的蓮花中盪船。他很願意馬上看見她，告訴她他要逃出城去，作個抗戰的英雄！不，不，不，他又改了主意，她沒出息，絕對不會欣賞他的勇敢與熱烈。這樣亂想了半天，他開始感到疲乏，還有一點煩悶。期待是最使人心焦的事，他的心已飛到想像的境界，而身子還在自己的屋裡，他不知如何處置自己。

媽媽咳嗽了兩聲。他的心立時靜下來。可憐的媽媽！只要我一出這個門，恐怕就永遠不能相見了！他輕輕的走到院中。一天的明星，天河特別的白。他只穿著個背心，被露氣一侵，他感到一點涼意，胳臂上起了許多小冷疙疸。他想急忙走進南屋，看一看媽媽，跟她說兩句極溫柔的話。極輕極快的，他走到南屋的窗外。他立定，沒有進去的勇氣。在平日，他萬也沒想到母子的關係能夠這麼深切。他常常對同學們說：「一個現代青

年就像一隻雛雞，生下來就可以離開母親，用自己的小爪掘食兒吃！」現在，他木在那裡。他絕不後悔自己的決定，他一定要逃走，去盡他對國家應盡的責任；但是，他至少也須承認他並不像一隻雞雛，而是永遠，永遠與母親在感情上有一種無可分離的聯絡。立了有好大半天，他聽見小順兒哼唧。媽媽出了聲：「這孩子！有臭蟲，又不許拿！活像你三叔的小時候，一拿臭蟲就把燈盞兒打翻！」他的腿有點軟，手扶住了窗臺。他還不能後悔逃亡的決定，可也不以自己的腿軟為可恥。在分析不清自己到底是勇敢，還是軟弱，是富於感情，還是神經脆弱之際，他想起日本人的另一罪惡 —— 有多少母與子，夫與妻，將受到無情的離異，與永久的分別！

想到這裡，他的脖子一使勁，離開了南屋的窗前。

在院裡，他繞了一個圈兒。大嫂的屋裡還點著燈。他覺得大嫂也不像往日那麼俗氣與瑣碎了。他想進去安慰她幾句，表明自己平日對她的頂撞無非是叔嫂之間的小小的開玩笑，在心裡他是喜歡大嫂，感激大嫂的。可是，他不敢進去，青年人的嘴不是為道歉預備著的！

瑞宣從外面輕輕的走進來，直奔了三弟屋中去。老三輕手躡腳的緊跟來，他問：「怎樣？大哥！」

「明天早晨走！」瑞宣好像已經筋疲力盡了似的，一下子坐在床沿上。

「明 —— 」老三的心跳得很快，說不上話來。以前，瑞宣不許他走，他非常的著急；現在，他又覺得事情來的太奇突了似的。用手摸了摸他的胳臂，他覺得東西都沒有預備，自己只穿著件背心，實在不像將有遠行的樣子。半天，他才問出來：「帶什麼東西呢？」

「啊？」瑞宣彷彿把剛才的一切都忘記了，眼睛直鉤鉤的看著弟弟，答不出話來。

「我說，我帶什麼東西？」

「嘔！」瑞宣聽明白了，想了一想：「就拿著點錢吧！還帶著，帶著，你的純潔的心，永遠帶著！」他還有千言萬語，要囑告弟弟，可是他已經不能再說出什麼來。摸出錢袋，他的手微顫著拿出三十塊錢的票子來，輕輕的放在床上。然後，他立起來，把手搭在老三的肩膀上，細細的看著他。「明天早上我叫你！別等祖父起來，我們就溜出去！老三！」他還要往下說，可是閉上了嘴。一扭頭，他輕快的走出去。老三跟到門外，也沒說出什麼來。

弟兄倆誰也睡不著。在北平陷落的那一天，他們也一夜未曾闔眼。但是，那一夜，他們只覺得渺茫，並抓不住一點什麼切身的東西去思索或談論。現在，他們才真感到國家，戰爭，與自己的關係，他們須把一切父子兄弟朋友的親熱與感情都放在一旁，而且只有擺脫了這些最難割難捨的關係，他們才能肩起更大的責任。他們——即不準知道明天是怎樣——把過去的一切都想起來，因為他們是要分離；也許還是永久的分離。瑞宣等太太睡熟，又穿上衣服，找了老三去。他們直談到天明。

聽到祁老人咳嗽，他們溜了出去。李四爺是慣於早起的人，已經在門口等著他們。把弟弟交給了李四爺，瑞宣的頭，因為一夜未眠和心中難過，疼得似乎要裂開。他說不出什麼來，只緊跟在弟弟的身後東轉西轉。

「大哥！你回去吧！」老三低著頭說。見哥哥不動，他又補了一句：「大哥，你在這裡我心慌！」

「老三！」瑞宣握住弟弟的手。「到處留神哪！」說完，他極快的跑回家去。

到屋中，他想睡一會兒。可是，他睡不著。他極疲乏，但是剛一團眼，他就忽然驚醒，好像聽見什麼對老三不利的訊息。他愛老三；因為愛他，所以才放走他。他並不後悔教老三走，只是不能放心老三究竟走得脫走不脫。一會兒，他想到老三的參加抗戰的光榮，一會兒又想到老三被敵

人擒住，與王排長一同去受最慘的刑罰。他的臉上和身上一陣陣的出著討厭的涼汗。

同時，他得想出言詞去敷衍家裡的人。他不能馬上痛痛快快的告訴大家實話，那會引起全家的不安，或者還會使老人們因關切而鬧點病。他得等合適的機會再說，而且有證據使大家放心老三的安全。

多麼長的天啊！太陽影兒彷彿隨時的停止前進，鐘上的針兒也像不會再動。好容易，好容易，到了四點鐘，他在棗樹下聽見四大媽高聲向李四爺說話。他急忙跑出去。李四爺低聲的說：

「他們出了城！」

第 13 幕　錢詩人

　　瑞全走後，祁老人問了瑞宣好幾次：「小三兒哪裡去啦？」瑞宣編了個謊，硬說日本兵要用瑞全的學校作營房，所以學生都搬到學校裡去住，好教日本兵去另找地方。其實呢，瑞宣很明白：假若日本兵真要占用學校，一個電話便夠了，誰也不敢反抗。他知道自己的謊言編制的並不高明，可是老人竟自相信了，也就不必再改編。

　　瑞豐看出點稜縫來，心中很不高興，向大哥提出質問。瑞宣雖然平日不大喜歡老二，可是他覺得在這種危患中，兄弟的情誼必然的增高加厚，似乎不應當欺哄老二，所以他說了實話。

　　「怎麼？大哥你教他走的？」瑞豐的小幹臉繃得像鼓皮似的。

　　「他決心要走，我不好阻止；一個熱情的青年，理當出去走走！」

　　「大哥你可說得好！你就不想想，他不久就畢業，畢業後抓倆錢兒，也好幫著家裡過日子呀！真，你怎麼把只快要下蛋的雞放了走呢？再說，趕明兒一調查戶口，我們有人在外邊抗戰，還不是蘑菇？」

　　假若老二是因為不放心老三的安全而責備老大，瑞宣一定不會生氣，因為人的膽量是不會一樣大的。膽量小而情感厚是可以原諒的。現在，老二的挑剔，是完全把手足之情拋開，而專從實利上講，瑞宣簡直沒法不動氣了。

　　可是，他嚥了好幾口氣，到底控制住了自己。他是當家的，應當忍氣；況且，在城亡國危之際，家庭裡還鬧什麼饑荒呢。他極勉強的笑了一笑。「老二，你想得對，我沒想到！」「現在最要緊的是千萬別聲張出去！」老二相當驕傲的囑告哥哥。「一傳說出去，我們全家都沒命！我早就說過，大哥你不要太寵著老三，你老不聽！我看哪，我們還是分居的

好！好嗎，這玩藝兒，老三闖出禍來，把咱老二的頭要下去，才糟糕一馬司！」

瑞宣不能再忍。他的眼只剩了一條縫兒，胖臉上的肉都縮緊。還是低聲的，可是每個字都像小石子落在淵澗裡，聲小而結實，他說：「老二！你滾出去！」

老二沒想到老大能有這麼一招，他的小幹臉完全紅了，像個用手絹兒擦亮了的小山裡紅似的。他要發作。可是一看大哥的眼神和臉色，他忍住了氣：「好，我滾就是了！」老大攔住了他：「等等！我還有話說呢！」他的臉白得可怕。「平日，我老敷衍你，因為這裡既由我當家，我就不好意思跟你吵嘴。這可是個錯誤！你以為我不跟你駁辯，就是你說對了，久而久之，就養成了你的壞毛病 —— 你總以為摟住便宜就好，犧牲一點就壞。我很抱歉，我沒能早早的矯正你！今天，我告訴你點實話吧！老三走得對，走得好！假若你也還自居為青年，你也應當走，作點比吃喝打扮更大一點的事去！兩重老人都在這裡，我自己沒法子走開，但是我也並不以此就原諒自己！你想想看，日本人的刀已放在我們的脖子上，你還能單看家中的芝麻粒大的事，而不往更大點的事上多瞧一眼嗎？我並不逼著你走，我是教你先去多想一想，往遠處大處想一想！」他的氣消了一點，臉上漸漸的有了紅色。「請你原諒我的發脾氣，老二！但是，你也應當知道，好話都是不大受聽的！好，你去吧！」他拿出老大哥的氣派來，命令弟弟出去，省得再繼續爭吵。

老二吃了這個釘子，心中不平，暗中把老三偷走的事去報告祖父與母親，為了討點好。

媽媽得到訊息，並沒抱怨老大，也不敢吵嚷，只含著淚一天沒有吃什麼。

祁老人表示出對老大不滿意：「單單快到我的生日，你教老三走！你

等他給我磕完頭再走也好哇！」

小順兒的媽聽到這話，眼珠一轉，對丈夫說：「這就更非給他老人家作壽不可啦！將功折罪，別教二罪歸一呀！」

瑞宣決定給老人慶壽，只是酒菜要比往年儉省一點。

這時候，學校當局們看上海的戰事既打得很好，而日本人又沒派出教育負責人來，都想馬上開學，好使教員與學生們都不至於精神渙散。瑞宣得到通知，到學校去開會。教員們沒有到齊，因為已經有幾位逃出北平。談到別人的逃亡，大家的臉上都帶出愧色。誰都有不能逃走的理由，但是越說道那些理由越覺得慚愧。

校長來到。他是個五十多歲，極忠誠，極謹慎的一位辦中等教育的老手。大家坐好，開會。校長立起來，眼看著對面的牆壁，足有三分鐘沒有說出話來。瑞宣低著頭，說了聲：「校長請坐吧！」校長像犯了過錯的小學生似的，慢慢的坐下。

一位年紀最輕的教員，說出大家都要問而不好意思問的話來：

「校長！我們還在這裡作事，算不算漢奸呢？」

大家都用眼盯住校長。校長又僵著身子立起來，用手擺弄著一管鉛筆。他輕嗽了好幾下，才說出話來：「諸位老師們！據兄弟看，戰事不會在短期間裡結束。按理說，我們都應當離開北平。可是，中學和大學不同。大學會直接向教育部請示，我們呢只能聽教育局的命令。城陷之後教育局沒人負責，我們須自打主張。大學若接到命令，遷開北平，大學的學生以年齡說，有跋涉長途的能力，以籍貫說，各省的人都有，可以聽到訊息便到指定的地方集合。我們的學生，年紀既小，又百分之 ──」他又嗽了兩下，「之 ── 可以說百分之九十是在城裡住家。我們帶著他們走，走大道，有日本兵截堵，走小道，學生們的能力不夠。再說，學生的家長

們許他們走嗎？也是問題。因此，我明知道，留在這裡是自找麻煩，自討無趣 —— 可怎麼辦呢？！日本人占定了北平，必首先注意到學生們，也許大肆屠殺青年，也許收容他們作亡國奴，這兩個辦法都不是我們所能忍受的！可是，我還想暫時維持學校的生命，在日本人沒有明定辦法之前，我們不教青年們失學；在他們有了辦法之後，我們忍辱求全的設法不教青年們受到最大的損失 —— 肉體上的，精神上的。老師們，能走的請走，我絕不攔阻，國家在各方面都正需要人才。不能走的，我請求大家像被姦汙了的寡婦似的，為她的小孩子忍辱活下去。我們是不是漢奸？我想，不久政府就會派人來告訴我們；政府不會忘了我們，也一定知道我們逃不出去的困難！」他又嗽了兩聲，手扶住桌子，「兄弟還有許多的話，但是說不上來了。諸位同意呢，我們下星期一開學。」他眼中含著點淚，極慢極慢的坐下去。

沉靜了好久，有人低聲的說：「贊成開學！」

「有沒有異議？」校長想往起立，而沒能立起來。沒有人出聲。他等了一會兒，說：「好吧，我們開學看一看吧！以後的變化還大得很，我們能盡心且盡心吧！」

由學校出來，瑞宣像要害熱病似的那麼憋悶。他想安下心去，清清楚楚的看出一條道路來。可是，他心中極亂，抓不住任何一件事作為思索的起點。他嘴中開始嘟囔。聽見自己的嘟囔，心中更加煩悶。平日，他總可憐那些有點神經不健全，而一邊走路一邊自己嘟囔嘟囔的人。今天，他自己也這樣了；莫非自己要發瘋？他想起來屈原的披髮行吟。但是，他有什麼可比屈原的呢？「屈原至少有自殺的勇氣，你有嗎？」他質問自己。他不敢回答。他想到北海或中山公園去散散悶，可是又阻止住自己：「公園是給享受太平的人們預備著的，你沒有資格去！」他往家中走。「打敗了的狗只有夾著尾巴往家中跑，別無辦法！」他低聲的告訴自己。

走到衚衕口，巡警把他截住。「我在這裡住。」他很客氣的說。

「等一會兒吧！」巡警也很客氣。「裡邊拿人呢！」

「拿人？」瑞宣吃了一驚。「誰？什麼案子？」「我也不知道！」巡警抱歉的回答。「我只知道來把守這裡，不准行人來往。」

「日本憲兵？」瑞宣低聲的問。

巡警點了點頭。然後，看左右沒有人，他低聲的說：「這月的餉還沒信兒呢，先幫著他們拿我們的人！真叫窩囊！誰知道我們北平要變成什麼樣子呢！先生，你繞個圈兒再回來吧，這裡站不住！」

瑞宣本打算在巷口等一會兒，聽巡警一說，他只好走開。他猜想得到，日本人捉人必定搜檢一切，工夫一定小不了，他決定去走一兩個鐘頭再回來。

「拿誰呢？」他一邊走一邊猜測。第一個，他想到錢默吟；「假若真是錢先生，」他對自己說，「那──」他想不出來別的話了，而只覺得腿有點發軟。第二個，他想到自己的家，是不是老三被敵人捉住了呢？他身上出了汗。他站住，想馬上次去。但是，回去又有什麼用呢？巡警是不會準他進巷口的。再說，即使他眼看著逮捕錢詩人或他自己家裡的人，他又有什麼辦法呢？沒辦法！這就叫做亡國慘！沒了任何的保障，沒有任何的安全，亡國的人是生活在生與死的隙縫間的。愣了半天，他才看出來，他是立在護國寺街上的一家鮮花廠的門口。次日便是廟會。在往常，這正是一挑子一挑子由城外往廠子裡運花的時候；到下午，廠子的門洞便已堆滿了不帶盆子的花棵，預備在明日開廟出售。今天，廠子裡外都沒有一點動靜。門洞裡冷清清的只有一些敗葉殘花。在平日，瑞宣不喜歡逛廟，而愛到花廠裡看看，買花不買的，看到那些水靈的花草，他便感到一點生意。現在，他呆呆的看著那些敗葉殘花，覺得彷彿丟失了一點什麼重要的東西。「亡了國就沒有了美！」他對自己說。說完，他馬上矯正自己：「為什

麼老拿太平時候的標準來看戰時的事呢？在戰時，血就是花，壯烈的犧牲便是美！」

這時候，日本憲兵在捉捕錢詩人，那除了懶散，別無任何罪名的詩人。衚衕兩頭都臨時設了崗，斷絕交通。冠曉荷領路。他本不願出頭露面，但是日本人一定教他領路，似乎含有既是由他報告的，若拿不住人，就拿他是問的意思。事前，他並沒想到能有這麼一招；現在，他只好硬著頭皮去幹。他的心跳得很快，臉上還勉強的顯出鎮定，而眼睛像被獵犬包圍了的狐狸似的，往四外看，唯恐教鄰居們看出他來。他把帽子用力往前扯，好使別人不易認出他來。衚衕裡的人家全閉了大門，除了槐樹上懸著的綠蟲兒而外，沒有其他的生物。他心中稍為平靜了些，以為人們都已藏起去。其實，棚匠劉師傅，還有幾個別的人，都扒著門縫往外看呢，而且很清楚的認出他來。

白巡長，臉上沒有一點血色，像失了魂似的，跟在冠曉荷的身後。全衚衕的人幾乎都是他的朋友，假若他平日不肯把任何人帶到區署去，他就更不能不動感情的看著朋友們被日本人捕去。對於錢默吟先生，他不甚熟識，因為錢先生不大出來，而且永遠無求於巡警。但是，白巡長準知道錢先生是一百二十成的老好人；假若人們都像錢先生，巡警們必可以無為而治。到了錢家門口，他才曉得是捉捕錢先生，他恨不能一口將冠曉荷咬死！可是，身後還有四個鐵棒子似的獸兵，他只好把怒氣壓抑住。自從城一陷落，他就預想到，他須給敵人作爪牙，去欺侮自己的人。除非他馬上脫去制服，他便沒法躲避這種最難堪的差事。他沒法脫去制服，自己的本領，資格，與全家大小的衣食，都替他決定下他須作那些沒有人味的事！今天，果然，他是帶著獸兵來捉捕最老實的，連個蒼蠅都不肯得罪的，錢先生！

敲了半天的門，沒有人應聲。一個鐵棒子剛要用腳踹門，門輕輕的開

了。開門的是錢先生。像剛睡醒的樣子，他的臉上有些紅的折皺，腳上拖著布鞋，左手在扣著大衫的鈕子。頭一眼，他看見了冠曉荷，他忙把眼皮垂下去。第二眼，他看到白巡長；白巡長把頭扭過去。第三眼，他看到冠曉荷向身後的獸兵輕輕點了點頭，像猶大出賣耶穌的時候那樣。極快的，他想到兩件事：不是王排長出了毛病，便是仲石的事洩漏了。極快的，他看清楚是後者，因為眼前是冠曉荷 —— 他想起高第姑娘的警告。

很高傲自然的，他問了聲：「幹什麼？」

這三個字像是燒紅了的鐵似的。冠曉荷一低頭，彷彿是閃躲那紅熱的火花，向後退了一步。白巡長也跟著躲開。兩個獸兵像迎戰似的，要往前衝。錢先生的手扶在門框上，擋住他們倆，又問了聲：「幹什麼？」一個獸兵的手掌打在錢先生的手腕上，一翻，給老詩人一個反嘴巴。詩人的口中流出血來。獸兵往裡走。詩人愣了一會兒，用手扯住那個敵兵的領子，高聲的喊喝：「你幹什麼！」敵兵用全身的力量掙扭，錢先生的手，像快溺死的人抓住一條木棍似的，還了扣。白巡長怕老人再吃虧，急快的過來用手一託老先生的肘；錢先生的手放開，白巡長的身子擠進來一點，隔開了老先生與敵兵；敵兵一腳正踹在白巡長的腿上。白巡長忍著疼，把錢先生拉住，假意威嚇著。錢先生沒再出聲兒。

一個兵守住大門，其餘的全進入院中；白巡長拉著錢先生也走進來。白巡長低聲的說：「不必故意的賭氣，老先生！好漢不吃眼前虧！」

冠曉荷的野心大而膽量小，不敢進來，也不敢在門外立著。他走進了門洞，掏出閩漆嵌銀的香菸盒，想吸支菸。開啟菸盒，他想起門外的那個兵，趕緊把盒子遞過去，賣個和氣。敵兵看了看他，看了看菸盒，把盒子接過去，關上，放在了衣袋裡。冠先生慘笑了一下，學著日本人說中國話的腔調：「好的！好的！大大的好！」

錢大少爺 —— 孟石 —— 這兩天正鬧痢疾。本來就瘦弱，病了兩天，

他就更不像樣子了。長頭髮蓬散著，臉色發青，他正雙手提著褲子往屋中走，一邊走，一邊哼哼。看見父親被白巡長拉著，口中流著血，又看三個敵兵像三條武裝的狗熊似的在院中晃，他忘了疾痛，搖搖晃晃的撲過父親來。白巡長極快的想到：假若敵人本來只要捉錢老人，就犯不上再白饒上一個。假若錢少爺和日本人衝突，那就非也被捕不可。想到這裡，他咬一咬牙，狠了心。一手他還拉著錢先生，一手他握好了拳。等錢少爺走近了，他劈面給了孟石一個滿臉花。孟石倒在地上。白巡長大聲的呼喝著「大煙鬼！大煙鬼！」說完，他指了指孟石，又把大指與小指翹起，放在嘴上，嘴中吱吱的響，作給日本人看。他知道日本人對煙鬼是向來「優待」的。

敵兵沒管孟石，都進了北屋去檢查。白巡長乘這個機會解釋給錢先生聽：「老先生你年紀也不小了，跟他們拚就拚吧；大少爺可不能也教他們捉了去！」

錢先生點了點頭。孟石倒在地上，半天沒動；他已昏了過去。錢先生低頭看著兒子，心中雖然難過，可是難過得很痛快。二兒子的死 —— 現在已完全證實 —— 長子的受委屈，與自己的苦難，他以為都是事所必至，沒有什麼可稀奇的。太平年月，他有花草，有詩歌，有茶酒；亡了國，他有犧牲與死亡；他很滿意自己的遭遇。他看清他的前面是監牢，毒刑，與死亡，而毫無恐懼與不安。他只盼著長子不被捕，那麼他的老妻與兒媳婦便有了依靠，不至於馬上受最大的恥辱與困苦。他不想和老妻訣別，他想她應該了解他：她受苦一世，並無怨言；他殉難，想必她也能明白他的死的價值。對冠曉荷，他不願去怨恨。他覺得每個人在世界上都像廟中的五百羅漢似的，各有各的一定的地位；他自己的應當死，正如冠曉荷的應當賣人求榮。這樣的一一想罷，他的心中很平靜坦然。在平日，他有什麼感觸，便想吟詩。現在，他似乎與詩告別了，因為他覺得二子仲石

的犧牲，王排長的寧自殺不投降，和他自己的命運，都是「亡國篇」中的美好的節段——這些事實，即使用散文記錄下來，依然是詩的；他不必再向音節詞律中找詩了。

這時候，錢太太被獸兵從屋裡推了出來，幾乎跌倒。他不想和她說什麼，可是她慌忙的走過來：「他們拿我們的東西呢！你去看看！」

錢先生哈哈的笑起來。白巡長拉了錢先生好幾下，低聲的勸告：「別笑！別笑！」錢太太這才看清，丈夫的口外有血。她開始用袖子給他擦。「怎麼啦？」老妻的袖口擦在他的口旁，他像忽然要發痧似的，心中疼了一陣，身上都出了汗。手扶著她，眼閉上，他鎮定了一會兒。睜開眼，他低聲的對她說：「我還沒告訴你，我們的老二已經不在了，現在他們又來抓我！不用傷心！不用傷心！」他還有許多話要囑咐她，可是再也說不出來。

錢太太覺得她是作夢呢。她看到的，聽到的，全接不上榫子來。白從蘆溝橋開火起，她沒有一天不叨唸小兒子的，可是丈夫和大兒子總告訴她，仲石就快回來了。那天，夜裡忽然來了位客人，像是種地的莊稼漢兒，又像個軍人。她不敢多嘴，他們也不告訴她那是誰。忽然，那個人又不見了。她盤問丈夫，他只那麼笑一笑，什麼也不說。還有一晚上，她分明聽見院中有動靜，又聽到一個女子的聲音喊喊喳喳的；第二天，她問，也沒得到回答。這些都是什麼事呢？今天，丈夫口中流著血，日本兵在家中亂搜亂搶，而且丈夫說二兒子已經不在了！她想哭，可是驚異與惶惑截住了她的眼淚。她拉住丈夫的臂，想一樣一樣的細問。她還沒開口，敵兵已由屋中出來，把一根皮帶子扔給了白巡長。錢先生說了話：「不必綁！我跟著你們走！」白巡長拿起皮繩，低聲的說：「松攏上一點，省得他們又動打！」老太太急了，喊了聲：「你們幹什麼？要把老頭弄了到哪兒去？放開！」她緊緊的握住丈夫的臂。白巡長很著急，唯恐敵兵打她。正在這

時候，孟石甦醒過來，叫了聲：「媽！」錢先生在老妻的耳邊說：「看老大去！我去去就來，放心！」一扭身，他掙開了她的手，眼中含著兩顆怨，憤，傲，烈，種種感情混合成的淚，挺著胸往外走。走了兩步，他回頭看了看他手植的花草，一株秋葵正放著大朵的鵝黃色的花。

　　瑞宣從護國寺街出來，正碰上錢先生被四個敵兵押著往南走。他們沒有預備車子，大概為是故意的教大家看看。錢先生光著頭，左腳拖著布鞋，右腳光著，眼睛平視，似笑非笑的抿著嘴。他的手是被捆在身後。瑞宣要哭出來。錢先生並沒有看見他。瑞宣呆呆的立在那裡，看著，看著，漸漸的他只能看到幾個黑影在馬路邊上慢慢的動，在晴美的陽光下，錢先生的頭上閃動著一些白光。

　　迷迷瞪瞪的他走進小羊圈，除了李四爺的門開著半扇，各院的門還全閉著。他想到錢家看看，安慰安慰孟石和老太太。剛在錢家的門口一愣，李四爺 —— 在門內坐著往外偷看呢 —— 叫了他一聲。他找了四大爺去。

　　「先別到錢家去！」李四爺把瑞宣拉到門裡說：「這年月，親不能顧親，友不能顧友，小心點！」

　　瑞宣沒有回答出什麼來，愣了一會兒，走出來。到家中，他的頭痛得要裂。誰也沒招呼，他躺在床上，有時候有聲，有時候無聲的，自己嘟囔著。

　　全衚衕裡的人，在北平淪陷的時候，都感到惶惑與苦悶，及至聽到上海作戰的訊息，又都感到興奮與欣悅。到現在為止，他們始終沒有看見敵人是什麼樣的面貌，也想不出到底他們自己要受什麼樣的苦處。今天，他們才嗅到了血腥，看見了隨時可以加在他們身上的損害。他們都跟錢先生不大熟識，可是都知道他是連條野狗都不得罪的人。錢先生的被打與被捕，使他們知道了敵人的厲害。他們心中的「小日本」已改了樣子；小日本兒們不僅是來占領一座城，而是來要大家的命！同時，他們斜眼掃著冠

家的街門，知道了他們須要極小心，連「小日本」也不可再多說；他們的鄰居裡有了甘心作日本狗的人！他們恨冠曉荷比恨日本人還更深，可是他們不會組織起來與他為難；既沒有團體的保障，他們個人也就只好敢怒而不敢言。

冠曉荷把門閉的緊緊的，心中七上八下的不安。太陽落下去以後，他更怕了，唯恐西院裡有人來報仇。不敢明言，他暗示出，夜間須有人守夜。

大赤包可是非常的得意，對大家宣佈：「得啦，這總算是立了頭一功！我們想退也退不出來了，就賣著力氣往前幹吧！」交代清楚了這個，她每五分鐘裡至少下十幾條命令，把三個僕人支使得腳不挨地的亂轉。一會兒，她主張喝點酒，給丈夫慶功；一會兒，他要請乾姊妹們來打牌；一會兒，她要換衣裳出去打聽打聽錢先生的訊息；一會兒，她把剛換好的衣服又脫下來，而教廚師趕快熬點西米粥。及至她看清冠曉荷有點害怕，她不免動了氣：「你這小子簡直不知好歹，要吃，又怕燙，你算哪道玩藝兒呢？這不是好容易找著條道路，立了點功，你怎反倒害了怕呢？姓錢的是你的老子，你怕教人家把他一個嘴巴打死？」曉荷勉強的打著精神說：「大丈夫敢作敢當，我才不怕！」「這不結啦！」大赤包的語氣溫柔了些。「你是願意打八圈，還是喝兩盅兒？」沒等他回答，她決定了：「打八圈吧，今個晚上我的精神很好！高第！你來不來？桐芳你呢？」

高第說要去睡覺。桐芳拒絕了。大赤包發了脾氣，想大吵一陣。可是，招弟說了話：「媽！你聽！」

西院裡錢太太放聲哭起來，連大赤包也不再出聲了。

第 14 幕　街攤兒

中秋前後是北平最美麗的時候。天氣正好不冷不熱，晝夜的長短也劃分得平勻。沒有冬季從蒙古吹來的黃風，也沒有伏天裡挾著冰雹的暴雨。天是那麼高，那麼藍，那麼亮，好像是含著笑告訴北平的人們：在這些天裡，大自然是不會給你們什麼威脅與損害的。西山北山的藍色都加深了一些，每天傍晚還披上各色的霞帔。

在太平年月，街上的高攤與地攤，和果店裡，都陳列出只有北平人才能一一叫出名字來的水果。各種各樣的葡萄，各種各樣的梨，各種各樣的蘋果，已經叫人夠看夠聞夠吃的了，偏偏又加上那些又好看好聞好吃的北平特有的葫蘆形的大棗，清香甜脆的小白梨，像花紅那樣大的白海棠，還有隻供聞香兒的海棠木瓜，與通體有金星的香檳子，再配上為拜月用的，貼著金紙條的枕形西瓜，與黃的紅的雞冠花，可就使人顧不得只去享口福，而是已經辨不清哪一種香味更好聞，哪一種顏色更好看，微微的有些醉意了！

那些水果，無論是在店裡或攤子上，又都擺列的那麼好看，果皮上的白霜一點也沒蹭掉，而都被擺成放著香氣的立體的圖案畫，使人感到那些果販都是些藝術家，他們會使美的東西更美一些。況且，他們還會唱呢！他們精心的把攤子擺好，而後用清脆的嗓音唱出有腔調的「果贊」：「唉—— 一毛錢兒來耶，你就挑一堆我的小白梨兒，皮兒又嫩，水兒又甜，沒有一個蟲眼兒，我的小嫩白梨兒耶！」歌聲在香氣中顫動，給蘋果葡萄的靜麗配上音樂，使人們的腳步放慢，聽著看著嗅著北平之秋的美麗。

同時，良鄉的肥大的栗子，裹著細沙與糖蜜在路旁唰啦唰啦的炒著，

連鍋下的柴煙也是香的。「大酒缸」門外，雪白的蔥白正拌炒著肥嫩的羊肉；一碗酒，四兩肉，有兩三毛錢就可以混個醉飽。高粱紅的河蟹，用席簍裝著，沿街叫賣，而會享受的人們會到正陽樓去用小小的木錘，輕輕敲裂那毛茸茸的蟹腳。

同時，在街上的「香豔的」果攤中間，還有多少個兔兒爺攤子，一層層的擺起粉面彩身，身後插著旗傘的兔兒爺 —— 有大有小，都一樣的漂亮工細，有的騎著老虎，有的坐著蓮花，有的肩著剃頭挑兒，有的揹著鮮紅的小木櫃；這雕塑的小品給千千萬萬的兒童心中種下美的種子。

同時，以花為糧的豐臺開始一挑一挑的往城裡運送葉齊苞大的秋菊，而公園中的花匠，與愛美的藝菊家也準備給他們費了半年多的苦心與勞力所養成的奇葩異種開「菊展」。北平的菊種之多，式樣之奇，足以甲天下。

同時，像春花一般驕傲與俊美的青年學生，從清華園，從出產蓮花白酒的海甸，從東南西北城，到北海去划船；荷花久已殘敗，可是荷葉還給小船上的男女身上染上一些清香。

同時，那文化過熟的北平人，從一入八月就準備給親友們送節禮了。街上的鋪店用各式的酒瓶，各種餡子的月餅，把自己打扮得像鮮豔的新娘子；就是那不賣禮品的鋪戶也要湊個熱鬧，掛起秋節大減價的綢條，迎接北平之秋。

北平之秋就是人間的天堂，也許比天堂更繁榮一點呢！

祁老太爺的生日是八月十三。口中不說，老人的心裡卻盼望著這一天將與往年的這一天同樣的熱鬧。每年，過了生日便緊跟著過節，即使他正有點小小的不舒服，他也必定掙扎著表示出歡喜與興奮。在六十歲以後，生日與秋節的聯合祝賀幾乎成為他的宗教儀式 —— 在這天，他須穿出最心愛的衣服；他須在事前預備好許多小紅紙包，包好最近鑄出的銀角子，分給向他祝壽的小兒；他須極和善的詢問親友們的生活近況，而後按照著

他的生活經驗逐一的給予鼓勵或規勸；他須留神觀察，教每一位客人都吃飽，並且檢出他所不大喜歡的瓜果或點心給兒童們拿了走。他是老壽星，所以必須作到老壽星所應有的一切慈善，客氣，寬大，好免得教客人們因有所不滿而暗中抱怨，以致損了他的壽數。生日一過，他感到疲乏；雖然還表示出他很關心大家怎樣過中秋節，而心中卻只把它作為生日的尾聲，過不過並不太緊要，因為生日是他自己的，過節是大家的事；這一家子，連人口帶產業，都是他創造出來的，他理應有點自私。

今年，他由生日的前十天，已經在夜間睡得不甚安貼了。他心中很明白，有日本人占據著北平，他實在不應該盼望過生日與過節能和往年一樣的熱鬧。雖然如此，他可是不願意就輕易的放棄了希望。錢默吟不是被日本憲兵捉去，至今還沒有訊息麼？誰知道能再活幾天呢！那麼，能夠活著，還不是一件喜事嗎？為什麼不快快活活的過一次生日呢？這麼一想，他不但希望過生，而且切盼這一次要比過去的任何一次 —— 不管可能與否 —— 更加倍的熱鬧！說不定，這也許就是末一次了哇！況且，他準知道自己沒有得罪過日本人，難道日本人 —— 不管怎樣不講理 —— 還不准一個老實人慶一慶七十五的壽日嗎？

他決定到街上去看看。北平街市上，在秋節，應該是什麼樣子，他一閉眼就能看得清清楚楚；他實在沒有上街去的必要。但是，他要出去，不是為看他所知道的秋節街市，而是為看看今年的街市上是否有過節的氣像。假若街上照常的熱鬧，他便無疑的還可以快樂的過一次生日。而日本人的武力占領北平也就沒什麼大了不得的地方了。

到了街上，他沒有聞到果子的香味，沒有遇到幾個手中提著或肩上擔著禮物的人，沒有看見多少中秋月餅。他本來走的很慢，現在完全走不上來了。他想得到，城裡沒有果品，是因為，城外不平安，東西都進不了城。他也知道，月餅的稀少是大家不敢過節的表示。他忽然覺得渾身有些

發冷。在他心中，只要日本人不妨礙他自己的生活，他就想不起恨惡他們。對國事，正如對日本人，他總以為都離他很遠，無須乎過問。他只求能平安的過日子，快樂的過生日；他覺得他既沒有辜負過任何人，他就應當享有這點平安與快樂的權利！

現在，他看明白，日本已經不許他過節過生日！

以祁老人的飽經患難，他的小眼睛裡是不肯輕易落出淚來的。但是，現在他的眼有點看不清前面的東西了。他已經活了七十五歲。假若小兒們會因為一點不順心而啼哭，老人們就會由於一點不順心而想到年歲與死亡的密切關係，而不大容易控制住眼淚，等到老人與小兒們都不會淚流，世界便不是到了最和平的時候，就是到了最恐怖的時候。找了個豆汁兒攤子，他借坐了一會，心中才舒服了一些。

他開始往家中走。路上，他看見兩個兔兒爺攤子，都擺著許多大小不同的，五光十色的兔兒爺。在往年，他曾拉著兒子，或孫子，或重孫子，在這樣的攤子前一站，就站個把鐘頭，去欣賞，批評，和選購一兩個價錢小而手工細的泥兔兒。今天，他獨自由攤子前面過，他感到孤寂。同時，往年的兔兒爺攤子是與許多果攤兒立在一處的，使人看到兩種不同的東西，而極快的把二者聯結到一起 —— 用鮮果供養兔子王。由於這觀唸的聯合，人們的心中就又立刻勾出一幅美麗的，和平的，歡喜的，拜月圖來。今天，兩個兔兒爺的攤子是孤立的，兩旁並沒有那色香俱美的果子，使祁老人心中覺得異樣，甚至於有些害怕。

他想給小順兒和妞子買兩個兔兒爺。很快的他又轉了念頭 —— 在這樣的年月還給孩子們買玩藝兒？可是，當他還沒十分打定主意的時候，擺攤子的人，一個三十多歲的瘦子，滿臉含笑的叫住了他：「老人家照顧照顧吧！」由他臉上的笑容，和他聲音的溫柔，祁老人看出來，即使不買他的貨物，而只和他閒扯一會兒，他也必定很高興。祁老人可是沒停住腳

步，他沒有心思買玩具或閒扯。瘦子趕過來一步：「照顧照顧吧！便宜！」聽到「便宜」，幾乎是本能的，老人停住了腳。瘦子的笑容更擴大了，假若剛才還帶有不放心的意思，現在彷彿是已把心放下去。他笑著嘆了口氣，似乎是說：「我可抓到了一位財神爺！」

「老人家，您坐一會兒，歇歇腿兒！」瘦子把板凳拉過來，而且用袖子拂拭了一番。「我告訴您，擺出來三天了，還沒開過張，您看這年月怎辦？貨物都是一個夏天作好的，能夠不拿出來賣嗎？可是……」看老人已經坐下，他趕緊入了正題：「得啦，你老人家拿我兩個大的吧，準保賠著本兒賣！您要什麼樣子的？這一對，一個騎黑虎的，一個騎黃虎的，就很不錯！玩藝作的真道地！」

「給兩個小孩兒買，總得買一模一樣的，省得爭吵！」祁老人覺得自己是被瘦子圈弄住了，不得不先用話搪塞一下。「有的是一樣的呀，您挑吧！」瘦子決定不放跑了這個老人。「您看，是要兩個黑虎的呢，還是來一對蓮花座兒的？價錢都一樣，我賤賤的賣！」

「我不要那麼大的！孩子小，玩藝兒大，容易摔了！」老人又把瘦子支回去，心中痛快了一點。

「那麼您就挑兩個小的，得啦！」瘦子決定要把這號生意作成。「大的小的，價錢並差不多，因為小的工細，省了料可省不了工！」他輕輕的拿起一個不到三寸高的小兔兒爺，放在手心上細細的端詳：「您看，工作作得有多麼細緻！」

小兔兒的確作得細緻：粉臉是那麼光潤，眉眼是那麼清秀，就是一個七十五歲的老人也沒法不像小孩子那樣的喜愛它。臉蛋上沒有胭脂，而只在小三瓣嘴上畫了一條細線，紅的，上了油；兩個細長白耳朵上淡淡的描著點淺紅；這樣，小兔兒的臉上就帶出一種英俊的樣子，倒好像是兔兒中的黃天霸似的。它的上身穿著硃紅的袍，從腰以下是翠綠的葉與粉紅的

花，每一個葉折與花瓣都精心的染上鮮明而勻調的彩色，使綠葉紅花都閃閃欲動。

祁老人的小眼睛發了光。但是，他曉得怎樣控制自己。他不能被這個小泥東西誘惑住，而隨便花錢。他會像懸崖勒馬似的勒住他的錢——這是他成家立業的首要的原因。「我想，我還是挑兩個不大不小的吧！」他看出來，那些中溜兒的玩具，既不像大號的那麼威武，也不像小號的那麼玲瓏，當然價錢也必合適一點。

瘦子有點失望。可是，憑著他的北平小販應有的修養，他把失望都嚴嚴的封在心裡，不准走漏出半點味兒來。「您愛哪樣的就挑哪樣的，反正都是小玩藝兒，沒有好大的意思！」

老人費了二十五分鐘的工夫，挑了一對。又費了不到二十五分也差不多的時間，講定了價錢。講好了價錢，他又坐下了——非到無可如何的時候，他不願意往外掏錢；錢在自己的口袋裡是和把狗拴在屋裡一樣保險的。

瘦子並不著急。他願意有這麼位老人坐在這裡，給他作義務的廣告牌。同時，交易成了，彼此便變成朋友，他對老人說出心中的話：

「要照這麼下去，我這點手藝非絕了根兒不可！」

「怎麼？」老人把要去摸錢袋的手又拿了出來。「您看哪，今年我的貨要是都賣不出去，明年我還傻瓜似的預備嗎？不會！要是幾年下去，這行手藝還不斷了根？您想是不是？」

「幾年？」老人的心中涼了一下。

「東三省……不是已經丟了好幾年了嗎？」

「哼！」老人的手有點發顫，相當快的掏出錢來，遞給瘦子。「哼！幾年！我就入了土嘍！」說完，他幾乎忘了拿那一對泥兔兒，就要走開，假

若不是瘦子很小心的把它們遞過來。「幾年！」他一邊走一邊自己嘟囔著。口中嘟囔著這兩個字，他心中的眼睛已經看到，他的棺材恐怕是要從有日本兵把守著的城門中抬出去，而他的子孫將要住在一個沒有兔兒爺的北平；隨著兔兒爺的消滅，許多許多可愛的，北平特有的東西，也必定絕了根！他想不起像「亡國慘」一類的名詞，去給他心中的憂鬱與關切一個簡單而有力的結論，他只覺得「絕了根」，無論是什麼人和什麼東西，是「十分」不對的！在他的活動了七十五年的心中，對任何不對的事情，向來很少有用「十分」來形容的時候。即使有時候他感到有用「十分」作形容的必要，他也總設法把它減到九分，八分，免得激起自己的怒氣，以致發生什麼激烈的行動；他寧可吃虧，而絕不去帶著怒氣應付任何的事。他沒讀過什麼書，但是他老以為這種吃虧而不動氣的辦法是孔夫子或孟夫子直接教給他的。

一邊走，他一邊減低「十分」的成數。他已經七十五歲了，「老不以筋骨為能」，他必須往下壓制自己的憤怒。不知不覺的，他已走到了小羊圈，像一匹老馬那樣半閉著眼而能找到了家。走到錢家門外，他不由的想起錢默吟先生，而立刻覺得那個「十分」是減不得的。同時，他覺得手中拿著兩個兔兒爺是非常不合適的；錢先生怎樣了，是已經被日本人打死，還是熬著苦刑在獄裡受罪？好友生死不明，而他自己還有心程給重孫子買兔兒爺！想到這裡，他幾乎要承認錢少爺的摔死一車日本兵，和孫子瑞全的逃走，都是合理的舉動了。

一號的門開開了。老人受了一驚。幾乎是本能的，他往前趕了幾步；他不願意教錢家的人看見他 —— 手中拿著兔兒爺！

緊走了幾步以後，他後了悔。憑他與錢老者的友誼，他就是這樣的躲避著朋友的家屬嗎？他馬上放緩了腳步，很慚愧的回頭看了看。錢太太 —— 一個比蝴蝶還溫柔，比羊羔還可憐的年近五十的矮婦人 —— 在門

外立著呢。她的左腋下夾著一個不很大的藍布包兒，兩隻凹進很深的眼看看大槐樹，又看看藍布包兒，好像在自家門前迷失了路的樣子。祁老人向後轉。錢太太的右手拉起來一點長袍 —— 一件極舊極長的袍子，長得遮住腳面 —— 似乎也要向後轉。老人趕了過去，叫了聲錢太太。錢太太不動了，呆呆的看著他。她臉上的肌肉像是已經忘了怎樣表情，只有眼皮慢慢的開閉。

「錢太太！」老人又叫了一聲，而想不起別的話來。

她也說不出話來；極度的悲苦使她心中成了一塊空白。

老人嚥了好幾口氣，才問出來：「錢先生怎樣了？」

她微微的一低頭，可是並沒有哭出來；她的淚彷彿已經早已用完了。她很快的轉了身，邁進了門檻。老人也跟了進去。在門洞中，她找到了自己的聲音，一種失掉了言語的音樂的啞澀的聲音：

「什麼地方都問過了，打聽不到他在哪裡！祁伯伯！我是個終年不邁出這個門檻的人，可是現在我找遍了九城！」「大少爺呢？」

「快，快，快不行啦！父親被捕，弟弟殉難，他正害病；病上加氣，他已經三天沒吃一口東西，沒說一句話了！祁伯伯，日本人要是用炮把城轟平了，倒比這麼坑害人強啊！」說到這裡，她的頭揚起來。眼中，代替眼淚的，是一團兒怒的火；她不住的眨眼，好像是被煙火燒炙著似的。老人愣了一會兒。他很想幫她的忙，但是事情都太大，他無從盡力。假若這些苦難落在別人的身上，他會很簡單的判斷：「這都是命當如此！」可是，他不能拿這句話來判斷眼前的這一回事，因為他的確知道錢家的人都是一百一十成的好人，絕對不應該受這樣的折磨。

「現在，你要上哪兒去呢？」

她看了看腋下的藍布包兒，臉上抽動了一下，而後又揚起頭來，決心

把害羞壓服住：「我去噹噹！」緊跟著，她的臉上露出極微的，可是由極度用力而來的，一點笑意，像在濃雲後努力透出的一點陽光。「哼！平日，我連拿錢買東西都有點害怕，現在我會也上當鋪了！」

祁老人得到可以幫忙的機會：「我，我還能借給你幾塊錢！」

「不，祁伯伯！」她說得那麼堅決，啞澀的嗓子中居然出來一點尖銳的聲音。

「我們過得多呀！錢太太！」

「不！我的丈夫一輩子不求人，我不能在他不在家的時候……」她沒有能說完這句話，她要剛強，可是她也知道剛強的代價是多麼大。她忽然的改了話：「祁伯伯！你看，默吟怎樣呢？能夠還活著嗎？能夠還回來嗎？」

祁老人的手顫起來。他沒法回答她。想了半天，他聲音很低的說：「錢太太！我們好不好去求求冠曉荷呢？」他不會說：「解鈴還是繫鈴人」，可是他的口氣與神情幫忙他，教錢太太明白了他的意思。

「他？求他？」她的眉有點立起來了。

「我去！我去！」祁老人緊趕著說。「你知道，我也很討厭那個人！」

「你也不用去！他不是人！」錢太太一輩子不會說一個髒字，「不是人」已經把她所有的憤恨與詛咒都說盡了。「啊，我還得趕緊上當鋪去呢！」說著，她很快的往外走。

祁老人完全不明白她了。她，那麼老實，規矩，好害羞的一個婦人，居然會變成這麼堅決，烈性，與勇敢！愣住一會，看她已出了大門，他才想起跟出來。出了門，他想攔住她，可是她已拐了彎 —— 她居然不再注意關上門，那永遠關得嚴嚴的門！老人嘆了口氣，不知道怎的很想把手中的一對泥東西摔在大槐樹的粗乾子上。可是，他並沒肯那麼辦。他也想進

去看看錢大少，可是也打不起精神來，他覺得心裡堵得慌！

　　走到三號門口，他想進去看看冠先生，給錢默吟說說情。可是，他還須再想一想。他的願意搭救錢先生是出於真心，但是他絕不願因救別人而連累了自己。在一個不會太好對付的社會中活了七十多歲，他知道什麼叫做謹慎。

　　到了家中，他彷彿疲倦得已不能支援。把兩個玩藝兒交給小順兒的媽，他一語未發的走進自己的屋中。小順兒的媽只顧了接和看兩個泥東西，並沒注意老人的神色。她說了聲：「喲！還有賣兔兒爺的哪！」說完，她後了悔；她的語氣分明是有點看不起老太爺，差不多等於說：「你還有心思買玩藝兒哪，在這個年月！」她覺得不大得勁兒。為掩飾自己的不知如何是好，她喊了聲小順兒：「快來，太爺爺給你們買兔兒爺來啦！」

　　小順兒與妞子像兩個箭頭似的跑來。小順兒劈手拿過一個泥兔兒去，小妞子把一個食指放在嘴唇上，看著兔兒爺直吸氣，興奮得臉上通通的紅了。

　　「還不進去給老太爺道謝哪？」他們的媽高聲的說。

　　妞子也把兔兒爺接過來，雙手捧著，同哥哥走進老人的屋內。

　　「太爺爺！」小順兒笑得連眉毛都挪了地方。「你給買來的？」

　　「太爺爺！」妞子也要表示感謝，而找不到話說。「玩去吧！」老人半閉著眼說：「今年玩了，明年可……」他把後半句話嚥回去了。

　　「明年怎樣？明年買更大，更大，更大的吧？」小順兒問。「大，大，大的吧？」妞子跟著哥哥說。

　　老人把眼閉嚴，沒回出話來。

第 15 幕　關城門

　　北平雖然作了幾百年的「帝王之都」，它的四郊卻並沒有受過多少好處。一出城，都市立刻變成了田野。城外幾乎沒有什麼好的道路，更沒有什麼工廠，而只有些菜園與不十分肥美的田；田畝中夾著許多沒有樹木的墳地。在平日，這裡的農家，和其他的北方的農家一樣，時常受著狂風，乾旱，蝗蟲的欺侮，而一年倒有半年忍受著飢寒。一到打仗，北平的城門緊閉起來，城外的治安便差不多完全交給農民們自行維持，而農民們便把生死存亡都交給命運。他們，雖然有一輩子也不一定能進幾次城的，可是在心理上都自居為北平人。他們都很老實，講禮貌，即使餓著肚子也不敢去為非作歹。他們只受別人的欺侮，而不敢去損害別人。在他們實在沒有法子維持生活的時候，才把子弟們送往城裡去拉洋車，當巡警或作小生意，得些薪資，補充地畝生產的不足。到了改朝換代的時候，他們無可逃避的要受到最大的苦難：屠殺，搶掠，姦汙，都首先落在他們的身上。趕到大局已定，皇帝便會把他們的田墓用御筆一圈，圈給那開國的元勛；於是，他們丟失了自家的墳墓與產業，而給別人作看守墳陵的奴隸。

　　祁老人的父母是葬在德勝門外土城西邊的一塊相當乾燥的地裡。據風水先生說，這塊地背枕土城 —— 北平城的前身 —— 前面西山，主家業興旺。這塊地將將的夠三畝，祁老人由典租而後又找補了點錢，慢慢的把它買過來。他並沒有種幾株樹去紀念父母，而把地仍舊交給原來的地主耕種，每年多少可以收納一些雜糧。他覺得父母的墳頭前後左右都有些青青的麥苗或白薯秧子也就和樹木的綠色相差無幾，而死鬼們大概也可以滿意了。

　　在老人的生日的前一天，種著他的三畝地的常二爺 —— 一個又幹又

倔，而心地極好的，將近六十歲的，橫粗的小老頭兒 —— 進城來看他。德勝門已經被敵人封閉，他是由西直門進來的。揹著一口袋新小米，他由家裡一口氣走到祁家。除了臉上和身上落了一層細黃土，簡直看不出來他是剛剛負著幾十斤糧走了好幾里路的。一進街門，他把米袋放下，先聲勢浩大的跺了一陣腳，而後用粗硬的手使勁地搓了搓臉，又在身上拍打了一回；這樣把黃土大概的除掉，他才提起米袋往裡走，一邊走一邊老聲老氣的叫：「祁大哥！祁大哥！」雖然他比祁老人小著十好幾歲，可是，當初不知怎麼論的，他們彼此兄弟相稱。

常二爺每次來訪，總是祁家全家人最興奮的一天。久住在都市裡，他們已經忘了大地的真正顏色與功用；他們的「地」不是黑土的大道，便是石子墊成，鋪著臭油的馬路。及至他們看到常二爺 —— 滿身黃土而拿著新小米或高粱的常二爺 —— 他們才覺出人與大地的關係，而感到親切與興奮。他們願意聽他講些與政治，國際關係，衣裝的式樣，和電影明星，完全無關，可是緊緊與生命相聯，最實際，最迫切的問題。聽他講話，就好像吃膩了雞鴨魚肉，而嚼一條剛從架上摘下來的，尖端上還頂著黃花的王瓜，那麼清鮮可喜。他們完全以朋友對待他，雖然他既是個鄉下人，又給他們種著地 —— 儘管只是三畝來的墳地。

祁老人這兩天心裡正不高興。自從給小順兒們買了兔兒爺那天起，他就老不大痛快。對於慶祝生日，他已經不再提起，表示出舉行與否全沒關係。對錢家，他打發瑞宣給送過十塊錢去，錢太太不收。他很想到冠家去說說情，可是他幾次已經走到三號的門外，又退了回來。他厭惡冠家像厭惡一群蒼蠅似的。但是，不去吧，他又覺得對不起錢家的人。不錯，在這年月，人人都該少管別人的閒事；像貓管不著狗的事那樣。可是，見死不救，究竟是與心不安的。人到底是人哪，況且，錢先生是他的好友啊！他不便說出心中的不安，大家動問，他只說有點想「小三兒」，遮掩過去。

聽到常二爺的聲音，老人從心裡笑了出來，急忙的迎到院裡。院中的幾盆石榴樹上掛著的「小罐兒」已經都紅了，老人的眼看到那發光的紅色，心中忽然一亮；緊跟著，他看到常二爺的大腮幫，花白鬍鬚的臉。他心中的亮光像探照燈照住了飛機那麼得意。

「常老二！你可好哇？」

「好噢！大哥好？」常二爺把糧袋放下，作了個通天扯地的大揖。

到了屋裡，兩位老人彼此端詳了一番，口中不住的說「好」，而心中都暗道：「又老了一些！」

小順兒的媽聞風而至，端來洗臉水與茶壺。常二爺一邊用硬手搓著硬臉，一邊對她說：「泡點好葉子喲！」她的熱誠勁兒使她的言語坦率而切於實際：「那沒錯！先告訴我吧，二爺爺，吃了飯沒有？」瑞宣正進來，臉上也帶著笑容，把話接過去：「還用問嗎，你作去就是啦！」

常二爺用力的用手巾鑽著耳朵眼，鬍子上的水珠一勁兒往下滴。「別費事！給我作碗片兒湯就行了！」「片兒湯？」祁老人的小眼睛睜得不能再大一點。「你這是到了我家裡啦！順兒的媽，趕緊去作，作四大碗炸醬麵，煮硬一點！」

她回到廚房去。小順兒和妞子飛跑的進來。常二爺已洗完臉，把兩個孩摟住，而後先舉妞子，後舉小順兒，把他們舉得幾乎夠著了天 —— 他們的天便是天花板。把他們放下，他從懷裡掏出五個大紅皮油雞蛋來，很抱歉的說：「簡直找不出東西來！得啦，就這五個蛋吧！真拿不出手去，哼！」

這時候，連天佑太太也振作精神，慢慢的走進來。瑞豐也很想過來，可是被太太攔住：「一個破種地的鄉下腦殼，有什麼可看的！」她撇著胖嘴說。

大家團團圍住，看常二爺喝茶，吃麵，聽他講說今年的年成，和家中

大小的困難，都感到新穎有趣。最使他們興奮的，是他把四大碗麵條，一中碗炸醬，和兩頭大蒜，都吃了個乾淨。吃完，他要了一大碗麵湯，幾口把它喝乾，而後挺了挺腰，說了聲：「原湯化原食！」

大家的高興，可惜，只是個很短的時間的。常二爺在打過幾個長而響亮的飽嗝兒以後，說出點使大家面面相覷的話來：

「大哥！我來告訴你一聲，城外頭近來可很不安靜！偷墳盜墓的很多！」

「什麼？」祁老人驚異的問。

「偷墳盜墓的！大哥你看哪，城裡頭這些日子怎麼樣，我不大知道。城外頭，乾脆沒人管事兒啦！你說鬧日本鬼子吧，我沒看見一個，你說沒鬧日本鬼子吧，黑天白日的又一勁兒咕咚大砲，打下點糧食來，不敢挑出去賣；不賣吧，又怎麼買些針頭線腦的呢；眼看著就到冬天，難道不給孩子們身上添點東西嗎？近來就更好了，王爺墳和張老公墳全教人家給扒啦，我不曉得由哪兒來的這麼一股兒無法無天的人，可是我心裡直沉不住氣！我自己的那幾畝旱也不收，澇也不收的冤孽地，和那幾間東倒西歪瘴病腔子的草房，都不算一回事！我就是不放心你的那塊墳地！大哥，你託我給照應著墳，我沒拿過你一個小銅板，你也沒拿我當作看墳的對待。我們是朋友。每年春秋兩季，我老把墳頭拍得圓圓的，多添幾鍁土；什麼話呢，我們是朋友。那點地的出產，我打了五斗，不能告訴你四斗九升。心眼放正，老天爺看得見！現在，王爺墳都教人家給扒了，萬一……」常二爺一勁兒眨巴他的沒有什麼睫毛的眼。

大家全愣住了。小順兒看出來屋裡的空氣有點不大對，扯了扯妞子：「走，我們院子裡玩去！」

妞子看了看大家，也低聲說了聲：「肘！」──「走」字，她還不大說得上來。

　　大家都感到問題的嚴重,而都想不出辦法來。瑞宣只說出一個「亡」字來,就又閉上嘴。他本來要說「亡了國連死人也得受刑!」可是,說出來既無補於事,又足以增加老人們的憂慮,何苦呢,所以他閉上了嘴。

　　天佑太太說了話:「二叔你就多分點心吧,誰教我們是父一輩子一輩的交情呢!」她明知道這樣的話說不說都沒關係,可是她必須說出來;老太太們大概都會說這種與事無益,而暫時能教大家緩一口氣的話。

　　「就是啊,老二!」祁老人馬上也想起話來。「你還得多分分心!」

　　「那用不著大哥你囑咐!」常二爺拍著胸膛說:「我能盡心的地方,絕不能耍滑!說假話是狗養的!我要交代清楚,到我不能盡心的時候,大哥你可別一口咬定,說我不夠朋友!哼,這才叫做天下大亂,大變人心呢!」

　　「老二!你只管放心!看事做事;你盡到了心,我們全家感恩不盡!我們也不能抱怨你!那是我們祁家的墳地!」祁老人一氣說完,小眼睛裡窩著兩顆淚。他真的動了心。假如不幸父母的棺材真叫人家給掘出來,他一輩子的苦心與勞力豈不全都落了空?父母的骨頭若隨便被野狗叼了走,他豈不是白活了七十多歲,還有什麼臉再見人呢?

　　常二爺看見祁老人眼中的淚,不敢再說別的,而只好橫打鼻樑負起責任:「得啦,大哥!什麼也甭再說了,就盼著老天爺不虧負我們這些老實人吧!」說完,他揹著手慢慢往院中走。(每逢他來到這裡,他必定要把屋裡院裡全參觀一遍,倒好像是遊覽故宮博物院呢。)來到院中,他故意的誇獎那些石榴,好使祁老人把眼淚收回去。祁老人也跟著來到院中,立刻喊瑞豐拿剪子來,給二爺剪下兩個石榴,給孩子們帶回去。瑞豐這才出來,向常二爺行禮打招呼。

　　「老二,不要動!」常二爺攔阻瑞豐去剪折石榴。「長在樹上是個玩藝兒!我帶回家去,還不夠孩子們吃三口的呢!鄉下孩子,老像餓瘋了似的!」

「瑞豐你剪哪！」祁老人堅決的說。「剪幾個大的！」這時候，天佑太太在屋裡低聲的叫瑞宣：「老大，你攙我一把兒，我站不起來啦！」

瑞宣趕緊過去攙住了她。「媽！怎麼啦？」

「老大！我們作了什麼孽，至於要掘我們的墳哪！」

瑞宣的手碰著了她的，冰涼！他沒有話可說，但是沒法子不說些什麼：「媽！不要緊！不要緊！哪能可巧就輪到我們身上呢！不至於！不至於！」一邊說著，他一邊攙著她走，慢慢走到南屋去。「媽！喝口糖水吧？」

「不喝！我躺會兒吧！」

扶她臥倒，他呆呆的看著她的瘦小的身軀。他不由的想到：她不定什麼時候就會死去，而死後還不知哪會兒就被人家掘出來！他是應當在這裡守著她呢？還是應當像老三那樣去和敵人決鬥呢？他決定不了什麼。

「老大，你去吧！」媽媽閉著眼說，聲音極微細。他輕輕的走出來。

常二爺參觀到廚房，看小順兒的媽那份忙勁兒，和青菜與豬肉之多，他忽然的想起來：「喲！明天是大哥的生日！你看我的記性有多好！」說完，他跑到院中，就在石榴盆的附近給祁老人跪下了：「大哥，你受我三個頭吧！盼你再活十年二十年的，硬硬朗朗的！」

「不敢當噢！」祁老人喜歡得手足無措。「老哥兒們啦，不敢當！」

「就是這三個頭！」二爺一邊磕頭一邊說。「你跟我『要』禮物，我也拿不出來！」叩罷了頭，他立起來，用手撣了撣磕膝上的塵土。

瑞宣趕緊跑過來，給常二爺作揖致謝。

小順兒以為這很好玩，小青蛙似的，爬在地上，給他的小妹磕了不止三個頭。小妞子笑得哏哏的，也忙著跪下給哥哥磕頭。磕著磕著，兩個頭頂在一處，改為頂老羊。

大人們，心裡憂慮著墳墓的安全，而眼中看到兒童的天真，都無可如何的笑了笑。

「老二！」祁老人叫常二爺。「今天不要走，明天吃碗壽麵再出城！」

「那 ——」常二爺想了想：「我不大放心家裡呀！我並沒多大用處，究竟是在家可以給他們仗點膽！嘿！這個年月，簡直的沒法兒混！」

「我看，二爺爺還是回去的好！」瑞宣低聲的說。「省得兩下里心都不安！」

「這話對！」常二爺點著頭說。「我還是說走就走！抓早兒出城，路上好走一點！大哥，我再來看你！我還有點蕎麥呢，等打下來，我送給你點！那麼，大哥，我走啦！」「不准你走！」小順兒過來抱住常二爺的腿。

「不肘！」妞子永遠摹仿著哥哥，也過來拉住老人的手。「好乖！真乖！」常二爺一手拍著一個頭，口中讚歎著。

「我還來呢！再來，我給你們扛個大南瓜來！」正這麼說著，門外李四爺的清脆嗓音在喊：「城門又關上了，先別出門啊！」

祁老人與常二爺都是飽經患難的人，只知道謹慎，而不知道害怕。可是聽到李四爺的喊聲，他們臉上的肌肉都縮緊了一些，鬍子微微的立起來。小順兒和妞子，不知道為什麼，趕緊撒開手，不再纏磨常二爺了。

「怎麼？」小順兒的媽從廚房探出頭來問：「又關了城？我還忘了買黃花和木耳，非買去不可呢！」

大家都覺得這不是買木耳的好時候，而都想責備她一半句。可是，大家又都知道她是一片忠心，所以誰也沒肯出聲。

見沒人搭話，她嘆了口氣，像蝸牛似的把頭縮回去。「老二！我們屋裡坐吧！」祁老人往屋中讓常二爺，好像屋中比院裡更安全似的。

常二爺沒說什麼，心中七上八下的非常的不安。晚飯，他到廚房去幫

著烙餅，本想和祁少奶奶說些家長裡短；可是，一提起家中，他就更不放心，所以並沒能說得很痛快。晚間，剛點燈不久，他就睡了，準備次日一清早就出城。

天剛一亮，他就起來了，可是不能不辭而別——怕大門不鎖好，萬一再有「掃亮子」的小賊。等到小順兒的媽起來升火，他用涼水漱了漱口，告訴她他要趕早兒出城。她一定要給他弄點東西吃，他一定不肯；最後，她塞給他一張昨天晚上剩下的大餅，又倒了一大碗暖瓶裡的開水，勒令教他吃下去。吃完，他拿著祁老人給的幾個石榴，告辭。她把他送出去。

城門還是沒有開。他向巡警打聽，巡警說不上來什麼時候才能開城，而囑咐他別緊在那裡晃來晃去。他又回到祁家來。

沒有任何人的幫助，小順兒的媽獨力做好了夠三桌人吃的「炒菜麵」。工作使她疲勞，可也使她自傲。看常二爺回來，她更高點興，因為她知道即使她的烹調不能盡滿人意，她可是必能由常二爺的口中得到最好的稱讚。

祁老人也頗高興常二爺的沒能走脫，而湊著趣說：「這是城門替我留客，老二！」

眼看就十點多鐘了，客人沒有來一個！祁老人雖然還陪著常二爺閒談，可是臉上的顏色越來越暗了。常二爺看出來老人的神色不對，頗想用些可笑的言語教他開心，但是自己心中正掛唸著家裡，實在打不起精神來。於是，兩位老人就對坐著發愣。愣得實在難堪了，就交替著咳嗽一聲，而後以咳嗽為題，找到一兩句話——只是一兩句，再往下說，就勢必說到年歲與健康，而無從不悲觀。假若不幸而提到日本鬼子，那就更糟，因為日本人是來毀滅一切的，不管誰的年紀多麼大，和品行怎樣好。

天佑一清早就回來了，很慚愧的給父親磕了頭。他本想給父親買些鮮

果和螃蟹什麼的，可是城門關著，連西單牌樓與西四牌樓的肉市與菜市上都沒有一個攤子，他只好空著手回來。他知道，老父親並不爭嘴；不過，能帶些東西回來，多少足以表示一點孝心。再說，街上還能買到東西，就是「天下太平」的證據，也好教老人高興一點。可是，他空著手回來！他簡直不敢多在父親面前立著或坐著，恐怕父親問到市面如何，而增加老人的憂慮。他也不敢完全藏到自己的屋中去，深恐父親挑了眼，說他並沒有祝壽的誠心。他始終不敢進南屋去，而一會兒進到北屋給父親和常二爺添添茶，一會兒到院中用和悅的聲音對小順兒說：「看！太爺爺的石榴有多麼紅呀！」或對小妞子說：「喲！太爺爺給買的兔兒爺？真好看！好好拿著，別摔了噢！」他的語聲不但和悅，而且相當的高，好教屋裡的老人能聽見。口中這麼說道著，他的心裡可正在盤算：每年在這個時節，城裡的人多少要添置一些衣服；而城外的人，收了莊稼以後，必定進城來買布匹；只要價錢公道，尺碼兒大，就不怕城外的人不成群搭夥的來照顧的。他的小布鋪，一向是言無二價，而且是尺碼加一。他永不仗著「大減價」去招生意，他的尺就是最好的廣告。可是，今年，他沒看見一個鄉下的主顧；城門還關著啊！至於城裡的人，有錢的不敢花用，沒錢的連飯都吃不上，誰還買布！他看準，日本人不必用真刀真槍的亂殺人，只要他們老這麼占據著北平，就可以殺人不見血的消滅多少萬人！他想和家裡的人談談這個，但是今天是老太爺的生日，他張不開口。他須把委屈放在肚子裡，而把孝心，像一件新袍子似的，露在外面。天佑太太扎掙著，很早的就起來，穿起新的竹布大衫，給老公公行禮。在她低下頭行禮的時候，她的淚偷偷的在眼中轉了幾轉。她覺得她必死在老公公的前頭，而也許剛剛埋在地裡就被匪徒們給掘出來！

最著急的是小順兒的媽。酒飯都已預備好，而沒有一個人來！勞力是她自己的，不算什麼。錢可是大家的呢；假若把菜麵都剩下，別人還好

辦，老二瑞豐會首先責難她的！即使瑞豐不開口，東西都是錢買來的，她也不忍隨便扔掉啊！她很想溜出去，把李四爺請來，可是人家能空著手來嗎？她急得在廚房裡亂轉，實在憋不住了，她到上屋去請示：「你們二位老人家先喝點酒吧？」

常二爺純粹出於客氣的說：「不忙！天還早呢！」其實，他早已餓了。

祁老人愣了一小會兒，低聲的說：「再等一等！」她笑得極不自然的又走回廚房。

瑞豐也相當的失望，他平日最喜歡串門子，訪親友，好有機會把東家的事說給西家，再把西家的事說給東家，而在姑姑老姨之間充分的表現他的無聊與重要。親友們家中有婚喪事兒，他必定到場，去說，去吃，去展覽他的新衣帽，像只特別討好的狗似的，總在人多的地方搖擺尾巴。自從結婚以後，他的太太扯住了他的腿，不許他隨便出去。在她看，中山公園的來今雨軒，北海的五龍亭，東安市場與劇院才是談心，吃飯，和展覽裝飾的好地方。她討厭那些連「嘉寶」與「阮玲玉」都不曉得的三姑姑與六姨兒。因此，他切盼今天能來些位親友，他好由北屋串到南屋的跟平輩的開些小玩笑，和長輩們說些陳穀子爛芝麻；到吃飯的時候，還要扯著他的幹而尖銳的嗓子，和男人們拚酒猜拳。吃飽，喝足，把談話也都扯盡，他會去告訴大嫂：「你的菜作得並不怎樣，全仗著我的招待好，算是沒垮台；你說是不是？大嫂？」等到十一點多鐘了，還是沒有人來。瑞豐的心涼了半截。他的話，他的酒量，他的酬應天才，今天全沒法施展了！「真奇怪！人們因為關城就不來往了嗎？北平人太洩氣！太洩氣！」

他叼著根菸捲兒在屋中來回的走，口中嘟囔著。「哼！不來人才好呢！我就討厭那群連牙也不刷的老婆子老頭子們！」二太太撇著嘴說。「我告訴你，豐，趕到明兒個老三的事犯了，連條狗也甭想進這個院子來！看看錢家，你就明白了！」

瑞豐恍然大悟：「對呀！不都是關城的緣故，倒恐怕是老三逃走的事已然吵嚷動了呢！」

「你這才明白！木頭腦袋！我沒早告訴你嗎，我們得分出去另過嗎？你老不聽我的，倒好像我的話都有毒似的！趕明兒老三的案子犯了，尊家也得教憲兵捆了走！」「依你之見呢？」瑞豐拉住她的胖手，輕輕的拍了兩下。「過了節，你跟大哥說：分家！」

「我們月間的收入太少哇！」他的小幹臉上皺起許多細紋來，像個半熟了的花仔兒似的。「在這裡，大嫂是我們的義務老媽子；分出去，你又不會作飯。」

「什麼不會？我會，就是不作！」

「不管怎樣吧，反正得僱女僕，開銷不是更大了嗎？」「你是死人，不會去活動活動？」二太太彷彿感到疲乏，打了個肥大款式的哈欠；大紅嘴張開，像個小火山口似的。「喲！你不是說話太多了，有點累的慌？」瑞豐很關切的問。

「在舞場，公園，電影園，我永遠不覺得疲倦；就是在這裡我才老沒有精神；這裡就是地獄，地獄也許比這裡還熱鬧點兒！」

「我們找什麼路子呢？」他不能承認這裡是地獄，可是也不敢頂撞太太，所以只好發問。

她的胖食指指著西南：「冠家！」

「冠家？」瑞豐的小幹臉上登時發了光。他久想和冠家的人多有來往，一來是他羨慕曉荷的吃喝穿戴，二來是他想跟兩位小姐勾搭勾搭，開開心。可是，全家的反對冠家，使他不敢特立獨行，而太太的管束又教他不敢正眼看高第與招弟。

今天，聽到太太的話，他高興得像餓狗得到一塊骨頭。「冠先生和冠

太太都是頂有本事的人，跟他們學，你才能有起色！可是，」胖太太說到這裡，她的永遠縮縮著的脖子居然挺了起來，「你要去，必得跟我一道！要是偷偷的獨自去和她們要骨頭，我砸爛了你的腿！」

「也不至有那麼大的罪過呀！」他扯著臉不害羞的說。他們決定明天去給冠家送點節禮。

瑞宣的憂慮是很多的，可是不便露在外面。為目前之計，他須招老太爺和媽媽歡喜。假若他們因憂鬱而鬧點病，他馬上就會感到更多的困難。他暗中去關照了瑞豐，建議給父親，囑託了常二爺：「吃飯的時候，多喝幾杯！拚命的鬧鬧，不給老人家發牢騷的機會！」對二弟妹，他也投遞了降表：「老太爺今天可不高興，二妹，你也得幫忙，招他笑一笑！辦到了我過了節，請你看電影。」

二奶奶得到這個賄賂，這才答應出來和大家一同吃飯；她本想獨自吃點什麼，故意給大家下不來臺的。

把大家都運動好，瑞宣用最歡悅的聲音叫：「順兒的媽！

開飯喲！」然後又叫瑞豐：「老二！幫著拿菜！」

老二「啊」了一聲，看著自己的藍緞子夾袍，實在不願到廚房去。待了一會兒，看常二爺自動的下了廚房，他只好跟了過去，拿了幾雙筷子。

小順兒，妞子，和他們的兔兒爺 —— 小順兒的那個已短了一個犄角 —— 也都上了桌子，為是招祁老太爺歡喜。只有大奶奶不肯坐下，因為她須炒菜去。天佑和瑞宣爺兒倆把所能集合起來的笑容都擺在臉上。常二爺輕易不喝酒，但是喝起來，因為身體好，很有個量兒；他今天決定放量的喝。瑞豐心裡並沒有像父親與哥哥的那些憂慮，而純以享受的態度把筷子老往好一點的菜裡伸。

祁老人的臉上沒有一點笑容。很勉強的，他喝了半盅兒酒，吃了一

箸子菜。大家無論如何努力製造空氣，空氣中總是溼潮的，像有一片兒霧。霧氣越來越重，在老人的眼皮上結成兩個水珠。他不是個多愁善感的人，但是在今天他要是還能快樂，他就不是神經錯亂，也必定是有了別的毛病。

面上來了，他只喝了一口滷。擦了擦鬍子，他問天佑：「小三兒沒信哪？」

天佑看瑞宣，瑞宣沒回答出來什麼。

吃過麵，李四爺在大槐樹下報告，城門開了，常二爺趕緊告辭。常二爺走後，祁老人躺下了，晚飯也沒有起來吃。

第 16 幕　車份兒

中秋。程長順很早的吃了午飯，準備作半天的好生意。可是，轉了幾條衚衕，把嗓子喊乾，並沒作上一號買賣。撅著嘴，抹著頭上的汗，他走回家來。見了外婆，淚在眼眶裡，鼻音加倍的重，他叨嘮：「這是怎麼啦？大節下的怎麼不開張呢？去年今天，我不是拿回五塊零八毛來嗎？」

「歇會兒吧，好小子！」馬寡婦安慰著他。「去年是去年，今年是今年啊！」

剃頭的孫七，吃了兩杯悶酒，白眼珠上橫著好幾條血絲，在院中搭了話：「馬老太太，我們是得另打主意呀！這樣，簡直混不下去，你看，現在鋪子裡都裁人，我的生意越來越少！有朝一日呀，哼！我得打著『喚頭』，沿街兜生意去！我一輩子愛臉面，難道耍了這麼多年的手藝，真教我下街去和剛出師的鄉下孩子們爭生意嗎？我看明白啦，要打算好好的活著，非把日本鬼子趕出去不可！」

「小點聲呀！孫師傅！教他們聽見還了得！」馬寡婦開著點門縫，低聲的說。

孫七哈哈的笑起來。馬寡婦趕緊把門關好，像耳語似的對長順說：「不要聽孫七的，我們還是老老實實的過日子，別惹事！反正天下總會有太平了的時候！日本人厲害呀，抵不上我們能忍啊！」老太太深信她的哲理是天下最好的，因為「忍」字教她守住貞節，渡過患難，得到像一個鋼針那麼無趣而永遠發著點光的生命。

這時候，已經是下午四點鐘，小崔交了車，滿臉怒氣的走回來。

孫七的近視眼沒有看清小崔臉上的神色。「怎樣？今天還不錯吧？」

「不錯？」小崔沒有好氣的說。「敢情不錯！聽說過沒有？大八月十五的，車廠子硬不放份兒，照舊交車錢！」「沒聽說過！這是他媽的日本辦法吧？」

「就是啊！車主硬說，近來三天一關城，五天一淨街，收不進錢來，所以今天不能再放份兒！」

「你乖乖的交了車份兒？」

「我又不是車主兒的兒子，不能那麼聽話！一聲沒哼，我把車拉出去了，反正我心裡有數兒！拉到過午，才拉了兩個座兒；還不夠車份兒錢呢！好吧，我弄了一斤大餅，兩個子兒的蔥醬，四兩醬肘子，先吃他媽的一頓再說。吃完，我又在茶館裡泡了好大半天。泡夠了，我把兩個車胎全扎破，把車送了回去。進了車廠子，我神氣十足的，喊了聲：兩邊都放炮啦，明兒個見！說完，我就扭出來了！」

「真有你的，小崔！你行！」

屋裡，小崔的太太出了聲：「孫七爺，你白活這麼大的歲數呀！他大節下的，一個銅板拿不回來，你還誇獎他哪？人心都是肉作的，你的是什麼作的呀，我問問你！」說著她走了出來。

假若給她兩件好衣裳和一點好飲食，她必定是個相當好看的小婦人。衣服的破舊，與飢寒的侵蝕，使她失去青春。雖然她才二十三歲，她的眉眼，行動，與脾氣，卻已都像四五十歲的人了。她的小長臉上似乎已沒有了眉眼，而只有替委屈與憂愁工作活動的一些機關。她的四肢與胸背已失去青年婦人所應有的誘惑力，而只是一些洗衣服，走路，與其他的勞動的，帶著不多肉的木板與木棍。今天，她特別的難看。頭沒有梳，臉沒有洗，雖然已是秋天，她的身上卻只穿著一身像從垃圾堆中掘出來的破單褲褂。她的右肘和右腿的一塊肉都露在外面。她好像已經忘了她是個女人。是的，她已經忘了一切，而只記著午飯還沒有吃 —— 現在已是下午四點

多鐘。孫七爺，雖然好搶話吵嘴，一聲沒出的躲開。他同情她，所以不能和她吵嘴，雖然她的話不大好聽。同時，他也不便馬上替她說公道話，而和小崔吵鬧起來；今天是八月節，不應當吵鬧。

小崔很愛他的太太，只是在喝多了酒的時候才管轄不住他的拳頭，而砸在她的身上。今天，他沒有吃酒，也就沒有伸出拳頭去的蠻勁兒。看著她蓬頭垢面的樣子，他愣了好大半天，說不出話來。雖然如此，他可是不肯向她道歉，他要維持住男人的威風。

馬老太太輕輕的走出屋門來，試著步兒往前走。走到小崔的身旁，她輕輕拉了他一把。然後，她向小崔太太說：「甭著急啦，大節下的！我這裡還有兩盤倭瓜餡的餃子呢，好歹的你先墊一墊！」

小崔太太吸了吸鼻子，帶著哭音說：「不是呀，馬老太太！挨一頓飢，兩頓餓，並不算什麼！一年到頭老是這樣，沒個盼望，沒個辦法，算怎麼一回事呢？我嫁給他三年了，老太太你看看我，還像個人不像？」說完，她一扭頭，極快的走進屋中去。

小崔嘆了口氣，倭瓜臉上的肌肉橫七豎八的亂扭動。馬老太太又拉了他一把：「來！把餃子給她拿過去！給她兩句好話！不准又吵鬧！聽見了沒有？」

小崔沒有動。他不肯去拿馬老太太的餃子。他曉得她一輩子省吃儉用，像抱了窩的老母雞似的，拾到一顆米粒都留給長順吃。他沒臉去奪她的吃食。嗽了一聲，他說：「老太太！留著餃子給長順吃吧！」

長順嚷著鼻子，在屋內搭了碴兒：「我不吃！我想哭一場！大節下的，跑了七八里，會一個銅板沒賺！」

馬老太太提高了點嗓音：「你少說話，長順！」「老太太！」小崔接著說：「我想明白了，我得走，我養不了她，」他向自己屋中指了指。「照這

麼下去，我連自己也要養不活了！我當兵去，要死也死個痛快！我去當
兵，她呢只管改嫁別人，這倒乾脆，省得都餓死在這裡！」孫七又湊了過
來。「我不知道，軍隊裡還要我不要。要是能行的話，我跟你一塊兒走！
這像什麼話呢，好好的北平城，教小鬼子霸占著！」

　　聽到他們兩個的話，馬老太太後悔了。假若今天不是中秋節，她絕不
會出來多事。這並不是她的心眼不慈善，而是嚴守著她的「多一事不如少
一事」的寡婦教條。「別這麼說呀！」她低聲而懇切的說：「我們北平人不
應當說這樣的話呀！凡事都得忍，忍住了氣，老天爺才會保佑我們，不是
嗎？」她還有許多話要說，可是唯恐怕教日本人聽了去，所以搭訕著走進
屋中，心裡很不高興。

　　過了一會兒，她教長順把餃子送過去。長順剛拿起盤子來，隔壁的李
四媽端著一大碗熱氣騰騰的燉豬頭肉，進了街門。她進屋就喊，聲音比碗
裡的肉更熱一點。「小崔！好小子！我給你送點肉來！什麼都買不到，那
個老東西不知道由哪兒弄來個豬頭！」話雖是對小崔說的，她可是並沒看
見他；她的話是不能存在心中的，假若遇不到物件，她會像上了弦的留聲
機似的，不管有人聽沒有，獨自說出來。

　　「四大媽！又教你費心！」小崔搭了話。

　　「喲！你在這裡哪？快接過去！」

　　小崔笑著把碗接過去，對四大媽他是用不著客氣推讓的。「好小子！
把碗還給我！我不進屋裡去啦！喲！」她又看見了孫七。「七爺！你吃了
沒有？來吧，跟你四大爺喝一盅去！

　　什麼鬧日本鬼子不鬧的，反正我們得過我們的節！」

　　這時候，錢家的老少兩位婦人放聲的哭起來。孫七爺聽到了一耳朵，
趕緊說：「四大媽，聽！」

　　四大媽的眼神兒差點事，可是耳朵並不沉。「怎麼啦？嘔！小崔，你把碗送過來吧，我趕緊到錢家看看去！」孫七跟著她，「我也去！」

　　馬老太太見小崔已得到一碗肉，把餃子收回來一半，而教長順只送過一盤子去：「快去快來！別再出門啦，錢家不定又出了什麼事！」

　　祁家過了個頂黯淡的秋節。祁老人和天佑太太都病倒，沒有起床。天佑吃了點老人生日剩下的菜，便到鋪子去；因為鋪夥們今天都歇工，他不能不去照應著點；他一向是在三節看著鋪子，而教別人去休息；因此，他給大家的工錢儘管比別家的小，可是大家還都樂意幫助他；他用人情補足了他們物質上的損失。他走後，瑞宣和韻梅輕輕的拌了幾句嘴。韻梅吃過了不很高興的午飯，就忙著準備晚間供月的東西。她並不一定十分迷信月亮爺，不過是想萬一它有一點點靈應呢，在這慌亂的年月，她就不應當不應酬得周到一些。再說呢，年年拜月，今年也似乎不可缺少，特別是在婆婆正臥病在床的時候。她須教婆婆承認她的能力與周到，好教婆婆放心養病，不必再操一點心。

　　瑞宣滿腔的憂鬱，看她還弄那些近乎兒戲的東西，怒氣便找到了個出口：「真！你還弄那些個玩藝？」

　　假若她和緩的說明瞭她的用意，瑞宣自然會因了解而改了口氣。可是，她的心中也並不高興，所以只覺得丈夫有意向她發氣，而忽略了說明真像的責任。「喲！」她的聲音不大，可是很清脆。「你看我一天到晚老鬧著玩，不作一點正經事，是不是？」說話的時候，她的眼神比言語還加倍的厲害。瑞宣不願意繼續的吵，因為他曉得越吵聲音就必定越大，教病著的老人們聽見不大好意思。他忍住了氣，可是臉上陰沉的要落下水來。他躲到院中，呆呆的看著樹上的紅石榴。

　　在三點鐘左右的時候，他看見瑞豐夫婦都穿著新衣服往外走。瑞豐手裡提著個小蒲包，裡面裝的大概是月餅。他沒問他們上哪裡去，他根本看

不起送禮探親家一類的事。瑞豐夫婦是到冠家去。

　　冠先生與冠太太對客人的歡迎是極度熱烈的。曉荷拉住瑞豐的手，有三分多鐘，還不肯放開。他的呼吸氣兒裡都含著親熱與溫暖。大赤包，搖動著新燙的魔鬼式的頭髮，把瑞豐太太摟在懷中。祁氏夫婦來的時機最好。自從錢默吟先生被捕，全衚衕的人都用白眼珠瞟冠家的人。雖然在口中，大赤包一勁兒的說「不在乎」，可是心中究竟不大夠味兒。大家的批評並不能左右她的行動，也不至於阻礙她的事情，因為他們都是些沒有勢力的人。不過，像小崔，孫七，劉棚匠，李四爺，那些「下等人」也敢用白眼瞟她，她的確有些吃不消。今天，看瑞豐夫婦來到，她覺得衚衕中的「輿論」一定是改變了，因為祁家是這裡的最老的住戶，也就是「言論界」的代表人。瑞豐拿來的一點禮物很輕微，可是大赤包極鄭重的把它接過去 —— 它是一點像徵，像徵著全衚衕還是要敬重她，像敬重西太后一樣。無論個性怎樣強的人，當他作錯事的時候，心中也至少有點不得勁，而希望別人說他並沒作錯。瑞豐來訪，是給曉荷與大赤包來作證人 —— 即使他們的行為不正，也還有人來巴結！

　　瑞豐夫婦在冠家覺得特別舒服，像久旱中的花木忽然得到好雨。他們聽的，看的，和感覺到的，都恰好是他們所願意聽的，看的，與感覺到的。大赤包親手給他們煮了來自英國府的咖啡，切開由東城一家大飯店新發明的月餅。吸著咖啡，瑞豐慢慢的有了些醉意：冠先生的最無聊的話，也不是怎麼正好碰到他的心眼上，像小兒的胖手指碰到癢癢肉上那麼又癢癢又好受。冠先生的姿態與氣度，使他欽佩羨慕，而願意多來幾次，以便多多的學習。他的小幹臉上紅起來，眼睛在不偷著瞟尤桐芳與招弟姑娘的時候，便那麼閉一閉，像一股熱酒走到腹部時候那樣的微量。

　　瑞豐太太的一向懶洋洋的胖身子與胖臉，居然挺脫起來。她忽然有了脖子，身量高出來一寸。說著笑著，她連乳名 —— 毛桃兒 —— 也告訴了

大赤包。

「打幾圈兒吧?」大赤包提議。

瑞豐沒帶著多少錢,但是絕對不能推辭。第一,他以為今天是中秋節,理應打牌。第二,在冠家而拒絕打牌,等於有意破壞秩序。第三,自己的腰包雖然不很充實,可是他相信自己的技巧不壞,不至於垮台。瑞豐太太馬上答應了:「我們倆一家吧!我先打!」說著,她摸了摸手指上的金戒指,暗示給丈夫:「有金戒指呢!寧輸掉了它,不能丟人!」瑞豐暗中佩服太太的見識與果敢,可是教她先打未免有點不痛快。他曉得她的技巧不怎樣高明,而脾氣又懶 —— 越輸越不肯下來。假若他立在她後邊,給她指點指點呢,她會一定把輸錢的罪過都歸到他身上,不但勞而無功,而且罪在不赦。他的小乾臉上有點發僵。

這時候,大赤包問曉荷:「你打呀?」

「讓客人!」曉荷莊重而又和悅的說:「瑞豐你也下場好了!」

「不!我和她一家兒!」瑞豐自以為精明老練,不肯因技癢而失去控制力。

「那麼,太太,桐芳或高第招弟,你們四位太太小姐們玩會兒好啦!我們男的伺候著茶水!」曉荷對婦女的尊重,幾乎像個英國紳士似的。

瑞豐不能不欽佩冠先生了,於是爽性決定不立在太太背後看歪脖子胡。

大赤包一聲令下,男女僕人飛快的跑進來,一眨眼把牌桌擺好,頗像機械化部隊的動作那麼迅速準確。

桐芳把權利讓給了招弟,表示謙退,事實上她是怕和大赤包因一張牌也許又吵鬧起來。

婦人們入了座。曉荷陪著瑞豐閒談,對牌桌連睬也不睬。「打牌,吃

酒，」他告訴客人，「都不便相強。強迫誰打牌，正和揪著人家耳朵灌酒一樣的不合理。我永遠不搶酒喝，不爭著打牌；也不勉強別人陪我。在交際場中，我覺得我這個態度最妥當！」

瑞豐連連的點頭。他自己就最愛犯爭著打牌和鬧酒的毛病。他覺得冠先生應當作他的老師！同時，他偷眼看大赤包。她活像一隻雌獅。她的右眼照管著自己的牌，左眼掃射著牌手們的神氣與打出的牌張；然後，她的兩眼一齊看一看桌面，很快的又一齊看到遠處坐著的客人，而遞過去一點微笑。她的微笑裡含著威嚴與狡猾，像雌獅對一隻小兔那麼威而不屬的逗弄著玩。她的抓牌與打牌幾乎不是胳臂與手指的運動，而像牌由她的手中蹦出或被她的有磁性的肉吸了來似的。她的肘，腕，甚至於乳房，好像都會抓牌與出張。出張的時節，她的牌撂得很響，給別人的神經上一點威脅，可是，那張牌到哪裡去了？沒人能知道，又給大家一點惶惑。假若有人不知進退的問一聲：「打的什麼？」她的回答又是那麼一點含著威嚴，與狡猾的微笑，使發問的人沒法不紅了臉。她自己胡了牌，隨著牌張的倒下，她報出胡數來，緊跟著就洗牌；沒人敢質問她，或懷疑她，她的全身像都發著電波，給大家的神經都通了電，她說什麼就必定是什麼。可是，別人胡了牌而少算了翻數，她也必定據實的指出錯誤：「跟我打牌，吃不了虧！輸贏有什麼關係，牌品要緊！」這，又使大家沒法不承認即使把錢輸給她，也輸得痛快。

瑞豐再看他的太太，她已經變成在獅子旁邊的一隻肥美而可憐的羊羔。她的眼忙著看手中的牌，又忙著追尋大赤包打出就不見了的張子，還要抽出空兒看看冠家的人們是否在暗笑她。她的左手在桌上，緊緊的按著兩張牌，像唯恐他們會偷偷的跑出去；右手，忙著抓牌，又忙著調整牌，以致往往不到時候就伸出手去，碰到別人的手；急往回縮，袖子又撩倒了自己的那堵小竹牆。她的臉上的肌肉縮緊，上門牙咬著下嘴唇，為是使精

力集中，免生錯誤，可是那三家的牌打得太熟太快，不知怎的她就落了空。「喲！」她不曉得什麼時候，誰打出的二索；她恰好胡二索調單——缺一門，二將，孤麼，三翻！她只「喲」了一聲，不便再說什麼，多說更洩自己的氣。三家的二索馬上都封鎖住了，她只好換了張兒。她打出了二索，大赤包胡坎二索！大赤包什麼也沒說，而心中發出的電碼告訴明白了瑞豐太太：「我早就等著你的二索呢！」

瑞豐還勉強著和曉荷亂扯，可是心中極不放心太太手上的金戒指。

牌打到西風圈，大赤包連坐三把莊。她發了話：「瑞豐，你來替我吧！我幸得都不像話了，再打，準保我還得連莊！你來；別教太太想我們孃兒三個圈弄她一個人！你來呀！」

瑞豐真想上陣。可是，曉荷吸住了他。他剛剛跟曉荷學到一點怎樣落落大方，怎好就馬上放棄了呢？學著曉荷的媚笑樣子，他說：「你連三把莊，怎知道她不連九把莊呢？」說著，他看了看太太，她從鼻子上抹去一個小汗珠，向他笑了。他非常滿意自己的詞令，而且心中感謝冠先生的薰陶。他覺得從前和三姑姑六姨姨的搶兩粒花生米，說兩句俏皮話，或誇獎自己怎樣扣住一張牌，都近乎無聊，甚至於是下賤。冠先生的態度與行動才真是足以登大雅之堂的！

「你不來呀？」大赤包的十個小電棒兒又洗好了牌。「那天在曹宅，我連坐了十四把莊，你愛信不信！」她知道她的威嚇是會使瑞豐太太更要手足失措的。

她的牌起得非常的整齊，連莊是絕對可靠的了。可是，正在計劃著怎樣多添一翻的時節，西院的兩位婦人哭嚎起來。哭聲像小鋼針似的刺入她的耳中。她想若無其事的繼續賭博，但是那些小鋼針好像是穿甲彈，一直鑽到她的腦中，而後爆炸開。她努力控制自己的肌肉與神經，不許它們洩露她的內心怎樣遭受著轟炸。可是，她控制不住她的汗。她的夾肢窩忽然

的溼了一點，而最討厭的是腦門與鼻尖上全都潮潤起來。她的眼由東掃西射改為緊緊的盯著她的牌。只有這樣，她才能把心拴住，可是她也知道這樣必定失去談笑自如的勁兒，而使人看出她的心病。她不後悔自己作過的事，而只恨自己為什麼這樣脆弱，連兩聲啼哭都受不住！

啼聲由嚎啕改為似斷似續的悲啼，牌的響聲也一齊由清脆的拍拍改為在桌布上的輕滑。牌的出入遲緩了好多，高第和招弟的手都開始微顫。大赤包打錯了一張牌，竟被瑞豐太太胡了把滿貫。

曉荷的臉由微笑而擴充套件到滿臉都是僵化了的笑紋，見瑞豐太太胡了滿貫，他想拍手喝彩，可是，手還沒拍到一處，他發現了手心上出滿了涼汗。手沒有拍成，他把手心上的汗偷偷的抹在褲子上。這點動作使他幾乎要發怒。他起碼也有三十年沒幹過這麼沒出息的事了 —— 把汗擦在褲子上！這點失儀的恥辱的份量幾乎要超過賣人害命的罪過的，因為他一生的最大的努力與最高的成就，就是在手腳的動作美妙而得體上。他永遠沒用過他的心，像用他的手勢與眼神那麼仔細過。他的心像一罐罐頭牛奶，即使開啟，也只是由一個小孔，慢慢的流出一小條牛奶來。在這小罐裡永遠沒有像風暴或泉湧的情感。他寧可費兩個鐘頭去修腳，而不肯閉上眼看一會兒他的心。可是，西院的哭聲確是使他把汗擦在褲子上的原因。他害了怕。他一定是動了心。動了心就不易控制手腳，而失去手足的美好姿態便等於失去了他的整個的人！他趕緊坐好，把嘴唇偷偷的舔活潤了，想對瑞豐解釋：「那個……」他找不到與無聊扯淡相等的話，而只有那種話才能開啟僵局。他有點發窘。他不曉得什麼叫良心的譴責，而只感到心中有點憋悶。

「爸爸！」高第叫了一聲。

「啊？」曉荷輕妙的問了聲。他覺得高第這一聲呼叫極有價值，否則他又非僵在那兒不可。

「替我打兩把呀？」

「好的！好的！」他沒等女兒說出理由來便答應了，而且把「的」說得很重，像剛剛學了兩句國語的江南人那樣要字字清楚，而把重音放錯了地方。因為有了這樣的「的」，他爽性學江南口音，補上：「吾來哉！吾來哉！」而後，腳輕輕的跳了個小箭步，奔了牌桌去。這樣，他覺得就是西院的全家都死了，也可以與他絲毫無關了。

他剛坐下，西院的哭聲，像歇息了一會兒的大雨似的，比以前更加猛烈了。

大赤包把一張麼餅猛的拍在桌上，眼看著西邊，帶著怒氣說：「太不像話了，這兩個臭娘們！大節下的嚎什麼喪呢！」「沒關係！」曉荷用兩個手指夾著一張牌，眼瞟著太太，說：「她們哭她們的，我們玩我們的！」

「還差多少呀？」瑞豐搭訕著走過來。「先歇一會兒怎樣？」他太太的眼射出兩道「死光」來：「我的牌剛剛轉好一點！你要回家，走好了，沒人攔著你！」

「當然打下去！起碼十六圈，這是規矩！」冠先生點上枝香菸，很俏式的由鼻中冒出兩條小龍來。

瑞豐趕緊走回原位，覺的太太有點不懂事，可是不便再說什麼；他曉得夫妻間的和睦是仗著丈夫能含著笑承認太太的不懂事而維持著的。

「我要是有勢力的話，碰！」大赤包碰了一對九萬，接著說：「我就把這樣的娘們一個個都宰了才解氣！跟她們作鄰居真算倒了黴，連幾圈小麻將她們都不許你消消停停的玩！」

屋門開著呢，大赤包的一對麼餅型的眼睛看見桐芳和高第往外走。「嗨！你們倆上哪兒？」她問。

桐芳的腳步表示出快快溜出去的意思，可是高第並不怕她的媽媽，而想故意的挑戰：「我們到西院看看去！」「胡說！」大赤包半立起來，命令

曉荷：「快攔住她們！」

　　曉荷顧不得向瑞豐太太道歉，手裡握著一張紅中就跑了出去。到院中，他一把沒有抓住桐芳，（因為紅中在手裡，他使不上力）她們倆跑了出去。

　　牌沒法打下去了。冠先生與冠太太都想納住氣，不在客人面前發作。在他倆的心中，這點修養與控制是必須表現給客人們看的，以便維持自己的身分。能夠敷衍面子，他們以為，就是修養。但是，今天的事似乎特別另樣。不知怎的，西院的哭聲彷彿抓住了大赤包的心，使她沒法不暴躁。那一絲絲的悲音像蜘蛛用絲纏裹一個小蟲似的，纏住她的心靈。她想用玩耍，用瞎扯，去解脫自己，但是毫無功效。哭聲向她要求繳械投降。不能！不能投降！她須把怒火發出來，以便把裹住她的心靈的蛛絲燒斷。她想去到院中，跳著腳辱罵西院的婦女們一大頓。可是，不知到底為了什麼，她鼓不起勇氣；西院的哭聲像小唧筒似的澆滅了她的勇敢。她的怒氣拐了彎，找到了曉荷：「你就那麼飯桶，連她們倆都攔不住？這算怎回事呢？她們倆上西院幹什麼去？你也去看看哪！普天下，找不到另一個像你這樣松頭日腦的人！你娶小老婆，你生女兒，可是你管不住她們！這像什麼話呢？」曉荷手中掂著那張紅中，微笑著說：「小老婆是我娶的，不錯！女兒可是我們倆養的，我不能負全責。」「別跟我胡扯！你不敢去呀，我去！我去把她們倆扯回來！」大赤包沒有交代一聲牌是暫停，還是散局，立起來就往院中走。

　　瑞豐太太的胖臉由紅而紫，像個熟過了勁兒的大海茄。這把牌，她又起得不錯，可是大赤包離開牌桌，而且並沒交代一聲。她感到冤屈與恥辱。西院的哭聲，她好像完全沒有聽到。她是「一個心眼」的人。

　　瑞豐忙過去安慰她：「錢家大概死了人！不是老頭子教日本人給槍斃了，就是大少爺病重。我們家去吧！在我們院子裡不至於聽得這麼清楚！走哇？」

瑞豐太太一把拾起自己的小皮包，一把將那手很不錯的牌推倒，怒衝衝的往外走。

「別走哇！」曉荷閃開了路，而口中挽留她。

她一聲沒出。瑞豐搭訕著也往外走，口中啊啊著些個沒有任何意思的字。

「再來玩！」曉荷不知送他們出去好，還是隻送到院中好。他有點怕出大門。

大赤包要往西院去的勇氣，到院中便消去了一大半。看瑞豐夫婦由屋裡出來，她想一手拉住一個，都把他們拉回屋中。可是，她又沒作到。她只能說出：「不要走！這太對不起了！改天來玩呀！」她自己也覺出她的聲音裡並沒帶著一點水分，而像枯朽了的樹枝被風颳動的不得已而發出些乾澀的響聲來。

瑞豐又啊啊了幾聲，像個驚惶失措的小家兔兒似的，蹦打蹦打的，緊緊的跟隨在太太的後面。

祁家夫婦剛走出去，大赤包對準了曉荷放去一個魚雷。「你怎麼了？怎麼連客也不知道送送呢？你怕出大門，是不是？西院的娘們是母老虎，能一口吞了你？」

曉荷決定不反攻，他的心裡像打牌到天亮的時候那麼一陣陣兒的發迷糊。他的臉上還笑著，唯一的原因是沒有可以代替笑的東西。愣了半天，他低聲的對自己說：「這也許就是個小報應呢！」

「什嗎？」大赤包聽見了，馬上把雙手叉在腰間，像一座「怒」的刻像似的。「放你孃的驢屁！」

「什麼屁不好放，單放驢屁？」曉荷覺得質問的非常的得體，心中輕鬆了些。

第 17 幕　閉上眼

　　孫七，李四媽，瑞宣，李四爺，前後腳的來到錢家。事情很簡單！錢孟石病故，他的母親與太太在哭。

　　李四媽知道自己的責任是在勸慰兩位婦人。可是，她自己已哭成了個淚人。「這可怎麼好噢！怎麼好噢！」她雙手拍著大腿說。

　　孫七，淚在眼圈裡，跺開了腳！「這是什麼世界！抓去老的，逼死小的！我……」他想破口大罵，而不敢罵出來。瑞宣，在李四爺身後，決定要和四爺學，把一就看成一，二看成二；哀痛，憤怒，發急，都辦不了事。儘管錢老人是他的朋友，孟石是他的老同學，他決定不撒開他的感情去慟哭，而要極冷靜的替錢太太辦點事。可是，一眼看到死屍與哭著的兩個婦人，他的心中馬上忘了棺材，裝殮，埋葬，那些實際的事，而由孟石的身上看到一部分亡國史。錢老人和孟石的學問，涵養，氣節，與生命，就這麼胡裡胡塗的全結束了。還有千千萬萬人的生命，恐怕也將要這麼結束！人將要像長熟了的稻麥那樣被鐮刀割倒，連他自己也必定受那一刀之苦。他並沒為憂慮自己的死亡而難過，他是想死的原因與關係。孟石為什麼應當死？他自己為什麼該當死？在一個人死了之後，他的長輩與晚輩應當受看什麼樣的苦難與折磨？想到這裡，他的淚，經過多少次的阻止，終於大串的落下來。

　　孟石，還穿著平時的一身舊夾褲褂，老老實實的躺在床上，和睡熟了的樣子沒有多大區別。他的臉瘦得剩了一條。在這瘦臉上，沒有苦痛，沒有表情，甚至沒有了病容，就那麼不言不語的，閉著眼安睡。瑞宣要過去拉起他的瘦，長，蒼白的手，喊叫著問他：「你就這麼一聲不響的走了嗎？你不曉得仲石的壯烈嗎？為什麼臉上不掛起笑紋？你不知道父親在獄

中嗎？為什麼不怒目？」可是，他並沒有走過去拉死鬼的手。他知道在死前不抵抗的，只能老老實實的閉上眼，而北平人倒有百分之九十九是不抵抗的，他自己也是其中的一個，他自己也會有那麼一天就這樣閉上了眼，連臉上也不帶出一點怒氣。他哭出了聲。多日來的羞愧，憂鬱，顧慮，因循，不得已，一股腦兒都哭了出來。他不是專為哭一位亡友，而是多一半哭北平的滅亡與恥辱！

四大媽拉住兩個婦人的手，陪著她們哭。錢太太與媳婦已經都哭傻了，張著嘴，合著眼，淚與鼻涕流溼了胸前，她們的哭聲裡並沒有一個字，只是由心裡往外傾倒眼淚，由喉中激出悲聲。哭一會兒，她們噎住，要閉過氣去。四大媽急忙給她們捶背，淚和言語一齊放出來：「不能都急死喲！錢太太！錢少奶奶！別哭嘍！」她們緩過氣來，哼唧著，抽搭著，生命好像只剩了一根線那麼細，而這一根線還要湧出無窮的淚來。氣順開，她們重新大哭起來。冤屈，憤恨，與自己的無能，使她們願意馬上哭死。

李四爺含著淚在一旁等著。他的年紀與領槓埋人的經驗，教他能忍心的等待。等到她們死去活來的有好幾次了，他抹了一把鼻涕，高聲的說：「死人是哭不活的喲！都住聲！我們得辦事！不能教死人臭在家裡！」

孫七不忍再看，躲到院中去。院中的紅黃雞冠花開得正旺，他恨不能過去拔起兩棵，好解解心中的憋悶：「人都死啦，你們還開得這麼有來有去的！他媽的！」

瑞宣把淚收住，低聲的叫：「錢伯母！錢伯母！」他想說兩句有止慟收淚的作用的話，可是說不出來；一個亡了國的人去安慰另一個亡了國的人，等於屠場中的兩頭牛相對哀鳴。

錢太太哭得已經沒有了聲音，沒有了淚，也差不多沒有了氣。她直著眼，愣起來。她的手和腳已經冰冷，失去了知覺。她已經忘了為什麼哭，

和哭誰，除了心中還跳，她的全身都已不會活動。她愣著，眼對著死去的兒子愣著，可是並沒看見什麼；死亡似乎已離她自己不遠，只要她一閉目，一垂頭，她便可以很快的離開這苦痛的人世。

錢少奶奶還連連的抽搭。四大媽拉著她的手，擠咕著兩隻哭紅了的眼，勸說：「好孩子！好孩子！要想開點呀！你要哭壞了，誰還管你的婆婆呢？」

少奶奶橫著心，忍住了悲慟。愣了一會兒，她忽然的跪下了，給大家磕了報喪的頭。大家都愣住了；想了一下，才明白過來。四大媽的淚又重新落下來：「起來吧！苦命的孩子！」可是，少奶奶起不來了。這點控制最大的悲哀的努力，使她筋疲力盡。手腳激顫著，她癱在了地上。

這時候，錢太太吐出一口白沫子來，哼哼了兩聲。「想開一點呀，錢太太！」李四爺勸慰：「有我們這群人呢，什麼事都好辦！」

「錢伯母！我也在這裡呢！」瑞宣對她低聲的說。孫七輕輕的進來：「錢太太！我們的衚衕裡有害人的，也有幫助人的，我姓孫的是來幫忙的，有什麼事！請你說就是了！」

錢太太如夢方醒的看了大家一眼，點了點頭。

桐芳和高第已在門洞裡立了好半天。聽院內的哭聲止住了，她們才試著步往院裡走。

孫七看見了她們，趕緊迎上來，要細看看她們是誰。及至看清楚了，他頭上與脖子上的青筋立刻凸起來。他久想發作一番，現在他找到了合適的物件：「小姐太太們，這裡沒唱戲，也不耍猴子，沒有什麼好看的！請出！」

桐芳把外場勁兒拿出來：「七爺，你也在這裡幫忙哪？有什麼我可以作的事沒有？」

　　孫七聽小崔說過，桐芳的為人不錯。他是錯怪了人，於是弄得很僵。

　　桐芳和高第搭訕著往屋裡走。瑞宣認識她們，可是向來沒和她們說過話。李四媽的眼神既不好，又忙著勸慰錢家婆媳，根本不曉得屋裡又添了兩個人。錢家婆媳不大認識她們；就是相識，也沒心思打招呼。她們倆看看這個，看看那個，心中極不得勁兒。李四爺常給冠家作事，當然認識她們，他可是故意的不打招呼。

　　桐芳無可奈何的過去拉了李四爺一下，把他叫到院中來。高第也跟了出來。

　　「四爺！」桐芳低聲而親熱的叫。「我知道我們的衚衕裡都怎麼恨我們一家子人！可是我和高第並沒過錯。我們倆沒出過壞主意，陷害別人！我和高第想把這點意思告訴給錢老太太，可是看她哭得死去活來的，實在沒法子張嘴。得啦，我求求你吧，你老人家得便替我們說一聲吧！」

　　四爺不敢相信她的話，也不敢不信。最初，他以為她倆是冠家派來的「偵探」。聽桐芳說得那麼懇切，他又覺得不應當過度的懷疑她們。他不好說什麼，只不著邊際的點了點頭。「四爺！」高第的短鼻子上縱起許多帶著感情的碎紋。「錢太太是不是很窮呢？」

　　李四爺對高第比對桐芳更輕視一些，因為高第是大赤包的女兒。他又倔又硬的回答出一句：「窮算什麼呢？錢家這一下子斷了根，絕了後！」

　　「仲石是真死啦？錢老先生也⋯⋯」高第說不下去了。她一心只盼仲石的死是個謠言，而錢先生也會不久被釋放出來，好能實現她自己的那個神祕的小夢。可是，看到錢家婦女的悲傷，和孟石的死，她知道自己的夢將永遠是個夢了。她覺得她應當和錢家婆媳一同大哭一場，因為她也變成了寡婦——一個夢中的寡婦。

　　李四爺有點不耐煩，很不容氣的說：「你們二位要是沒別的事，就請

便吧！我還得——」

桐芳把話搶過來：「四爺，我和高第有一點小意思！」她把手中握了半天的一個小紙包——紙已被手心上的汗漚得皺起了紋——遞過來：「你不必告訴錢家的婆媳，也不必告訴別人，你愛怎麼用就怎麼用，給死鬼買點紙燒也好，給⋯⋯也好，都隨你的便！這並不是誰教給我們這麼作的，我們只表一表我們自己的心意；為這個，回頭大概我們還得和家中打一架呢！」

李四爺的心中暖和了一點，把小紙包接了過來。他曉得錢家過的是苦日子，而喪事有它的必須花錢的地方。當著她倆，他把小包兒開啟，以便心明眼亮；裡面是桐芳的一個小金戒指，和高第的二十五塊鈔票。

「我先替你們收著吧！」老人說。「用不著，我原物交還；用得著，我有筆清帳！我不告訴她們，好在她們一家子都不懂得算帳！」

桐芳和高第的臉上都光潤了一點，覺得她們是作了一件最有意義的事。

她們走後，李老人把瑞宣叫到院中商議：「事情應該快辦哪，錢少爺的身上還沒換一換衣服呢！要老這麼耽擱著，什麼時候能抬出去呢？入土為安；又趕上這年月，更得快快的辦啦！」

瑞宣連連點頭。「四爺，要依著我，連壽衣都不必去買，有什麼穿什麼；這年月不能再講體面。棺材呢，買口結實點的，弄十六個人趕快抬出去，你老人家看是不是？」李老人抓了抓脖子上的大肉包。「我也這麼想。恐怕還得請幾位——至少是五眾兒——和尚，超渡超渡吧？別的都可以省，這兩錢兒非花不可！」

孫七湊了過來：「四大爺！難道不報喪嗎？錢家有本家沒有，我不曉得；老太太和少奶奶的孃家反正非趕緊去告訴一聲不可呀！別的我盡不了

力，這點跑腿的事，我辦得了！我一個人不行，還有小崔呢！」

「四爺爺！」瑞宣親熱的叫著：「現在我們去和錢太太商議，管保是毫無結果，她已經哭昏了。」

李老人猜到瑞宣的心意：「我們可作不了主，祁大爺！事情我都能辦，棺材鋪，槓房，我都熟，都能替錢太太省錢。可是，沒有她的話，我可不敢去辦。」

「對！」瑞宣沒說別的，趕快跑回屋中，把四大媽叫出來：「老太太，你先去問她們有什麼至親，請了來，好商議商議怎辦事呀！」

李四媽的大近視眼已哭成了一對小的紅桃，淨顧了難受，什麼主意也沒有，而且耳朵似乎也發聾，聽不清任何人的話。瑞宣急忙又改了主意：「四爺爺！孫師傅！你們先家去歇一會兒，教四祖母在這裡照應著她們婆媳。」

「可憐的少奶奶！一朵花兒似的就守了寡！」四大媽的雙手又拍起大腿來。

沒人注意她的話。瑞宣接著說：「我家去把小順兒的媽找來，叫她一邊勸一邊問錢太太。等問明白了，我通知你們兩位，好不好？」

孫七忙接過話來：「四大爺，你先回家吃飯，我在這裡守著點門！祁大爺，你也請吧！」說完，他像個放哨的兵似的，很勇敢的到門洞裡去站崗。

李四爺同瑞宣走出來。

瑞宣忘了亡國的恥辱與錢家的冤屈，箭頭兒似的跑回家中。他的眼還紅著，而心中痛快了許多。現在，他似乎只求自己能和李四爺與孫七一樣的幫錢家的忙；心中的委屈彷彿已經都被淚沖洗乾淨，像一陣大雨把衚衕裡的樹葉與渣滓洗淨了那樣。找到了韻梅，他把剛才吵嘴的事已經忘淨，

很簡單而扼要的把事情告訴明白了她。她還沒忘了心中的委屈，可是一聽到錢家的事，她馬上挺了挺腰，忙而不慌的擦了把手，奔了錢家去。

祁老人把瑞宣叫了去。瑞宣明知道說及死亡必定招老人心中不快，可是他沒法作善意的欺哄，因為錢家的哭聲是隨時可以送到老人的耳中的。

聽到孫子的報告，老人好大半天沒說上話來。患難打不倒他的樂觀，死亡可使他不能再固執己見。說真的，城池的失守並沒使他怎樣過度的惶惑不安；他有他自己的老主意；主意拿定，他覺得就是老天爺也沒法難倒他。及至「小三兒」不辭而別，錢默吟被捕，生日沒有過成，墳墓有被發掘的危險，最後，錢少爺在中秋節日死去，一件一件像毒箭似的射到他心中，他只好閉口無言了！假若他爽直的說出他已經不應當再樂觀，他就只好馬上斷了氣。他還希望再活幾年！可是，錢少爺年輕輕的就會已經死了！哼，誰知道老天要怎樣收拾人呢！他的慣於切合實際的心本想拿出許多計劃：錢家的喪事應當怎樣辦，錢家婆媳應當取什麼態度，和祁家應該怎樣幫錢家的忙……可是，他一句沒說出來。他已不大相信自己的智慧與經驗了！

瑞豐在窗外偷偷的聽話兒呢。他們夫婦的「遊歷」冠家，據胖太太看，並沒有多大的成功。她的判斷完全根據著牌沒有打好這一點上。她相信，假若繼續打下去，她必定能夠大捷，而贏了錢買點能給自己再增加些脂肪的吃食，在她想，是最足以使她的心靈得到慰藉的事。可是，牌局無結果而散！她有點看不起大赤包！

瑞豐可並不這麼看。學著冠先生的和悅而瀟灑的神氣與語聲，他說：「在今天的情形之下，我們很難怪她。我們必須客觀的，客觀的，去判斷一件事！說真的，她的咖啡，點心，和招待的殷勤，到底是隻此一家，並無分號，在我們這條衚衕裡！」他很滿意自己的詞令，只可惜嗓音還少著一點汁水，不十分像冠先生 —— 冠先生的聲音裡老像有個剛咬破的蜜桃。

　　胖太太，出乎瑞豐意料之外，居然沒有反駁，大概是因為除了牌局的未能圓滿結束，她實在無法否認冠家的一切確是合乎她的理想的。看到太太同意，瑞豐馬上建議：「我們應當多跟他們來往！別人不了解他們，我們必須獨具隻眼！我想我和冠曉荷一定可以成為莫逆之交的！」說完，他的眼珠很快的轉了好幾個圈；他滿意運用了「獨具隻眼」與「莫逆之交」，像詩人用恰當了兩個典故似的那麼得意。

　　他去偷聽瑞宣對老祖父說些什麼，以便報告給冠家。他須得到曉荷與大赤包的歡心，他的前途才能有希望。退一步講，冠家即使不能給他實利，那麼常能弄到一杯咖啡，兩塊洋點心，和白瞧瞧桐芳與招弟，也不算冤枉！

　　瑞宣走出來，弟兄兩個打了個照面。瑞豐見大哥的眼圈紅著，猜到他必是極同情錢太太。他把大哥叫到棗樹下面。棗樹本來就不甚體面，偏又愛早早的落葉，像個沒有模樣而頭髮又稀少的人似的那麼難看。幸而枝子的最高處還掛著幾個未被小順兒的磚頭照顧到的紅透了的棗子，算是稍微遮了一點醜。瑞豐和小順兒一樣，看到棗子總想馬上放到口中。現在，他可是沒顧得去打那幾個紅棗，因為有心腹話要對哥哥說。

　　「大哥！」他的聲音很低，神氣懇切而詭祕：「錢家的孟石也死啦！」「也」字說得特別的用力，倒好像孟石的死是為湊熱鬧似的。

　　「啊！」瑞宣的聲音也很低，可是不十分好聽。「他也是你的同學！」他的「也」字幾乎與二弟的那個同樣的有力。瑞豐仰臉看了看樹上的紅棗，然後很勉強的笑了笑。「儘管是同學！我對大哥你不說泛泛的話，因為你闖出禍來，也跑不了我！我看哪，我們都少到錢家去！錢老人的生死不明，你怎知道沒有日本偵探在暗中監視著錢家的人呢？再說，冠家的人都怪好的，我們似乎也不必因為幫忙一家鄰居，而得罪另一家鄰居，是不是？」

瑞宣舔了舔嘴唇，沒說什麼。

「錢家，」瑞豐決定要把大哥說服，「現在是家破人亡，我們無論怎樣幫忙，也不會得到絲毫的報酬。冠家呢 ── 」說到這裡，他忽然改了話：「大哥，你沒看報嗎？」

瑞宣搖了搖頭。真的，自從敵人進了北平，報紙都被姦汙了以後，他就停止了看報。在平日，看報紙是他的消遣之一。報紙不但告訴他許多事，而且還可以掩護他，教他把臉遮蓋起來，在他心中不很高興的時候。停止看報，對於他，是個相當大的折磨，幾乎等於戒菸或戒酒那麼難過。可是，他決定不破戒。他不願教那些帶著血的謊話欺哄他，不教那些為自己開脫罪名的漢奸理論染髒了他的眼睛。

「我天天看一眼報紙上的大字標題！」瑞豐說。「儘管日本人說話不盡可靠，可是我們的仗打得不好是真的！山西，山東，河北，都打得不好，南京還保得住嗎？所以，我就想：人家冠先生的辦法並不算錯！本來嗎，比如說南京真要也丟了，全國還不都得屬東洋管；就是說南京守得住，也不老容易的打回來呀！我們北平還不是得教日本人管著？胳臂擰不過大腿去，我們一家子還能造反，打敗日本人嗎？大哥，你想開著點，少幫錢家的忙，多跟冠家遞個和氣，不必緊自往死牛犄角裡鑽！」

「你說完了？」瑞宣很冷靜的問。

老二點了點頭。他的小幹臉上要把智慧，忠誠，機警，嚴肅，全一下子拿出來，教老大承認他的才氣的優越與心地的良善。可是，他只表現了一點掩飾不住的急切與不安。眉頭皺著一點，他用手背抹了抹嘴角上的一堆小白沫兒。「老二！」瑞宣想說的話像剛倒滿了杯的啤酒，都要往外流了。可是，看了老二一眼，他決定節省下氣力。他很冷淡的笑了笑，像冰上炸開一點紋兒似的。「我沒有什麼可說的！」老二的小幹臉僵巴起來。「大哥！我很願意把話說明白了，你知道，她 ── 」他向自己的屋中很恭

敬的指了指，倒像屋中坐著的是位女神。「她常勸我分家，我總念其手足的情義，不忍說出口來！你要是不顧一切的亂來，把老三放走，又幫錢家的忙，我可是真不甘心受連累！」他的語聲提高了許多。

天佑太太在南屋裡發問：「你們倆嘀咕什麼呢？」老大極快的回答：「說閒話呢，媽！」

老二打算多給哥哥一點壓力：「你要是不能決定，我跟媽商議去！」

「媽和祖父都病著呢！」瑞宣的聲音還是很低。「等他們病好了再說不行嗎？」

「你跟她說說去吧！」老二又指了指自己的屋子。「這並不是我一個人的主意！」

瑞宣，一個受過新教育的人，曉得什麼叫小家庭制度。他沒有一點反對老二要分出去的意思。不過，祖父，父親，和母親，都絕對不喜歡分家，他必得替老人們設想，而敷衍老二。老二在家裡，與分出去，對瑞宣在家務上的，經濟上的，倫理上的，負擔並沒什麼差別。可是，老二若是分出去，三位老人就必定一齊把最嚴重的譴責加在他的身上。所以，他寧可多忍受老二夫婦一些冤枉氣，而不肯叫老人們心中都不舒服。他受過新教育，可是須替舊倫理盡義務。他沒有一時一刻忘了他的理想，可是整天，整月，整年的，他須為人情與一家大小的飽暖去工作操勞。每逢想到這種矛盾，他的心中就失去平靜，而呆呆的發愣。現在，他又愣起來。「怎樣？」老二緊催了一板。

「啊？」瑞宣眨巴了幾下眼，才想起剛才的話來。想起老二的話來，正像一位在思索著宇宙之謎的哲學家忽然想起缸裡沒有了米那樣，他忽然的發了氣。他的臉突然的紅了，緊跟著又白起來。「你到底要幹嘛？」他忘了祖父與母親的病，忘了一切，聲音很低，可是很寬，像憋著大雨的沉雷。「分家嗎？你馬上滾！」

南屋的老太太忘了病痛，急忙坐起來，隔著窗戶玻璃往外看：「怎麼啦？怎麼啦？」

老大上了當。老二湊近窗前：「媽！這你可聽見了？大哥叫我滾蛋！」

幸而，母親的心是平均的拴在兒女身上的。她不願意審判他們，因為審判必須決定屈直勝負。她只用她的地位與慈愛的威權壓服他們：「大節下的呀！不准吵嘴！」

老二再向窗前湊了湊，好像是他受了很大的委屈，而要求母親特別愛護他。

老大又愣起來。他很後悔自己的鹵莽，失去控制，而惹得帶病的媽媽又來操心！

瑞豐太太肉滾子似的扭了出來。「豐！你進來！有人叫我們滾，我們還不忙著收拾收拾就走嗎？等著叫人家踢出去，不是白饒一面兒嗎？」

瑞豐放棄了媽媽，小箭頭似的奔了太太去。

「瑞宣——」祁老人在屋裡扯著長聲兒叫：「瑞宣——」並沒等瑞宣答應，他發開了純為舒散肝氣的議論：「不能這樣子呀！小三兒還沒有訊息，怎能再把二的趕出去呢！今天是八月節，家家講究團圓，怎麼單單我們說分家呢？要分，等我死了再說；我還能活幾天？你們就等不得呀！」

瑞宣沒答理祖父，也沒安慰媽媽，低著頭往院外走。在大門外，他碰上了韻梅。她紅著眼圈報告：「快去吧！錢太太不哭啦！孫七爺已經去給她和少奶奶的孃家送信，你趕緊約上李四爺，去商議怎麼辦事吧！」

瑞宣的怒氣還沒消，可是決定盡全力去幫錢家的忙。他覺得只有盡力幫助別人，或者可以減輕他的憂慮，與不能像老三那樣去赴國難的罪過。

他在錢家守了一整夜的死人。

第 18 幕　買棺材

除了孃家人來到，錢家婆媳又狠狠的哭了一場之外，她們沒有再哭出聲來。錢太太的太陽穴與腮全陷進去多麼深，以致鼻子和顴骨都顯著特別的堅硬，有稜有角。二者必居其一：不是她已經把淚都傾盡，就是她下了決心不再哭。恐怕是後者，因為在她的陷進很深的眼珠裡，有那麼一點光。這點光像最溫柔的女貓怕淘氣的小孩動她的未睜開眼的小貓那麼厲害，像帶著雞雛的母雞感覺到天上來了老鷹那麼勇敢，像一個被捉住的麻雀要用它的小嘴咬斷了籠子棍兒那麼堅決。她不再哭，也不多說話，而只把眼中這點光一會兒放射出來，一會兒又收起去；儲存了一會兒再放射出來。

大家很不放心這點光。

李四爺開始喜歡錢太太，因為她是那麼簡單痛快，只要他一出主意，她馬上點頭，不給他半點麻煩和淤磨。從一方面看，她對於一切東西的價錢和到什麼地方去買，似乎全不知道，所以他一張口建議，她就點頭。從另一方面看，她的心中又像頗有些打算，並不胡裡胡塗的就點頭。比如說：四爺說，棺材只求結實，不管式樣好看不好看；她點點頭。四爺說，靈柩在家裡只停五天，出殯只要十六個槓兒和一班兒清音吹鼓手；她又點點頭。可是，當他提到請和尚放焰口的時候，她搖了頭，因為錢先生和少爺們都不信佛，家裡從來沒給任何神佛燒過香。這，教李四爺覺得很奇怪。他很想問明白，錢家是不是「二毛子」，信洋教。可是他不敢問，因為他想不起錢家的人在什麼時候上過教堂，而且這一家子無論在什麼地方都絲毫不帶洋氣兒。李四爺不能明白她，而且心中有點不舒服 —— 在他想，無論怎樣不信佛的人，死後唸唸經總是有益無損的事。錢太太可是很

堅決，她連著搖了兩次頭。

李四爺也看出來：她的反對唸經，一定不是為省那幾個錢，因為當他建議買棺材與別的事的時候，雖然他立意要給她節省，可是並沒有明說出來；她只點頭，而並沒問：「那得要多少錢哪？」她既像十分明白李四爺必定會給省錢，又像隨便花多少也不在乎的樣子。李四爺一方面喜歡她的簡單痛快。另一方面又有點擔心 —— 她到底有多少錢呢？

為慎重起見，李四爺避著錢太太，去探聽少奶奶的口氣。她沒有任何意見，婆婆說怎辦，就怎辦。四爺又特別提出請和尚唸經的事，她說：「公公和孟石都愛作詩，什麼神佛也不信。」四爺不知道詩是什麼，更想不透為什麼作詩就不信佛爺。他只好放棄了自己的主張，雖然在心中已經算計好，他會給她們請來五位頂規矩而又便宜的和尚。他問到錢太太到底有多少錢，少奶奶毫不遲疑的回答：「一個錢沒有！」

李四爺抓了頭。不錯，他自己準備好完全盡義務，把檟領出城去。但是，檟錢，棺材錢，和其他的開銷，儘管他可以設法節省，可也要馬上就籌出款子來呀！他把瑞宣拉到一邊，咬了咬耳朵。

瑞宣按著四爺的計劃，先糊糊的在心中造了個預算表，然後才說：「我曉得我們衚衕裡的人多數的都肯幫忙。但是錢太太絕不喜歡我們出去替她化緣募捐。我們自己呢，至多也不過能掏出十塊八塊的，那和總數還差得多呢！我們是不是應當去問問她們的孃家人呢？」

「應當問問！」老人點了頭。「這年月，買什麼都要付現錢！要不是鬧日本鬼子，我準擔保能賒出一口棺材來；現在，連一斤米全賒不出來，更休提壽材了！」

錢太太的弟弟，和少奶奶的父親，都在這裡。錢太太的弟弟陳野求，是個相當有學問，而心地極好的中年瘦子。臉上瘦，所以就顯得眼睛特別的大。當他的眼珠定住的時候，他好像是很深沉，個性很強似的。可是他

不常定住眼珠；反之，他的眼珠總愛「多此一舉」的亂轉，倒好像他是很浮躁，很好事。有這麼一對眼，再加上兩片薄得像刀刃似的，極好開合（找不到說話的物件，他自己會叨嘮得很熱鬧）的嘴唇，他就老那麼飄輕飄輕的，好像一片飛在空中的雞毛那樣被人視為無足重輕。事實上，他既不深沉，也不浮躁。他的好轉眼珠只是一種習慣，他的好說話是為特意討別人的好。他是個好人。假若不是因為他有一位躺在墳地的，和一位躺在床上的，太太，這兩位太太給他生的八個孩子，他必定不會老被人看成空中飛動的一片雞毛。只要他用一點力，他就能成為一位學者。可是，八張像蝗蟲的小嘴，和十六物件鐵犁的腳，就把他的學者資格永遠褫奪了。無論他怎樣賣力氣，八個孩子的鞋襪永遠教他愛莫能助！

他和錢默吟是至近的親戚，也是最好的朋友。姐丈與舅爺所學的不同，但是談到學問，彼此都有互相尊敬的必要。至於談到人生的享受，野求就非常的羨慕默吟了；默吟有詩有畫有花木與茵陳酒，而野求只有吵起來像一群飢狼似的孩子。他非常的喜歡來看姐姐與姐丈，因為即使正趕上姐丈也斷了糧，到底他們還可以上下古今的閒扯 —— 他管這個閒扯叫做「磨一磨心上的鏽」。可是，他不能常來，八個孩子與一位常常生病的太太，把他拴在了柴米油鹽上。

當孫七把口信捎到的時候，他正吃著晚飯 —— 或者應當說正和孩子們搶著飯吃。孫七把話說完，野求把口中沒咽淨的東西都吐在地上。沒顧得找帽子，他只向屋裡嚷了一聲，就跑了出來；一邊走一邊落淚。

就是他，陪著瑞宣熬了第一夜。瑞宣相當的喜歡這個人。最足以使他們倆的心碰到一處的是他們對國事的憂慮，儘管憂慮，可是沒法子去為國盡忠。他告訴瑞宣：「從歷史的久遠上看，作一箇中國人並沒什麼可恥的地方。但是，從只顧私而不顧公，只講鬥心路而不敢真刀真槍的去幹這一點看，我實在不佩服中國人。北平亡了這麼多日子了，我就沒看見一個敢

和敵人拚一拚的！中國的人惜命忍辱實在值得詛咒！話雖這樣說，可是你我……」他很快的停住，矯正自己：「不，我不該這麼說！」

「沒關係！」瑞宣慘笑了一下：「你我大概差不多！」「真的？我還是隻說我自己吧！八個孩子，一個老鬧病的老婆！我就像被黏在蒼蠅紙上的一個蒼蠅，想飛，可是身子不能動！」唯恐瑞宣張嘴，他搶著往下說：「是的，我知道連小燕還不忍放棄了一窩黃嘴的小雛兒，而自己到南海上去飛翔。可是，從另一方面看，岳武穆，文天祥，也都有家庭！我們，嗚，請原諒！我，不是我們！我簡直是個婦人，不是男子漢！再抬眼看看北平的文化，我可以說，我們的文化或者只能產生我這樣因循苟且的傢夥，而不能產生壯懷激烈的好漢！我自己慚愧，同時我也為我們的文化擔憂！」瑞宣長嘆了一聲：「我也是個婦人！」

連最愛說話的陳野求也半天無話可說了。

現在，瑞宣和李四爺來向野求要主意。野求的眼珠定住了。他的輕易不見一點血色的瘦臉上慢慢的發暗──他的臉紅不起來，因為貧血。張了幾次嘴，他才說出話來：「我沒錢！我的姐姐大概和我一樣！」

怕野求難堪，瑞宣嘟囔著：「我們都窮到一塊兒啦！」

他們去找少奶奶的父親──金三爺。他是個大塊頭。雖然沒有李四爺那麼高，可是比李四爺寬的多。寬肩膀，粗脖子，他的頭幾乎是四方的。頭上臉上全是紅光兒，臉上沒有鬍鬚，頭上只剩了幾十根灰白的頭髮。最紅的地方是他的寬鼻頭，放開量，他能一頓喝斤半高粱酒。在少年，他踢過梅花樁，摔過私跤，扔過石鎖，練過形意拳，而沒讀過一本書。經過五十八個春秋，他的工夫雖然已經擱下了，可是身體還像一頭黃牛那麼結實。

金三爺的辦公處是在小茶館裡。泡上一壺自己帶來的香片，吸兩袋關東葉子菸，他的眼睛看著出來進去的人，耳中聽著四下里的話語，心中盤

算著自己的錢。看到一個合適的人，或聽到一句有靈感的話，他便一個木楔子似的擠到生意中去。他說媒，拉縴，放帳！他的腦子裡沒有一個方塊字，而有排列得非常整齊的一片數目字。他非常的愛錢，錢就是他的「四書」或「四叔」——他分不清「書」與「叔」有多少不同之處。可是，他也能很大方。在應當買臉面的時候，他會狠心的拿出錢來，好不致於教他的紅鼻子減少了光彩。假若有人給他一瓶好酒，他的鼻子就更紅起來，也就更想多發點光。

他和默吟先生作過同院的街坊。默吟先生沒有借過他的錢，而時常送給他點茵陳酒，因此，兩個人成了好朋友。默吟先生一肚子詩詞，三爺一肚子帳目，可是在不提詩詞與帳目，面都把臉喝紅了的時候，二人發現了他們都是「人」。

因為友好，他們一來二去的成了兒女親家。在女兒出閣以後，金三爺確是有點後悔，因為錢家的人永遠不會算帳，而且也無帳可算。但是，細看一看呢，第一，女兒不受公婆的氣；第二，小公母倆也還和睦；第三，錢家雖窮，而窮的硬氣，不但沒向他開口借過錢，而且彷彿根本不曉得錢是什麼東西；第四，親家公的茵陳酒還是那麼香咧，而且可以白喝。於是，他把後悔收起來，而時時暗地裡遞給女兒幾個錢，本利一概犧牲。

這次來到錢家，他準知道買棺材什麼的將是他的責任。可是，他不便自告奮勇。他須把錢花到亮颷的地方。他沒問親家母的經濟情形如何，她也沒露一點求助的口氣。他忍心的等著；他的錢像舞台上的名角似的，非敲敲鑼鼓是不會出來的。

李四爺和瑞宣來敲鑼鼓，他大仁大義的答應下：「二百塊以內，我兜著！二百出了頭，我不管那個零兒！這年月，誰手裡也不方便！」說完，他和李四爺又討論了幾句；對四爺的辦法，他都點了頭；他從幾句話中看出來四爺是內行，絕對不會把他的「獻金」隨便被別人賺了去。對瑞宣，

他沒大招呼，他覺得瑞宣太文雅，不會是能辦事的人。

　　李四爺去奔走。瑞宣，因為喪事的「基金」已有了著落，便陪著野求先生談天。好像是有一種暗中的諒解似的，他們都不敢提默吟先生。在他們的心裡，都知道這是件最值得談的事，因為孟石仲石都已死去，而錢老先生是生死不明；他們希望老人還活著，還能恢復自由，好使這一家人有個辦法。但是，他們都張不開口來談，因為他們對營救錢先生絲毫不能盡力，空談一談有什麼用呢？因此，他們口中雖然沒有閒著，可是心中非常的難過，他們的眼神互相的告訴：「我們倆是最沒有用的蠢材！」

　　談來談去，談到錢家婆媳的生活問題。瑞宣忽然靈機一動：「你知道不知道，他們收藏著什麼有價值的東西呢？字畫，或是善本的書？假若有這一類的東西，我們負責給賣一賣，不是就能進一筆錢嗎？」

　　「我不知道！」野求的眼珠轉得特別的快，好像願意馬上能發現一兩件寶物，足以使姐姐免受飢寒似的。「就是有，現在誰肯出錢買字畫書籍呢？我們的想法都只適用於太平年日，而今天……」他的薄嘴唇緊緊的閉上，貧血的腦中空了一塊，像個擱久了的雞蛋似的。

　　「問問錢太太怎樣？」瑞宣是急於想給她弄一點錢。「那，」野求又轉了幾下眼珠。「你不曉得我姐姐的脾氣！她崇拜我的姐丈！」很小心的，他避免叫出姐丈的名字來。「我曉得姐丈是個連一個蒼蠅也不肯得罪的人，他一定沒強迫過姐姐服從他。可是他一句話，一點小小的癖好，都被姐姐看成神聖不可侵犯的，絕對不能更改的事。她寧可挨一天的餓，也不肯缺了他的酒；他要買書，她馬上會摘下頭上的銀釵。你看，假若他真收藏著幾件好東西，她一定不敢去動一動，更不用說拿去賣錢了！」

　　「那麼，出了殯以後怎麼辦呢？」

　　野求好大半天沒回答上來，儘管他是那麼喜歡說話的人。愣夠了，他才遲遲頓頓的說：「為她們有個照應，我可以搬來住。她們需要親人的照

應，你看出來沒有我姐姐的眼神？」瑞宣點了點頭。

「她眼中的那點光兒不對！誰知道她要幹什麼呢？丈夫被捕，兩個兒子一齊死了，恐怕她已打定了什麼主意。她是最老實的人，但是被捆好的一隻雞也要掙扎掙扎吧？我很不放心！我應當來照應著她！話可是又說回來，我還自顧不暇，怎能再多養兩口人呢？光是來照應著她們，而看著她們捱餓，那算什麼辦法呢？假若這是在戰前，我無論怎樣，可以找一點兼差，供給她們點粗茶淡飯。現在，教我上哪兒找兼差去呢？亡了國，也就亡了親戚朋友之間的善意善心！征服者是狼，被征服的是一群各自逃命的羊！再說，她們清靜慣了，我要帶來八個孩子，一天就把這滿院的花草踏平，半天就把她們的耳朵震聾，大概她們也受不了！簡單的說吧，我沒辦法！我的心快碎了，可是想不出辦法！」

棺材到了，一口極笨重結實，而極不好看的棺材！沒上過漆，木材的一切缺陷全顯露在外面，顯出兇惡狠毒的樣子。

孟石只穿了一身舊衣服，被大家裝進那個沒有一點感情的大白匣子去。

金三爺用大拳頭捶了棺材兩下子，滿臉的紅光忽然全晦暗起來，高聲的叫著：「孟石！孟石！你就這麼忍心的走啦？」

錢太太還是沒有哭。在棺材要蓋上的時候，她顫抖著從懷中掏出一小卷，沒有裱過，顏色已灰沒了的紙來，放在兒子的手旁。

瑞宣向野求遞了個眼神。他們倆都猜出來那必是一兩張字畫。可是他們都不敢去問一聲，那個蠢笨的大白匣子使他們的喉中發澀，說不出話來。他們都看見過棺材，可是這一口似乎與眾不同，它使他們意味到全個北平就也是一口棺材！

少奶奶大哭起來。金三爺的淚是輕易不落下來的，可是女兒的哭聲使他的眼失去了控制淚珠的能力。這，招起他的暴躁；他過去拉著女兒的

手，厲聲的喝喊：「不哭！不哭！」女兒繼續的悲號，他停止了呼喝，淚也落了下來。

出殯的那天是全衚衕最悲慘的一天。十六個沒有穿袈衣的窮漢，在李四爺的響尺的指揮下，極慢極小心的將那口白辣辣的棺材在大槐樹下上了槓。沒有喪種，少奶奶披散著頭髮，穿著件極長的粗布孝袍在棺材前面領魂。她像一個女鬼。金三爺悲痛的，暴躁的，無可如何的，攙著她；紅鼻子上掛著一串眼淚。在起槓的時節，他跺了跺兩隻大腳。一班兒清音，開始奏起簡單的音樂。李四爺清脆的嗓子喊起「例行公事」的「加錢」，只喊出半句來。他的響尺不能擊錯一點，因為它是槓夫的耳目，可是敲得不響亮；他絕對不應當動心，但是動了心。一輛極破的轎車，套著一匹連在棺材後面都顯出緩慢的瘦騾子，拉著錢太太。她的眼，乾的，放著一點奇異的光，緊釘住棺材的後面；車動，她的頭也微動一下。祁老人，還病病歪歪的，扶著小順兒，在門內往外看。他不敢出來。小妞子也要出來著，被她的媽扯了回去。瑞宣太太的心眼最軟。把小妞子扯到院中，她聽見婆婆在南屋裡問她：「錢家今天出殯啊？」她只答應了一聲「是！」然後極快的走到廚房，一邊切著菜，一邊落淚。

瑞宣，小崔，孫七，都去送殯。除了冠家，所有的鄰居都立在門外含淚看著。看到錢少奶奶，馬老寡婦幾乎哭出聲來，被長順攙了回去：「外婆！別哭啊！」勸著外婆，他的鼻子也酸起來。小文太太扒著街門，只看了一眼，便轉身進去了。四大媽的責任是給錢家看家。她一直追著棺材，哭到衚衕口，才被四大爺叱喝回來。

死亡，在亡國的時候，是最容易碰到的事。錢家的悲慘景像，由眼中進入大家的心中；在心中，他們回味到自己的安全。生活在喪失了主權的土地上，死是他們的近鄰！

第 19 幕　吵完架

　　冠宅的稠雲再也不能控制住雷雨了。幾天了，大赤包的臉上老掛著一層發灰光的油。她久想和桐芳高第開火。可是，西院裡還停著棺材；她的嗓子像鏽住了的槍筒，發不出火來。她老覺得有一股陰氣，慢慢的從西牆透過來；有一天晚上，在月光下，她彷彿看見西牆上有個人影。她不敢聲張，可是她的頭髮都偷偷的豎立起來。

　　西院的棺材被抬了走。她的心中去了一塊病。臉上的一層灰色的油慢慢變成暗紅的，她像西太后似的坐在客室的最大的一張椅子上。像火藥庫忽然爆炸了似的，她喊了聲：「高第！來！」

　　高第，雖然見慣了陣式，心中不由的顫了一下。把短鼻子上擰起一朵不怕風雨的小花，她慢慢的走過來。到了屋中，她沒有抬頭，問了聲：「幹嘛？」她的聲音很低很重，像有鐵筋洋灰似的。

　　大赤包臉上的雀斑一粒粒的都發著光，像無數的小黑槍彈似的。「我問問你！那天，你跟那個臭娘們上西院幹什麼去了？說！」

　　桐芳，一來是激於義憤，二來是不甘心領受「臭娘們」的封號，三來是不願教高第孤立無援，一步便竄到院中，提著最高的嗓音質問：「把話說明白點兒，誰是臭娘們呀？」「心裡沒病不怕冷年糕！」大赤包把聲音提得更高一點，企圖著壓倒桐芳的聲勢。「來吧！你敢進來，算你有膽子！」桐芳的個子小，力氣弱，講動武，不是大赤包的對手。但是，她的勇氣催動著她，像小鴿子並不怕老鷹那樣，撲進了北屋。

　　大赤包，桐芳，高第的三張嘴一齊活動，誰也聽不清誰的話，而都盡力的發出聲音，像林中的群鳥只管自己啼喚，不顧得聽取別人的意見那樣。她們漸漸的失去了爭吵的中心，改為隨心所欲的詬罵，於是她們就只

須把毒狠而汙穢的字隨便的編串到一塊，而無須顧及文法和修辭。這樣，她們心中和口中都感到爽快，而越罵越高興。她們的心中開了閘，把平日積聚下的汙垢一下子傾瀉出來。她們平日在人群廣眾之間所帶著的面具被扯得粉碎，露出來她們的真正的臉皮，她們得到了「返歸自然」的解放與欣喜！

　　曉荷先生藏在桐芳的屋裡，輕輕的哼唧著《空城計》的一段「二六」，右手的食指中指與無名指都富有彈性的在膝蓋上點著板眼。現在，他知道，還不到過去勸架的時候；雨要是沒下夠，就是打雷也不會晴天的。他曉得：等到她們的嘴角上已都起了白沫兒，臉上已由紅而白，舌頭都短了一些的時候，他再過去，那才能收到馬到成功的效果，不費力的便振作起家長的威風。

　　瑞豐，奉了太太之命，來勸架。勸架這件工作的本身，在他看，是得到朋友的信任與增高自己的身分的捷徑。當你給朋友們勸架的時候，就是那占理的一面，也至少在言語或態度上有他的過錯 —— 你抓住了他的缺陷。在他心平氣和了之後，他會怪不好意思和你再提起那件事，而即使不感激你，也要有點敬畏你。至於沒有理的一面，因為你去調解而能逃脫了無理取鬧所應得的懲罰，自然就非感激你不可了。等到事情過去，你對別的朋友用不著詳述鬧事理的首尾，而只簡直的 —— 必須微微的含笑 —— 說一聲：「他們那件事是我給了的！」你的身分，特別是在這人事關係比法律更重要的社會裡，便無疑的因此而增高了好多。

　　瑞豐覺得他必須過去勸架，以便一舉兩得：既能獲得冠家的信任，又能增高自己的身分。退一步講，即使他失敗了，冠家的人大概也不會因為他的無能而忽視了他的熱心的。是的，他必須去，他須像個木楔似的硬楔進冠家去，教他們沒法不承認他是他們的好朋友。況且，太太的命令是不能不遵從的呢。

他把頭髮梳光，換上一雙新鞋，選擇了一件半新不舊的綢夾袍，很用心的把袖口捲起，好露出裡面的雪白的襯衣來。他沒肯穿十成新的長袍，一來是多少有點不適宜去勸架，二來是穿新衣總有些不自然 —— 他是到冠家去，人家冠先生的文雅風流就多半仗著一切都自自然然。

到了戰場，他先不便說什麼，而只把小幹臉板得緊緊的，皺上眉頭，倒好像冠家的爭吵是最嚴重的事，使他心中感到最大的苦痛。

三個女的看到他，已經疲乏了的舌頭又重新活躍起來，像三大桶熱水似的，把話都潑在他的頭上。他嚥了一口氣。然後，他的眼向大赤包放出最誠懇的關切，頭向高第連連的點著，右耳向桐芳豎著，鼻子和口中時時的哼著，唧著，嘆息著。他沒聽清一句話，可是他的耳目口鼻全都浸入她們的聲音中，像只有他能了解她們似的。

她們的舌頭又都周轉不靈了，他乘機會出了聲：「得了！都看我吧！冠太太！」

「真氣死人哪！」大赤包因為力氣已衰，只好用咬牙增高感情。

「冠小姐！歇歇去！二太太！瞧我啦！」

高第和桐芳連再瞪仇敵一眼的力氣也沒有了，搭訕著作了光榮的退卻。

大赤包喝了口茶，打算重新再向瑞豐述說心中的委屈。瑞豐也重新皺上眉，準備以算一道最難的數學題的姿態去聽取她的報告。

這時候，曉荷穿著一身淺灰色湖綢的袷襖夾褲，袷襖上罩著一件深灰色細毛線打的菊花紋的小背心，臉上儲蓄著不少的笑意，走進來。

「瑞豐！今天怎麼這樣閒在？」他好像一點不曉得她們剛吵完架似的。沒等客人還出話來，他對太太說：「給瑞豐弄點什麼吃呢？」

雖然還想對瑞豐訴委屈，可是在鬧過那麼一大場之後，大赤包又覺

得把心思與話語轉變個方向也未為不可。她是相當爽直的人。「對啦！瑞豐，我今天非請請你不可！你想吃什麼？」

沒有太太的命令，瑞豐不敢接受冠家的招待。轉了一下他的小眼珠，他扯了個謊：「不，冠太太！家裡還等著我吃飯呢！今天，有人送來了一隻烤鴨子！我絕不能跟你鬧客氣！改天，改天，我和內人一同來！」

「一言為定！明天好不好？」大赤包的臉，現在，已恢復了舊觀，在熱誠懇切之中帶著不少的威嚴。見瑞豐有立起來告辭的傾向，她又補上：「喝杯熱茶再走，還不到吃飯的時候！」她喊僕人泡茶。

瑞豐，急於回去向太太報功，可是又不願放棄多和冠氏夫婦談一談的機會，決定再多坐一會兒。

曉荷很滿意自己的從容不迫，排程有方；他覺得自己確有些諸葛武侯的氣度與智慧。他也滿意大赤包今天的態度，假若她還是不依不饒的繼續往下吵鬧，即使他是武侯，大概也要手足失措。因此，他要在客人面前表示出他對她們的衝突並不是不關心，好教太太得到點安慰，而且也可以避免在客人走後再挨她的張手雷的危險。

未曾開言，他先有滋有味的輕嘆了一聲，以便惹起客人與太太的注意。嘆罷了氣，他又那麼無可如何的，啼笑皆非的微笑了一下。然後才說：「男大當婚，女大當聘，一點也不錯！我看哪，」他瞟了太太一眼，看她的神色如何，以便決定是否說下去。見大赤包的臉上的肌肉都鬆懈著，有些個雀斑已被肉折兒和皺紋掩藏住，他知道她不會馬上又變臉，於是決定往下說：「我看哪，太太！我們應當給高第找婆家了！近來她的脾氣太壞了，鬧得簡直有點不像話！」

瑞豐不敢輕易發表意見，只把一切所能集合起來的表情都擺在臉上，又是皺眉，又是眨眼，還舔一舔嘴唇，表現出他的關切與注意。

　　大赤包沒有生氣，而只把嘴角往下撇，撇到成了一道很細很長的曲線，才又張開：「你橫是不敢說桐芳鬧得不像話！」

　　瑞豐停止了皺眉，擠眼。他的小乾臉上立刻變成了「沒字碑」。他不敢因為「作戲」而顯出偏袒，招任何一方面的不快。

　　曉荷從太太的臉色和語聲去判斷，知道她不會馬上作「總攻擊」，搭訕著說：「真的，我真不放心高第！」「瑞豐！」大赤包馬上來了主意：「你幫幫忙，有合適的人給她介紹一個！」

　　瑞豐受寵若驚的，臉上像打了個閃似的，忽然的一亮：「我一定幫忙！一定！」說完，他開始去檢查他的腦子，頗想能馬上找到一兩位合適的女婿，送交大赤包稽核備案。同時，他心裡說：「嘿！假若我能作大媒！給冠家！給冠家！」也許是因為太慌促吧，他竟自沒能馬上想起配作冠家女婿的「舉子」來。他改了話，以免老愣著：「家家有本難唸的經！」「怎麼？府上也……」曉荷也皺了皺眉，知道這是輪到他該表示同情與關切的時候了。

　　「提起來話長得很！」瑞豐的小乾臉上居然有點溼潤的意思，像臉的全部都會落淚似的。

　　「閒談！閒談！我反正不會拉老婆舌頭！」曉荷急於要聽聽祁家的爭鬥經過。

　　憑良心說，瑞豐實在沒有什麼委屈可訴。可是，他必須說出點委屈來，以便表示自己是怎樣的大仁大義；假若沒有真的，他也須「創作」出一些實事。一個賢人若是甘心受苦難而一聲不出，一個凡人就必須說出自己的苦難，以便自居為賢人。吸著剛泡來的香茶，他像個受氣的媳婦回到孃家來似的，訴說著祁家四代的罪狀。最後，他提到已經不能再住在家裡，因為大哥瑞宣與大嫂都壓迫著他教他分家。這，分明是個十成十的謊言，可是為得別人的同情，謊言是必須用的工具。

　　曉荷很同情瑞豐，而不便給他出什麼主意，因為一出主意便有非實際去幫忙不可的危險。最使他滿意的倒是聽到祁家人的不大和睦，他的心就更寬綽了一些，而把自己家事的糾紛看成了事有必至，理有固然。

　　大赤包也很同情瑞豐，而且馬上出了主意。她的主意向來是出來的很快，因為她有這個主意不好就馬上另出一個，而絲毫不感到矛盾的把握！

　　「瑞豐，你馬上搬到我這裡來好啦！我的小南屋閒著沒用，只要你不嫌窄別搬來就是了！我一定收你的房錢，不教你白住，你不用心裡過意不去！好啦，就這樣辦啦！」

　　這，反倒嚇了瑞豐一跳。他沒想到事情能會這麼快就有辦法！有了辦法，他反倒沒了主意。他不敢謝絕冠太太的厚意，也不敢馬上答應下來。他的永遠最切實際的心立刻看到，假若他搬了來，只就打牌那一件事，且不說別的，他就「奉陪」不起。他的小幹臉忽然縮小了一圈。他開始有點後悔，不該為閒扯而把自己弄得進退兩難。

　　冠先生看出客人的為難，趕緊對太太說：「別勸著人家分家呀！」

　　大赤包的主意，除了她自己願意馬上改變，永遠是不易撤銷的：「你知道什麼！我不能看著瑞豐 —— 這麼好的人 —— 在家裡小菜碟似的受欺負！」她轉向瑞豐：「你什麼時候願意來，那間小屋總是你的！君子一言，快馬一鞭！」

　　瑞豐覺得點頭是他必盡的義務。他點了頭。口中也想說兩句知恩感德的話，可是沒能說出來。

　　曉荷看出瑞豐的為難，趕緊把話岔開。「瑞豐，這兩天令兄頗幫錢家的忙。錢家到底怎麼辦的喪事，令兄也許對你講過了吧？」

　　瑞豐想了一會兒才說：「他沒對我講什麼！他 —— 唉！他跟我說不到一塊兒！我們只有手足之名，而無手足之情！」他的頗像初中學生的講演

稿子的詞令，使他很滿意自己的口才。「噢！那就算了吧！」曉荷的神情與語調與其說是不願為難朋友，還不如說是激將法。

瑞豐，因為急於討好，不便把談話結束在這裡：「曉翁，要打聽什麼？我可以去問瑞宣！即使他不告訴我，不是還可以從別的方面⋯⋯」

「沒多大了不起的事！」曉荷淡淡的一笑。「我是要打聽打聽，錢家有什麼字畫出賣沒有？我想，錢家父子既都能寫能畫，必然有點收藏。萬一因為辦喪事需錢而想出手，我倒願幫這個忙！」他的笑意比剛才加重了好多，因為他的話是那麼巧妙，居然把「乘人之危」變成「幫這個忙」，連他自己都覺得有點「太」聰明瞭，而不能不高興一下。

「你要字畫幹什麼？這年月花錢買破紙？你簡直是個半瘋子！」大赤包覺得一件漂亮的衣服可以由家里美到街上去，而字畫只能掛在牆上；同樣的花錢，為什麼不找漂亮的，能在大街上出風頭的東西去買呢？

「這，太太，你可不曉得！」曉荷笑得很甜美的說。「我自有妙用！自有妙用！噢，」他轉向瑞豐：「你給我打聽一下！先謝謝！」他把脊背挺直，而把腦袋低下，拱好的拳頭放在頭上，停了有五六秒鐘。

瑞豐也忙著拱手，但是沒有冠先生那樣的莊嚴漂亮。他心中有點發亂。他的比雞鴨的大不了多少的腦子擱不下許多事 —— 比打哈哈湊趣，或搶兩個糖豌豆重大一點的事。他決定告辭回家，去向太太要主意。

回到家中，他不敢開門見山的和太太討論，而只皺著眉在屋中來回的走 —— 想不出主意，而覺得自己很重要。直到太太下了命令，他才無可如何的據實報告。

太太，聽到可以搬到冠家去，像餓狗看見了一塊骨頭：「那極好了！豐！你這回可露了本事！」

太太的褒獎使他沒法不笑著接領，但是：「我們月間的收入是⋯⋯」他

不能說下去，以免把自己的重要剝奪淨盡。「賺錢少，因為你倆眼兒黑糊糊，不認識人哪！」瑞豐太太直挺脖子，想教喉中清亮一些，可是沒有效果；她的話都像帶著肉餡兒似的。「現在我們好容易勾上了冠家，還不一撲納心的跟他們打成一氣？我沒看見過你這麼沒出息的人！」瑞豐等了一會兒，等她的氣消了一點，才張嘴：「我們搬過去，連伙食錢都沒有！」

「不會在那院住，在這院吃嗎？難道瑞宣還不准我們吃三頓飯？」

瑞豐想了想，覺得這的確是個辦法！

「去，跟他們說去！你不去，我去！」

「我去！我去！我想大哥總不在乎那點飯食！而且，我會告訴明白他，多咱我有了好事，就馬上自己開夥；這不過是暫時之計！」

錢家的墳地是在東直門外。槓到了鼓樓，金三爺替錢太太打了主意，請朋友們不必再遠送。瑞宣知道自己不慣於走遠路，不過也還想送到城門。可是野求先生很願接受這善意的勸阻，他的貧血的瘦臉上已經有點發青，假若一直送下去，他知道他會要鬧點毛病的。他至少須拉個伴兒，因為按照北平人的規矩，喪家的至親必須送到墳地的；他不好意思獨自「向後轉」。他和瑞宣咬了個耳朵。看了看野求的臉色，瑞宣決定陪著他「留步」。

小崔和孫七決定送出城去。

野求怪難堪的，到破轎車的旁邊，向姐姐告辭。錢太太兩眼釘住棺材的後面，好像聽明白了，又像沒大聽明白他的話，只那麼偶然似的點了一下頭。他跟著車走了幾步。「姐姐！別太傷心啦！明天不來，我後天必來看你！姐姐！」他似乎還有許多話要說，可是腿一軟，車走過去。他呆呆的立在馬路邊上。

瑞宣也想向錢太太打個招呼，但是看她那個神氣，他沒有說出話來。

兩個人呆立在馬路邊上，看著棺材向前移動。天很晴，馬路很長，他們一眼看過去，就能看到那像微微有些塵霧的東直門。秋晴並沒有教他們兩個覺到爽朗。反之，他們覺得天很低，把他們倆壓在那裡不能動。他們所看到的陽光，只有在那口白而醜惡的，很痛苦的一步一步往前移動的，棺材上的那一點。那幾乎不是陽光，而是一點無情的，惡作劇的，像什麼蒼蠅一類的東西，在死亡上面顫動。慢慢的，那口棺材離他們越來越遠了。馬路兩邊的電杆漸漸的往一處收攏，像要鉗住它，而最遠處的城門樓，靜靜的，冷酷的，又在往前吸引它，要把它吸到那個穿出去就永遠不回來的城門洞裡去。

愣了好久，兩個人才不約而同的往歸路走，誰也沒說什麼。

瑞宣的路，最好是坐電車到太平倉；其次，是走菸袋斜街，什剎海，定王府大街，便到了護國寺。可是，他的心彷彿完全忘了選擇路線這件事。他低著頭，一直往西走，好像要往德勝門去。陳野求跟著他。走到了鼓樓西，瑞宣抬頭向左右看了看。極小的一點笑意顯現在他的嘴唇上：「喲！我走到哪兒來啦？」

「我也不應該往這邊走！我應當進後門！」野求的眼垂視著地上，像有點怪不好意思似的。

瑞宣心裡想：這個人的客氣未免有點過火！他打了個轉身。陳先生還跟著。到菸袋斜街的口上，他向陳先生告別。陳先生還跟著。瑞宣有些不大得勁兒了，可是不好意思說什麼。最初，他以為陳先生好說話，所以捨不得分離。可是，陳先生並沒說什麼。他偷眼看看，陳先生的臉色還是慘綠的，分明已經十分疲乏。他納悶：為什麼已經這樣的疲倦了，還陪著朋友走冤枉路呢？

眼看已到斜街的西口，瑞宣實在忍不住了。「陳先生！別陪我啦吧？你不是應該進後門？」

　　野求先生的頭低得不能再低，用袖子擦了擦嘴。愣了半天。他的最靈巧的薄嘴唇開始顫動。最後，他的汗和話一齊出來：「祁先生！」他還低著頭，眼珠剛往上一翻便趕緊落下去。「祁先生！唉——」他長嘆了一口氣。「你，你，有一塊錢沒有？我得帶回五斤雜合麵去！八個孩子！唉——」瑞宣很快的摸出五塊一張的票子來，塞在野求的手裡。他沒說什麼，因為找不到恰當的話。

　　野求又嘆了口氣。他想說很多的話，解釋明白他的困難，和困難所造成的無恥。

　　瑞宣沒容野求解釋，而只說了聲：「我們都差不多！」是的，在他心裡，他的確看清楚：恐怕有那麼一天，他會和野求一樣的無恥與難堪，假若日本兵老占據住北平！他絲毫沒有輕視野求先生的意思，而只求早早的結束了這小小的一幕悲喜劇。沒再說什麼，他奔了什剎海去。

　　什剎海周圍幾乎沒有什麼行人。除了遠遠的，隨著微風傳來的，電車的鈴聲，他聽不到任何的響聲。「海」中的菱角，雞頭米，與荷花，已全只剩了一些殘破的葉子，在水上漂著或立著。水邊上柳樹的葉子已很稀少，而且多半變成黃的。在水心裡，立著一隻像雕刻的，一動也不動的白鷺。「海」的秋意，好像在白鷺身上找到了集中點，它是那麼靜，那麼白，那麼幽獨悽慘。瑞宣好像被它吸引住了，呆呆的立在一株秋柳的下面。他想由七七抗戰起一直想到錢孟石的死亡，把還活在心中的一段亡國史重新溫習一遍，以便決定此後的行動。可是，他的心思不能集中。在他剛要想起一件事，或拿定一個主意的時候，他的心中就好像有一個小人兒，掩著口在笑他：你想那個幹嘛？反正你永遠不敢去抵抗敵人，永遠不敢決定什麼！他有許多事實上的困難，足以使他為自己辯護。但是心中那個小人兒不給他辯護的機會。那個小人兒似乎已給他判了案：「不敢用血肉相拚的，只能臭死在地上！」極快的，他從地上拔起腿來，沿著「海」岸疾走。到

了家中，他想喝口茶，休息一會兒，便到錢家去看看。他覺得錢家的喪事彷彿給了他一點寄託，幫人家的忙倒能夠暫時忘記了自己的憂愁。

他的一杯茶還沒吃完，瑞豐便找他來談判。

瑞宣聽完二弟的話，本要動氣。可是，他心中忽而一亮，從二弟身上找到了一個可以自諒自慰的理由 —— 還有比我更沒出息的人呢！這個理由可並沒能教他心裡快活；反之，他更覺得難過了。他想：有他這樣的明白而過於老實的人，已足以教敵人如入無人之境的攻入北平；那麼，再加上老二與冠曉荷這類的人，北平就恐怕要永難翻身了。由北平而想到全國，假若到處的知識分子都像他自己這樣不敢握起拳頭來，假若到處有老二與冠曉荷這樣的蛆蟲，中國又將怎樣呢？想到了這個，他覺得無須和老二動氣了。等老二說完，他聲音極低的，像怕得罪了老二似的，說：「分家的事，請你對父親說吧，我不能作主！至於搬出去，還在這裡吃飯，只要我有一碗，總會分給你一半的，不成問題！還有別的話嗎？」瑞豐反倒愣住了。他原是準備好和老大「白刃相接」的；老大的態度和語聲使他沒法不放下刺刀，而不知如何是好了。愣了一會兒，他的小幹臉上發了亮，他想明白啦：他的決定必是無懈可擊的完全合理，否則憑老大的精明，絕不會這麼容易點頭吧！有了這點了解，他覺得老大實在有可愛的地方；於是，他決定乘熱打鐵，把話都說淨。怪親熱的，他叫了聲：「大哥！」

瑞宣心中猛跳了一下，暗自說：我是「他」的大哥！「大哥！」老二又叫了聲，彷彿決心要親熱到家似的。「你知道不知道，錢家可有什麼好的字畫？」他的聲音相當的高，表示出內心的得意。

「幹嘛？」

「我是說，要是有的話，我願意給找個買主；錢家兩位寡婦 ——」

「錢老先生還沒死！」

「管他呢！我是說，她們倆得點錢，不是也不錯？」「錢太太已經把字畫放在孟石的棺材裡了！」

「真的？」老二嚇了一大跳。「那個老孃們，太，太，」他沒好意思往下說，因為老大的眼釘著他呢。停了一會兒，他才一計不成再生一計的說：「大哥，你再去看看！萬一能找到一些，我們總都願幫她們的忙！」說完，他搭訕著走出去，心中預備好一句「我們大成功！」去說給太太聽，好教她的臉上掛出些胖的笑紋！

老二走出去，瑞宣想狂笑一陣。可是，他馬上後了悔。不該，他不該，對老二取那個放任的態度！他是哥哥，應當以作兄長的誠心，說明老二的錯誤，不應該看著弟弟往陷阱裡走！他想跑出去，把老二叫回來。只是想了想，他並沒有動。把微微發熱的手心按在腦門上，他對自己說：「算了吧，我和他還不一樣的是亡國奴！」

第 20 幕　錢太太

瑞宣和四大媽都感到極度的不安：天已快黑了，送殯的人們還沒有回來！四大媽早已把屋中收拾好，只等他們回來，她好家去休息。他們既還沒有回來，她是閒不住的人，只好拿著把破掃帚，東掃一下子，西掃一下子的消磨時光。瑞宣已把「歇會兒吧，四奶奶！」說了不知多少次，她可是照舊的走出來走進去，口中不住的抱怨那個老東西，倒好像一切錯誤都是四大爺的。

天上有一塊桃花色的明霞，把牆根上的幾朵紅雞冠照得像發光的血塊。一會兒，霞上漸漸有了灰暗的地方；雞冠花的紅色變成深紫的。又隔了一會兒，霞散開，一塊紅的，一塊灰的，散成許多小塊，給天上擺起幾穗葡萄和一些蘋果。葡萄忽然明起來，變成非藍非灰，極薄極明，那麼一種妖豔使人感到一點恐怖的顏色；紅的蘋果變成略帶紫色的小火團。緊跟著，像花忽然謝了似的，霞光變成一片灰黑的濃霧；天忽然的暗起來，像掉下好幾丈來似的。瑞宣看看天，看看雞冠花；天忽然一黑，他覺得好像有塊鉛鐵落在他的心上。他完全失去他的自在與沉穩。他開始對自己嘟囔：「莫非城門又關了？還是……」天上已有了星，很小很遠，在那還未盡失去藍色的天上極輕微的眨著眼。「四奶奶！」他輕輕的叫。「回去休息休息吧！累了一天！該歇著啦！」

「那個老東西！埋完了，還不說早早的回來！墳地上難道還有什麼好玩的？老不要臉！」她不肯走。雖然住在對門，她滿可以聽到她們歸來的聲音而趕快再跑過來，可是她不肯那麼辦。她必須等著錢太太回來，交代清楚了，才能離開。萬一日後錢太太說短少了一件東西，她可吃不消！

天完全黑了。瑞宣進屋點上了燈。院裡的蟲聲吱吱的響成一片。蟲聲

是那麼急，那麼慘，使他心中由煩悶變成焦躁。案頭上放著幾本破書，他隨手拿起一本來；放翁的《劍南集》。就著燈，他想讀一兩首，鎮定鎮定自己的焦急不安。一掀，他看見一張紙條，上面有些很潦草的字 —— 孟石的筆跡，他認得。在還沒看清任何一個字之前，他似乎已然決定：他願意偷走這張紙條，作個紀念。馬上他又改了主意：不能偷，他須向錢太太說明，把它要了走。繼而又一想：死亡不定什麼時候就輪到自己，紀念？笑話！他開始看那些字：「初秋：萬里傳烽火，驚心獨倚樓；雲峰餘夏意，血海洗秋收！」下面還有兩三個字，寫得既不清楚，又被禿筆隨便的塗抹了幾下，沒法認出來。一首未寫完的五律。

瑞宣隨手拉了一隻小凳，坐在了燈前，像第一次並沒看明白似的，又讀了一遍。平日，他不大喜歡中國詩詞。雖然不便對別人說，可是他心中覺得他閱過的中國詩詞似乎都像鴉片煙，使人消沉懶散，不像多數的西洋詩那樣像火似的燃燒著人的心。這個意見，他謙退的不便對別人說；他怕自己的意見只是淺薄的成見。對錢家父子，他更特別的留著神不談文藝理論，以免因意見或成見的不同而引起友誼的損傷，今日，他看到孟石的這首未完成的五律，他的對詩詞的意見還絲毫沒有改變。可是，他捨不得放下它。他翻過來掉過去的看，想看清那抹去了的兩三個字；如果能看清，他想把它續成。他並沒覺到孟石的詩有什麼好處，他自己也輕易不弄那纖巧的小玩藝兒。可是，他想把這首詩續成。

想了好半天，他沒能想起一個字來。他把紙條放在原處，把書關好。「國亡了，詩可以不亡！」他自言自語的說：「不，詩也得亡！連語言文字都可以亡的！」他連連的點頭。「應當為孟石復仇，詩算什麼東西呢！」他想起陳野求，全衚衕的人，和他自己，嘆了一口氣：「都隻鬼混，沒人，沒人，敢拿起刀來！」

四大媽的聲音嚇了他一跳：「大爺，聽！他們回來啦！」說完，她瞎

摸閤眼的就往外跑，幾乎被門檻絆了一跤。「慢著！四奶奶！」瑞宣奔過她去。

「沒事！摔不死！哼，死了倒也乾脆！」她一邊嘮叨，一邊往外走。

破轎車的聲音停在了門口。金三爺帶著怒喊叫：「院裡還有活人沒有？拿個亮兒來！」

瑞宣已走到院中，又跑回屋中去端燈。

燈光一晃，瑞宣看見一群黃土人在閃動，還有一輛黃土蓋嚴了的不動的車，與一匹連尾巴都不搖一搖的，黃色的又像驢又像騾子的牲口。

金三爺還在喊：「死鬼們！往下抬她！」

四大爺，孫七，小崔，臉上頭髮上全是黃土，只有眼睛是一對黑洞兒，像泥鬼似的，全沒出聲，可全都過來抬人。

瑞宣把燈往前伸了伸，看清抬下來的是錢少奶奶。他欠著腳，從車窗往裡看，車裡是空的，並沒有錢太太。四大媽揉了揉近視眼，依然看不清楚：「怎麼啦？怎麼啦？」她的手已顫起來。

金三爺又發了命令：「閃開路！」

四大媽趕緊躲開，幾乎碰在小崔的身上。

「拿燈來領路！別在那兒愣著！」金三爺對燈光兒喊。瑞宣急忙轉身，一手掩護著燈罩，慢慢的往門裡走。

到了屋中，金三爺一屁股坐在了地上；雖然身體那麼硬棒，他可已然筋疲力盡。

李四爺的腰已彎得不能再彎，兩隻大腳似乎已經找不著了地，可是他還是照常的鎮靜，婆婆媽媽的處理事：「你趕緊去泡白糖薑水！這裡沒有火，家裡弄去！快！」他告訴四大媽。四大媽連聲答應：「這裡有火，我知道你們回來要喝水！到底怎回事呀？」

「快去作事！沒工夫說閒話！」四大爺轉向孫七與小崔：「你們倆回家去洗臉，待一會兒到我家裡去吃東西，車把式呢？」

車伕已跟了進來，在屋門外立著呢。

四大爺掏出錢來：「得啦，把式，今天多受屈啦！改天我請喝酒！」他並沒在原價外多給一個錢。

車伕，一個驢臉的中年人，連錢看也沒有看就塞在身裡。

「四大爺，我們爺兒們過的多！那麼，我走啦？」「我們明天見啦！把式！」四大爺沒往外送他，趕緊招呼金三爺：「三爺，誰去給陳家送信呢？」

「我管不著！」三爺還在地上坐著，紅鼻子被黃土蓋著，像一截剛挖出來的胡蘿蔔。「姓陳的那小子簡直不是玩藝兒！這樣的至親，他會偷油兒不送到地土上，我反正不能找他去，我的腳掌兒都磨破了！」

「怎麼啦，四爺爺？」瑞宣問。

李四爺的嗓子裡堵了一下。「錢太太碰死在棺材上了！」「什，」瑞宣把「什」下面的「麼」嚥了回去。他非常的後悔，沒能送殯送到地土；多一個人，說不定也許能手急眼快的救了錢太太。況且，他與野求是注意到她的眼中那點「光」的。

這時候，四大媽已把白糖水給少奶奶灌下去，少奶奶哼哼出來。

聽見女兒出聲，金三爺不再顧腳疼，立了起來。「苦命的丫頭！這才要我們的好看呢！」一邊說著，他一邊走進裡間，去看女兒。看見女兒，他的暴躁減少了許多，馬上打了主意：「姑娘，用不著傷心，都有爸爸呢！爸爸缺不了你的吃穿！願意跟我走，我們馬上回家，好不好？」

瑞宣知道不能放了金三爺，低聲的問李四爺：「屍首呢？」「要不是我，簡直沒辦法！廟裡能停靈，可不收沒有棺材的死屍！我先到東直門關

廂賒了個火匣子，然後到蓮花庵連說帶央告，差不多都給人家磕頭了，人家才答應下暫停兩天！換棺材不換，和怎樣抬埋，馬上都得打主意！嘿！我一輩子淨幫人家的忙，就沒遇見過這麼撓頭的事！」一向沉穩老練的李四爺現在顯出不安與急躁。「四媽！你倒是先給我弄碗水喝呀！我的嗓子眼裡都冒了火！」

「我去！我去！」四大媽聽丈夫的語聲語氣都不對，不敢再罵「老東西」。

「我們可不能放走金三爺！」瑞宣說。

金三爺正從裡間往外走。「幹嘛不放我走？我該誰欠誰的是怎著？我已經傳送了一個姑爺，還得再給親家母打幡兒嗎？你們找陳什麼球那小子去呀！死的是他的親姐姐！」瑞宣納住了氣，慘笑著說：「金三伯伯，陳先生剛剛借了我五塊錢去，你想想，他能傳送得起一個人嗎？」「我要有五塊錢，就不借給那小子！」金三爺坐在一條凳子上，一手揉腳，一手擦臉上的黃土。

「嗯──」瑞宣的態度還是很誠懇，好教三爺不再暴躁。「他倒是真窮！這年月，日本人占著我們的城，作事的人都拿不到薪水，他又有八個孩子，有什麼辦法呢？得啦，伯伯你作善作到底！乾脆的說，沒有你就沒有辦法！」

四大媽提來一大壺開水，給他們一人倒了一碗。四大爺蹲在地上，金三爺坐在板凳上，一齊吸那滾熱的水。水的熱氣好像化開了三爺心裡的冰。把水碗放在凳子上，他低下頭去落了淚。一會兒，他開始抽搭，老淚把臉上的黃土沖了兩道溝兒。然後，用力的捏了捏紅鼻子，又唾了一大口白沫子，他抬起頭來。「真沒想到啊！真沒想到！就憑我們九城八條大街，東單西四鼓樓前，有這麼多人，就會幹不過小日本，就會教他們治得這麼苦！好好的一家人，就這麼接二連三的會死光！好啦，祁大爺，你找

姓陳的去！錢，我拿；可是得教他知道！明人不能把錢花在暗地裡！」

　　瑞宣，雖然也相當的疲乏，決定去到後門裡，找陳先生。四大爺主張教小崔去，瑞宣不肯，一來因為小崔已奔跑了一整天，二來他願自己先見到陳先生，好教給一套話應付金三爺。

　　月亮還沒上來，門洞裡很黑。約摸著是在離門檻不遠的地方，瑞宣踩到一條圓的像木棍而不那麼硬的東西上。他本能的收住了腳，以為那是一條大蛇。還沒等到他反想出北方沒有像手臂粗的蛇來，地上已出了聲音：「打吧！沒的說！我沒的說！」

　　瑞宣認出來語聲：「錢伯伯！錢伯伯！」

　　地上又不出聲了。他彎下腰去，眼睛極用力往地上找，才看清：錢默吟是臉朝下，身在門內，腳在門檻上爬伏著呢。他摸到一條臂，還軟和，可是溼碌碌的很涼。他頭向裡喊：「金伯伯！李爺爺！快來！」他的聲音的難聽，馬上驚動了屋裡的兩位老人。他們很快的跑出來。金三爺嘟囔著：「又怎麼啦？又怎麼啦？狼嚎鬼叫的？」

　　「快來！抬人！錢伯伯！」瑞宣發急的說。

　　「誰？親家？」金三爺撞到瑞宣的身上。「親家？你回來的好！是時候！」雖然這麼叨嘮，他可是很快的辨清方位，兩手抄起錢先生的腿來。

　　「四媽！」李四爺摸著黑抄起錢先生的脖子。「快，拿燈！」四大媽的手又哆嗦起來，很忙而實際很慢的把燈拿出來，放在了窗臺上。「誰？怎麼啦？簡直是鬧鬼喲！」

　　到屋裡，他們把他放在了地上。瑞宣轉身把燈由窗臺上拿進來，放在桌上。地上躺著的確是錢先生，可已經不是他們心中所記得的那位詩人了。

　　錢先生的胖臉上已沒有了肉，而只剩了一些鬆的，無倚無靠的黑皮。

長的頭髮，都黏合到一塊兒，像用膠貼在頭上的，上面帶著泥塊與草棍兒。在太陽穴一帶，皮已被燙焦，斑斑塊塊的，像拔過些「火罐子」似的。他閉著眼，而張著口，口中已沒有了牙。身上還是那一身單褲褂，已經因顏色太多而辨不清顏色，有的地方撕破，有的地方牢牢的黏在身上，有的地方很硬，像血或什麼黏東西凝結在上面似的。赤著腳，滿腳是汙泥，腫得像兩隻剛出泥塘的小豬。

他們呆呆的看著他。驚異，憐憫，與憤怒擰絞著他們的心，他們甚至於忘了他是躺在冰涼的地上。李四媽，因為還沒大看清楚，倒有了動作；她又泡來一杯白糖水。

看見她手中的杯子，瑞宣也開始動作。他十分小心，恭敬的，把老人的脖子抄起來，教四大媽來灌糖水。四大媽離近了錢先生，看清了他的臉，「啊」了一聲，杯子出了手！李四爺想斥責她，但是不敢出聲。金三爺湊近了一點，低聲而溫和的叫：「親家！親家！默吟！醒醒！」這溫柔懇切的聲音，出自他這個野調無腔的人的口中，有一種分外的悲慘，使瑞宣的眼中不由的溼了。

錢先生的嘴動了動，哼出兩聲來。李四爺忽然的想起動作，他把裡間屋裡一把破藤子躺椅拉了出來。瑞宣慢慢的往起搬錢先生的身子，金三爺也幫了把手，想把錢先生攛到躺椅上去。錢先生由仰臥改成坐的姿勢。他剛一坐起來，金三爺「啊」了一聲，其中所含的驚異與恐懼不減於剛才李四媽的那個。錢先生背上的那一部分小褂只剩了兩個肩，肩下面只剩了幾條，都牢固的鑲嵌在血的條痕裡。那些血道子，有的是定好了黑的或黃的細長疤痕；有的還鮮紅的張著，流著一股黃水；有的並沒有破裂，而只是藍青的腫浮的條子；有的是在黑疤下面扯著一條白的膿。一道布條，一道黑，一道紅，一道青，一道白，他的背是一面多日織成的血網！「親家！親家！」金三爺真的動了心。說真的，孟石的死並沒使他動心到現在這樣

的程度，因為他把女兒給了孟石，實在是因為他喜愛默吟。「親家！這是怎回事喲！日本鬼子把你打成這樣？我日他們十八輩兒的祖宗！」

「先別吵！」瑞宣還扶著錢詩人。「四大爺，快去請大夫！」

「我有白藥！」四大爺轉身就要走，到家中去取藥。「白藥不行！去請西醫，外科西醫！」瑞宣說得非常的堅決。

李四爺，雖然極信服白藥，可是不敢再辯駁。扯著兩條已經連立都快立不穩的腿，走出去。

錢先生睜了睜眼，哼了一聲，就又閉上了。

李四媽為贖自己摔了杯子的罪過，又沏來一杯糖水。這回，她不敢親自去灌，而交給了金三爺。

小崔回來了，在窗外叫：「四奶奶還不吃飯去嗎？天可真不早啦！」

「你去和孫七吃，別等我！」

「四爺呢？」

「請大夫去了！」

「怎麼不叫我去呢？」說著，他進了屋中。一眼看到地上的情景，他差點跳起來：「什麼？錢先生！」

瑞宣扶著錢先生，對小崔說：「崔爺，再跑一趟後門吧，請陳先生馬上來！」

「好孩子！」李四媽的急火橫在胸裡，直打嗝兒。「你去嚼兩口饅頭，趕緊跑一趟！」

「這 ——」小崔想問明白錢先生的事。「快去吧，好孩子！」四媽央告著。

小崔帶著點捨不得走的樣子走出去。

糖水灌下去，錢先生的腹內響了一陣。沒有睜眼，他的沒了牙的嘴輕輕的動。瑞宣辨出幾個字，而不能把它們聯成一氣，找出意思來。又待了一會兒，錢先生正式的說出話來：「好吧！再打吧！我沒的說！沒的說！」說著，他的手——與他的腳一樣的汙黑——緊緊抓在地上，把手指甲摳在方磚的縫子裡，像是為增強抵抗苦痛的力量。他的語聲還和平日一樣的低碎，可是比平日多著一點把生死置之度外的勁兒。忽然的，他睜開了眼——一物件廟中佛像的眼，很大很亮，而沒看見什麼。

「親家！我，金三！」金三爺蹲在了地上，臉對著親家公。「錢伯伯！我，瑞宣！」

錢先生把眼閉了一閉，也許是被燈光晃的，也許是出於平日的習慣。把眼再睜開，還是向前看著，好像是在想一件不易想起的事。

裡屋裡，李四媽一半勸告，一半責斥的，對錢少奶奶說：「不要起來！好孩子，多躺一會兒！不聽話，我可就不管你啦！」錢先生似乎忘了想事，而把眼閉成一道縫，頭偏起一點，像偷聽話兒似的。聽到裡間屋的聲音，他的臉上有一點點怒意。「啊！」他巴唧了兩下唇：「又該三號受刑了！挺著點，別嚎！咬上你的唇，咬爛了！」

錢少奶奶到底走了出來，叫了聲：「爸爸！」

瑞宣以為她的語聲與孝衣一定會引起錢先生的注意。可是，錢先生依然沒有理會什麼。

扶著那把破籐椅，少奶奶有淚無聲的哭起來。

錢先生的兩手開始用力往地上拄。像要往起立的樣子。瑞宣想就勁兒把他攙到椅子上去。可是，錢先生的力氣，像狂人似的，忽然大起來。一使勁，他已經蹲起來。他的眼很深很亮，轉了幾下：「想起來了！他姓冠！哈哈！我去教他看看，我還沒死！」他再一使力，立了起來。身子搖了兩

下，他立穩。他看到了瑞宣，但是不認識。他的凹進去的腮動了動，身子向後躲閃：「誰？又拉我去上電刑嗎？」他的雙手很快的捂在太陽穴上。

「錢伯伯！是我！祁瑞宣！這是你家裡！」

錢先生的眼像困在籠中的飢虎似的，無可如何的看著瑞宣，依然辨不清他是誰。

金三爺忽然心生一計：「親家！孟石和親家母都死啦！」他以為錢先生是血迷了心，也許因為聽見最悲慘的事大哭一場，就會清醒過來的。

錢先生沒有聽懂金三爺的話。右手的手指輕按著腦門，他彷彿又在思索。想了半天，他開始往前邁步 —— 他腫得很厚的腳已不能抬得很高；及至抬起來，他不知道往哪裡放它好。這樣的走了兩步，他彷彿高興了一點。「忘不了！是呀，怎能忘了呢！我找姓冠的去！」他一邊說，一邊吃力的往前走，像帶著腳鐐似的那麼緩慢。

因為想不起更好的主意，瑞宣只好相信金三爺的辦法。他想，假若錢先生真是血迷了心，而心中只記著到冠家去這一件事，那就不便攔阻。他知道，錢先生若和冠曉荷見了面，一定不能不起些衝突；說不定錢先生也許一頭碰過去，與冠曉荷同歸於盡！他既不便阻攔，又怕出了凶事；所以很快的他決定了，跟著錢先生去。主意拿定，他過去攙住錢詩人。「躲開！」錢先生不許攙扶。「躲開！拉我幹什麼？我自己會走！到行刑場也是一樣的走！」

瑞宣只好跟在後面。金三爺看了女兒一眼，遲疑了一下，也跟上來。李四大媽把少奶奶攙了回去。

不知要倒下多少次，錢先生才來到三號的門外。金三爺與瑞宣緊緊的跟著，唯恐他倒下來。

三號的門開著呢。院中的電燈雖不很亮，可是把走道照得相當的清

楚。錢先生努力試了幾次，還是上不了臺階；他的腳腕已腫得不靈活。瑞宣本想攙他回家去，但是又一想，他覺得錢先生應當進去，給曉荷一點懲戒。金三爺大概也這麼想，所以他扶住了親家，一直扶進大門。

冠氏夫婦正陪著兩位客人玩撲克牌。客人是一男一女，看起來很像夫婦，而事實上並非夫婦。男的是個大個子，看樣子很像個在軍閥時代作過師長或旅長的軍人。女的有三十來歲，看樣子像個從良的妓女。他們倆的樣子正好說明瞭他們的履歷——男的是個小軍閥，女的是暫時與他同居的妓女，他一向住在天津，最近才來到北平，據說頗有所活動，說不定也許能作警察局的特高科科長呢。因此，冠氏夫婦請他來吃飯，而且誠懇的請求他帶來他的女朋友。飯後，他們玩起牌來。他的牌品極壞。遇到「愛司」，「王」，「后」，他便用他的並不很靈巧的人手，給作上記號。發牌的時候，他隨便的翻看別家的牌，而且扯著臉說：「喝，你有一對紅桃兒愛司！」把牌發好，他還要翻開餘牌的第一張看個清楚。他的心和手都很笨，並不會暗中鬧鬼兒耍手彩；他的不守牌規只是一種變相的敲錢。等到贏了幾把以後，他會腆著臉說：「這些辦法都是跟張宗昌督辦學來的！」冠氏夫婦是一對老牌油子，當然不肯吃這個虧。可是，今天他們倆決定認命輸錢，因為對於一個明天也許就走馬上任的特務主任是理當納貢稱臣的。曉荷的確有涵養，越輸，他的態度越自然，談笑越活潑。還不時的向那位女「朋友」飛個媚眼。大赤包的氣派雖大，可是到底還有時候沉不住氣，而把一臉的雀斑都氣得一明一暗的。曉荷不時的用腳尖偷偷碰她的腿，使她注意不要得罪了客人。

曉荷的臉正對著屋門。他是第一個看見錢先生的。看見了，他的臉登時沒有了血色。把牌放下，他要往起立。「怎麼啦？」大赤包問。沒等他回答，她也看見了進來的人。「幹什麼？」她像叱喝一個叫化子似的問錢先生。她確是以為進來的是個要飯的。及至看清那是錢先生，她也把牌放

在了桌上。

「出牌呀！該你啦，老冠！」軍人的眼角撩到了進來的人，可是心思還完全注意在賭牌上。

錢先生看著冠曉荷，嘴唇開始輕輕的動，好像是小學生在到老師跟前背書以前先自己暗背一過兒那樣。金三爺緊跟著親家，立在他的身旁。

瑞宣本想不進屋中去，可是愣了一會兒之後，覺得自己太缺乏勇氣。笑了一下，他也輕輕的走進去。

曉荷看見瑞宣，想把手拱起來，搭訕著說句話。但是他的手抬不起來。肯向敵人屈膝的，磕膝蓋必定沒有什麼骨頭，他僵在那裡。

「這是他媽的怎回事呢？」軍人見大家愣起來，發了脾氣。

瑞宣極想鎮定，而心中還有點著急。他盼著錢先生快快的把心中繞住了的主意拿出來，快快的結束了這一場難堪。

錢先生往前湊了一步。自從來到家中，誰也沒認清，他現在可認清了冠曉荷。認清了，他的話像背得爛熟的一首詩似的，由心中湧了出來。

「冠曉荷！」他的聲音幾乎恢復了平日的低柔，他的神氣也頗似往常的誠懇溫厚。「你不用害怕，我是詩人，不會動武！我來，是為看看你，也叫你看看我！我還沒死！日本人很會打人，但是他們打破了我的身體，打斷了我的骨頭，可打不改我的心！我的心永遠是中國人的心！你呢，我請問你，你的心是哪一國的呢？請你回答我！」說到這裡，他似乎已經筋疲力盡，身子晃了兩晃。

瑞宣趕緊過去，扶住了老人。

曉荷沒有任何動作，只不住的舐嘴唇。錢先生的樣子與言語絲毫沒能打動他的心，他只是怕錢先生撲過來抓住他。軍人說了話：「冠太太，這是怎回事？」

大赤包聽明白錢先生並不是來動武，而且旁邊又有剛敲過她的錢的候補特務處處長助威，她決定拿出點厲害來。「這是成心搗蛋，你們全滾出去！」

金三爺的方頭紅鼻子一齊發了光，一步，他邁到牌桌前。「誰滾出去？」

曉荷想跑開。金三爺隔著桌子，一探身，老鷹掐膝的揪住他的脖領，手往前一帶，又往後一放，連曉荷帶椅子一齊翻倒。

「打人嗎？」大赤包立起來，眼睛向軍人求救。

軍人 ── 一個只會為虎作倀的軍人 ── 急忙立起來，躲在了一邊。妓女像個老鼠似的，藏在他的身後。「好男不跟女鬥！」金三爺要過去抓那個像翻了身的烏龜似的冠曉荷。可是，大赤包以氣派的關係，躲晚了一點，金三爺不耐煩，把手一撩，正撩在她的臉上。以他的扔過石鎖的手，只這麼一撩，已撩活動了她的兩個牙，血馬上從口中流出來。她抱著腮喊起來：「救命啊！救命！」「出聲，我捶死你！」

她捂著臉，不敢再出聲，躲在一旁。她很想跑出去，喊巡警。可是，她知道現在的巡警並不認真的管事。這時節，連她都彷彿感覺到亡了國也有彆扭的地方！

軍人和女友想跑出去。金三爺怕他們出去調兵，喝了聲：「別動！」軍人很知道服從命令，以立正的姿態站在了屋角。

瑞宣雖不想去勸架，可是怕錢先生再昏過去，所以兩手緊握著老人的胳臂，而對金三爺說：「算了吧！走吧！」金三爺很俐落，又很安穩的，繞過桌子去：「我得管教管教他！放心，我會打人！教他疼，可不會傷了筋骨！」

曉荷這時候手腳亂動的算是把自己由椅子上翻轉過來。看逃無可逃，

他只好往桌子下面鑽。金三爺一把握住他的左腳腕，像拉死狗似的把他拉出來。

曉荷知道北平的武士道的規矩，他「叫」了：「爸爸！別打！」

金三爺沒了辦法。「叫」了，就不能再打。捏了捏紅鼻子頭，他無可如何的說：「便宜你小子這次！哼！」說完，他挺了挺腰板，蹲下去，把錢先生背了起來；向瑞宣一點頭：「走！」走出屋門，他立住了，向屋中說，「我叫金三，住在蔣養房，什麼時候找我來，清茶恭候！」

招弟害怕，把美麗的小臉用被子蒙起，蜷著身躺在床上，一動也不敢動。

桐芳與高第在院中看熱鬧呢。

藉著院中的燈光，錢先生看見了她們。他認清了高第：「你是個好孩子！」

金三爺問了聲：「什麼」，沒得到回答，於是放開兩隻踢梅花樁的大腳，把親家揹回家去。

見「敵人」走淨，冠家夫婦一齊量好了聲音，使聲音不至傳到西院去，開始咒罵。大赤包漱了漱口，宣佈她非報仇不可，而且想出許多足以使金三爺碎屍萬斷的計策來。曉荷對客人詳細的說明，他為什麼不抵抗，不是膽小，而是好鞋不踩臭狗屎！那位軍人也慷慨激壯的述說：他是沒動手，若是動了手的話，十個金三也不是他的對手。女的沒說什麼，只含笑向他們點頭。

第 21 幕　醫藥費

　　李四爺對西半城的中醫，閉眼一想，大概就可以想起半數以上來。他們的住址，和他們的本領，他都知道。對於西醫，他只知道幾位的姓名與住址，而一點也不曉得他們都會治什麼病。碰了兩三家，他才在武定侯衚衕找到了一位他所需要的外科大夫。這是一位本事不大，而很愛說話的大夫，臉上很瘦，身子細長，動作很慢，像有一口大菸癮似的。問了李四爺幾句話，他開始很慢很慢的，把刀剪和一些小瓶往提箱裡安放。對每件東西，他都遲疑不決的看了再看，放進箱內去又拿出來，而後再放進去。李四爺急得出了汗，用手式和簡短的話屢屢暗示山催促的意思。大夫仍然不慌不忙，一邊收拾東西，一邊慢慢的說：「不忙！那點病，我手到擒來，保管治好！我不完全是西醫，我也會中國的接骨拿筋。中西貫通，我決誤不了事！」這幾句「自我介紹」，教李四爺的心舒服了一點。老人相信白藥與中國的接骨術。

　　像是向來沒出診過似的，大夫好容易才把藥箱裝好。他又開始換衣服。李四爺以為半夜三更的，實在沒有打扮起來的必要，可是不敢明說出來。及至大夫換好了裝，老人覺得他的忍耐並沒有白費。他本來以為大夫必定換上一身洋服，或是洋醫生愛穿的一件白袍子。可是，這位先生是換上了很講究的軟綢子夾袍，和緞子鞋。把袖口輕輕的，慢慢的，捲起來，大夫的神氣很像準備出場的說相聲的。李四爺寧願意醫生像說相聲的，也不喜歡穿洋服的假洋人。

　　看大夫捲好袖口，李四爺把那個小藥箱提起來。大夫可是還沒有跟著走的意思。他點著了一支香菸，用力往裡吸，而後把不能不往外吐的一點菸，吝嗇的由鼻孔裡往外放；他不是吐煙，而像是給煙細細的過濾呢。這

樣吸了兩口煙，他問：「我們先講好了診費吧？先小人後君子！」

李四爺混了一輩子，他的辦法永遠是交情第一，金錢在其次。在他所認識的幾位醫生裡，還沒有一位肯和他先講診費的。只要他去請，他們似乎憑他的年紀與客氣，就得任勞任怨，特別的克己。聽了這位像說相聲的醫生這句話，老人覺得有點像受了汙辱。同時，為時間的關係，他又不肯把藥箱放下，而另去請別人。他只好問：「你要多少錢呢？」這句話說得很不好聽，彷彿是意在言外的說：「你不講交情，我也犯不上再客氣！」

醫生又深深的吸了口煙，才說：「出診二十元，藥費另算。」「藥費也說定了好不好？歸了包堆，今天這一趟你一共要多少錢？」李四爺曉得八元的出診費已經是很高的，他不能既出二十元的診金，再被醫生敲一筆藥費。沒等大夫張口，他把藥箱放下了。「乾脆這麼說吧，一共攏總，二十五元，去就去，不去拉倒！」二十五元是相當大的數目，他去年買的那件小皮襖連皮筒帶面子，才一共用了十九塊錢。現在，他不便因為嘎噔價錢而再多耽誤工夫，治病要緊。好在，他心中盤算，高第的那點錢和桐芳的小金戒指還在他手裡，這筆醫藥費總不至於落空。

「少點！少點！」醫生的瘦臉上有一種沒有表情的表情，像石頭那麼堅硬，無情，與固定。「藥貴呀！上海的仗老打不完，藥來不了！」

四爺的疲乏與著急使他控制不住了自己的脾氣：「好吧，不去就算啦！」他要往外走。

「等一等！」大夫的臉上有了點活動氣兒。「我走這一趟吧，賠錢的買賣！一共二十五元。外加車費五元！」四爺嘆了口無可如何的氣，又把藥箱提起來。

夜間，沒有什麼人敢出來，衚衕裡找不到一部洋車。到衚衕口上，四爺喊了聲：「車！」

大夫，雖然像有口大菸癮，走路倒相當的快。「不用喊車，這幾步路我還能對付！這年月，真叫無法！我要車錢，而不坐車，好多收幾個錢！」

李四爺只勉強的哼了兩聲。他覺得這個像說相聲的醫生是個不折不扣的騙子手！他心中很後悔自己沒堅持教錢先生服點白藥，或是請位中醫，而來找這麼個不三不四的假洋大夫。他甚至於決定：假若這位大夫光會敲錢，而不認真去調治病人，他會毫不留情的給他幾個有力的嘴巴的。可是，大夫慢慢的和氣起來：「我告訴你，假若他們老占據著這座城，慢慢的那些短腿的醫生會成群的往我們這裡灌，我就非餓死不可！他們有一切的方便，我們什麼也沒有啊！」

李老者雖是個沒有受過教育的人，心中卻有個極寬廣的世界。他不但關切著人世間的福利，也時時的往那死後所應去的地方望一眼。他的世界不只是他所認識的北平城，而是也包括著天上與地下。他總以為戰爭，災患，不過都是一時的事；那永遠不改的事卻是無論在什麼時候，人們都該行好作善，好使自己縱然受盡人間的苦處，可是死後會不至於受罪。因此，他不大怕那些外來的危患。反之，世上的苦難越大，他反倒越活躍，越肯去幫別人的忙。他是要以在苦難中所盡的心力，去換取死後與來生的幸福。他自己並說不上來他的信仰是從哪裡來的，他既不信佛，不信玉皇大帝，不信孔聖人，他也又信佛，信玉皇與孔聖人。他的信仰中有許多迷信，而迷信並沒能使他只憑燒高香拜神像去取得好的報酬。他是用義舉善行去表現他的心，而他的心是 —— 他自己並不能說得這麼清楚 —— 在人與神之間發生作用的一個機關。自從日本人進了北平城，不錯，他的確感到了悶氣與不安。可是他的眼彷彿會從目前的危難躍過去，而看著那更遠的更大的更有意義的地點。他以為日本鬼子的猖狂只是暫時的，他不能只管暫時的患難而忽略了那久遠的事件。現在，聽到了大夫的話，李老人想

起錢先生的家敗人亡。在平日，他看大夫與錢先生都比他高著許多，假若他們是有彩羽的鸚鵡，他自己不過是屋簷下的麻雀。他沒想到日本人的侵襲會教那些鸚鵡馬上變成丟棄在垃圾堆上的腐鼠。他不再討厭在他旁邊走著的瘦醫生了。他覺得連他自己也許不定在哪一天就被日本人砍去頭顱！

月亮上來了。星漸漸的稀少，天上空闊起來。和微風勻到一起的光，像冰涼的刀刃兒似的，把寬靜的大街切成兩半，一半兒黑，一半兒亮。那黑的一半，使人感到陰森，亮的一半使人感到淒涼。李四爺，很想繼續聽著大夫的話，可是身上覺得分外的疲倦。他打了個很長的哈欠，涼風兒與涼的月光好像一齊進入他的口中；涼的，疲倦的，淚，順著鼻子往下滾。揉了揉鼻子，他稍微精神了一點。他看見了護國寺街口立著的兩個敵兵。他輕顫了一下，全身都起了極細碎的小白雞皮疙瘩。

大夫停止了說話，眼看著那一對只有鋼盔與刺刀發著點光的敵兵，他的身子緊貼著李四爺，像求老人保護他似的，快也不是，慢也不是的往前走。李四爺也失去了態度的自然，腳落在有月光的地上倒彷彿是落在空中；他的腳，在平日，是最穩當的，現在他覺得飄搖不定。他極不放心手中的藥箱，萬一敵兵要起疑呢？他恨那只可以被誤認為子彈箱的東西，也恨那兩個兵！

敵兵並沒干涉他們。可是他們倆的脊骨上感到寒涼。有敵兵站著的地方，不管他們在發威還是含笑，總是地獄！他們倆的腳是在他們自己的國土上走，可是像小賊似的不敢把腳放平。極警覺，極狼狽的，他們走到了小羊圈的口兒上。像老鼠找到了洞口似的，他們感到了安全，鑽了進去。

錢先生已被大家給安放在床上。他不能仰臥，而金三爺又不忍看他臉朝下爬著。研究了半天，瑞宣決定教老人橫臥著，他自己用雙手撐著老人的脖子與大腿根。怕碰了老人的傷口，他把自己的夾袍輕輕的搭上。老人似乎是昏昏的睡過去，但是每隔二三分鐘，他的嘴與腮就猛的抽動一下，

腿用力的往下一登；有時候，隨著口與腿的抽動，他輕喊一聲 —— 像突
然被馬蜂或蠍子螫了似的。扶著，看著，老人，瑞宣的夾肢窩裡流出了涼
汗。他心中的那個幾乎近於抽象的「亡國慘」，變成了最具體的，最鮮明
的事實。一個有學識有道德的詩人，在亡國之際，便變成了橫遭刑戮的野
狗！他想流淚，可是憤恨橫在他的心中，使他的淚變成一些小的火苗，燒
著他的眼與喉。他不住的乾嗽。

李四媽把錢少奶奶攙到西屋去，教她睡下。四大媽還不覺得餓，而只
想喝水。喝了兩三大碗開水，她坐在床邊，一邊擦著腦門上的汗，一邊和
自己嘀咕：「好好的一家子人喲！怎麼會鬧成這個樣子呢？」她的大近視眼
被汗淹得更迷糊了，整個的世界似乎都變成一些模糊不清的黑影。

金三爺在門口兒買了幾個又乾又硬的硬麵餑餑，啃兩口餑餑，喝一點
開水。他時時的湊過來，看親家一眼。看親家似睡似死的躺著，他的硬麵
餑餑便塞在食管中，噎得直打嗝兒。躲開，灌一口開水，他的氣又順過
來。他想回家去休息，可是又不忍得走。他既然惹了冠曉荷，他就須挺起
腰板等著下回分解。他不能縮頭縮腦的躲開。無論怎麼說，剛才在冠家的
那一幕總是光榮的；那麼，他就不能跳出是非場去，教人家笑他有始無
終！把餑餑吃到一個段落，他點上了長煙袋，挺著腰板吸著煙。他覺得自
己很像秉燭待旦的關老爺！醫生來到，金三爺急扯白臉的教李四爺回家：
「四爺！你一定得回家歇歇去！這裡全有我呢！走！你要不走，我是狗日
的！」

四爺見金三爺起了關門子誓，不便再說什麼，低聲的把診費多少告
訴了瑞宣，把那個戒指與那點錢也遞過去。「好啦，我回家吃點東西去，
哪時有事只管喊我一聲。金三爺，祁大少爺，你們多辛苦吧！」他走了
出去。

醫生輕輕跺了跺鞋上的塵土，用手帕擦了擦臉，又捲了捲袖口，才坐

在了金三爺的對面。他的眼神向金三爺要茶水，臉上表示出他須先說些閒話兒，而不忙著去診治病人。假若他的行頭像說相聲的，他的習慣是道地北平人的 —— 在任何時間都要擺出閒暇自在的樣子來，在任何急迫中先要說道些閒話兒。

金三爺，特別是在戰勝了冠曉荷以後，不想扯什麼閒盤兒，而願直截了當的作些事。

「病人在那屋裡呢！」他用大煙袋指了指。

「嘔！」大夫的不高興與驚異摻混在一塊兒，這麼出了聲兒，怕金三爺領略不出來其中的滋味，他又「嘔」了一聲，比第一聲更沉重一些。

「病人在那屋裡呢！快著點，我告訴你！」金三爺立了起來，紅鼻子向大夫發著威。

大夫覺得紅鼻子與敵兵的刺刀有相等的可怕，不敢再說什麼，像條小魚似的溜開。看見了瑞宣，他彷彿立刻感到「這是個好打交代的人」。他又挽了挽袖口，眼睛躲著病人，而去挑逗瑞宣。

瑞宣心中也急，但是老實的狗見了賊也不會高聲的叫，他還是婆婆媽媽的說：「醫生，請來看看吧！病得很重！」「病重，並不見得難治。只要斷症斷得準，下藥下得對！斷症最難！」大夫的眼始終沒看病人，而很有力量的看著瑞宣。「你就說，那麼大名氣的尼古拉，出診費二百元，汽車接送，對斷症都並沒有把握！我自己不敢說高明，對斷症還相當的，相當的，準確！」

「這位老先生是被日本人打傷的，先生！」瑞宣想提出日本人來，激起大夫一點義憤，好快快的給調治。可是，瑞宣只恰好把大夫的話引到另一條路上來：「是的！假若日本醫生隨著勝利都到我們這裡來掛牌，我就非捱餓不可！我到過日本，他們的醫藥都相當的發達！這太可慮了！」金三爺在外屋裡發了言：「你磨什麼豆腐呢？不快快的治病！」

瑞宣覺得很難以為情，只好滿臉陪笑的說：「他是真著急！大夫，請過來看看吧！」

大大向外面瞪了一眼，無可如何的把錢先生身上蓋著的夾袍拉開，像看一件絲毫無意購買的東西似的，隨便的看了看。

「怎樣？」瑞宣急切的問。

「沒什麼！先上點白藥吧！」大夫轉身去找藥箱。「什麼？」瑞宣驚訝的問，「白藥？」

大夫找到了藥箱，開啟，拿出一小瓶白藥來。「我要是給它個外國名字，告訴你它是拜耳的特效藥，你心裡大概就舒服了！我可是不欺人！該用西藥，我用西藥；該用中藥，就用中藥；我是要溝通中西醫術，自成一家！」

「不用聽聽心臟嗎？」瑞宣看不能打倒白藥，只好希望大夫施展些高於白藥的本事。

「用不著！我們有消炎的好藥，吃幾片就行了！」大夫又在小箱裡找，找出幾片白的「布朗陶西耳」來。

瑞宣曉得那些小白片的用處與用法。他很後悔，早知道大夫的辦法是這麼簡單，他自己就會治這個病，何必白花三十元錢呢！他又發了問，還希望大夫到底是大夫，必定有些他所不知道的招數：「老人有點神經錯亂，是不是──」「沒關係！身上疼，就必影響到神經；吃了我的藥，身上不疼了，心裡也自然會平靜起來。要是你真不放心的話，給他買點七釐散，或三黃寶蠟，都極有效。我不騙人，能用有效的中國藥，就不必多教洋藥房賺去我們的錢！」瑞宣沒了辦法。他很想自己去另請一位高明的醫生來，可是看了看窗外的月影，他只好承認了白藥與布朗陶西耳。「是不是先給傷口消一消毒呢？」

大夫笑了一下。「你彷彿倒比我還內行！上白藥用不著消毒！中國藥，中國辦法；西洋藥，西洋辦法。我知道怎樣選擇我的藥，也知道各有各的用法！好啦！」他把藥箱蓋上，彷彿一切已經辦妥，只等拿錢了。

瑞宣決定不能給大夫三十塊錢。錢還是小事，他不能任著大夫的意這樣戲弄錢詩人。說真的，假若他的祖父或父親有了病，他必定會盡他該盡的責任；可是，盡責任總多少含有一點勉強。對錢詩人，他是自動的，真誠的，願盡到朋友所能盡的心力。錢先生是他所最佩服的人；同時，錢先生又是被日本人打傷的。對錢先生個人，和對日本人的憤恨，他以為他都應該負起使老人馬上能恢復健康的責任 —— 沒有一點勉強！

他的眼睜得很大，而黑眼珠凝成很小的兩個深黑的點子，很不客氣的問大夫說：「完啦？」

「完啦！」大夫板著瘦臉說。「小病，小病！上上藥，服了藥，準保見好！我明天不來，後天來；大概我一共來看四五次就可以毫無問題了！」

「你用不著再來！」瑞宣真動了氣。「有你這樣的大夫，不亡國才怪！」

「扯那個幹什麼呢？」大夫的瘦臉板得很緊，可是並沒有帶著怒。「該怎麼治，我怎麼治，不能亂來！亡國？等著看吧，日本大夫們一來到，我就非捱餓不可！說老實話，我今天能多賺一個銅板，是一個銅板！」

瑞宣的臉已氣白，但是不願再多和大夫費話，掏出五塊錢來，放在了藥箱上：「好，你請吧！」

大夫見了錢，瘦臉上忽然一亮。及至看明白只是五塊錢，他的臉忽然黑起來，像疾閃後的黑雲似的。「這是怎回事？」

金三爺在外間屋坐著打盹，大夫的聲音把他驚醒。巴唧了兩下嘴，他立起來。「怎麼啦？」

「憑這一小瓶，和這幾小片，他要三十塊錢！」瑞宣向來沒作過這樣的事。這點事若放在平日，他一定會咽口氣，認吃虧，絕不能這樣的因不吃虧而顯出自己的小氣，褊狹。金三爺往前湊了湊，紅鼻子有聲有色的出著熱氣。一把，他將藥箱拿起來。

大夫慌了。他以為金三爺要把藥箱摔碎呢。「那可摔不得！」

金三爺處置這點事是很有把握的。一手提著藥箱，一手捏住大夫的脖子：「走！」這樣，他一直把大夫送到門外。把小箱放在門檻外，他說了聲：「快點走！這次我便宜了你！」大夫，拿著五塊錢，提起藥箱，向著大槐樹長嘆了口氣。

瑞宣，雖然不信任那個大夫，可是知道布朗陶西耳與白藥的功效。很容易的，他掰開錢先生的嘴（因為已經沒有了門牙），灌下去一片藥。很細心的，他把老人的背輕輕的用清水擦洗了一遍，而後把白藥敷上。錢先生始終一動也沒動，彷彿是昏迷過去了。

這時候，小崔領著陳野求走進來。野求，臉上掛著許多細碎的汗珠，進了屋門，晃了好幾晃，像要暈倒的樣子。小崔扶住了他。他吐出了兩口清水，臉上出了更多的汗，才緩過一口氣。手扶著腦門，又立了半天，他才很勉強的說出話來。「金三爺！我先看看姐丈去！」他的臉色是那麼綠，語氣是那麼低卑，兩眼是那麼可憐的亂轉，連金三爺也不便說什麼了。金三爺給了小崔個命令：「你回家睡覺去吧！有什麼事，我們明天再說！」

小崔已經很疲倦，可是捨不得走開。他恭敬的，低聲的問：「錢老先生怎樣了？」在平日，全衚衕裡與他最少發生關係的人恐怕就是錢先生，錢先生連街門都懶得出，就更沒有照顧小崔的車子的機會了。可是小崔現在極敬重錢先生，不是因為平日的交情，而是為錢先生的敢和日本人拚命！

「睡著了！」金三爺說：「你走吧！明天見！」

　　小崔還要說些什麼，表示他對錢老人的敬重與關切，可是他的言語不夠用，只好把手心的汗都擦在褲子上，低著頭走出去。

　　看到了姐丈，也就想起親姐姐，野求的淚像開了閘似的整串的往下流。他沒有哭出聲來。疲乏，憂鬱，痛心，和營養不良，使他癱倒在床前。

　　金三爺雖然很看不起野求，可是見他癱倒，心中不由的軟起來。「起來！起來！哭辦不了事！城外頭還放著一口子呢！」他的話還很硬，可是並沒有為難野求的意思。

　　野求有點怕金三爺，馬上愣愣磕磕的立起來。淚還在流，可是臉上沒有了任何痛苦的表情，像雷閃已停，雖然還落著雨，而天上恢復了安靜的樣子。

　　「來吧！」金三爺往外屋裡叫野求和瑞宣。「你們都來！商量商量，我好睡會兒覺！」

　　自從日本兵進了北平城，除了生意冷淡了些，金三爺並沒覺得有什麼該關心的地方。他的北平，只是一個很大的瓦片廠。當他立在高處的時候，他似乎看不見西山和北山，也看不見那黃瓦與綠瓦的宮殿，而只看見那灰色的，一壟一壟的，屋頂上的瓦。那便是他的田，他的貨物。有他在中間，賣房子的與買房子的便會把房契換了手，而他得到成三破二的報酬。日本人進了城，並沒用轟炸南苑與西苑的飛機把北平城內的「瓦片」也都炸平；那麼，有房子就必有買有賣，也就有了金三爺的「莊稼」。所以，他始終覺得北平的被日本人占據與他並沒多大的關係。

　　及至他看到了女婿與親家太太的死亡，和親家的遍體鱗傷，他才覺出來日本人的攻城奪地並不是與他毫無關係 —— 他的女兒守了寡，他最好的朋友受了重傷！趕到他和冠曉荷發生了衝突，他開始覺得不但北平的淪陷與他有關係，而且使他直接的捲入漩渦。他說不清其中的始末原由，而

只覺到北平並不僅僅是一大片磚瓦，而是與他有一種特別的關係。這種關係只能用具體的事實來說明，而具體的事實就在他的心上與眼前 —— 北平屬了日本人，他的至親好友就會死亡；他們的死亡不僅損失了他的金錢，而且使他看到更大的危險，大家都可以無緣無故死去的危險。在平日，他幾乎不知道什麼是國家；現在，他微微的看見了一點國家的影子。這個影子使他的心擴大了一些，寬大了一些。他還想不出他是否該去，和怎樣去，抵抗日本人；可是，他彷彿須去作一點異於只為自己賺錢的事，心裡才過得去。

陳野求的可憐的樣子，和瑞宣的熱誠的服侍錢老人，都使他動了一點心。他本來看不起他們；現在，他想和他們商議商議錢家的事，像好朋友似的坐在一塊兒商議。

瑞宣本來就沒心去計較金三爺曾經冷淡過他；在看見金三爺怎樣收拾了冠曉荷以後，他覺得這個老人是也還值得欽佩的。在危患中，他看出來，只有行動能夠自救與救人。說不定，金三爺的一伸拳頭，就許把冠曉荷嚇了回去，而改邪歸正。假使全北平的人都敢伸拳頭呢？也許北平就不會這麼像死狗似的，一聲不出的受敵人的踢打吧？他認識了拳頭的偉大與光榮。不管金三爺有沒有知識，有沒有愛國的心，反正那對拳頭使金三爺的頭上發出聖潔的光。他自己呢，只有一對手，而沒有拳頭。他有知識，認識英文，而且很愛國，可是在城亡了的時候，他像藏在洞裡的一條老鼠！他的自慚使他欽佩了金三爺。

「都坐下！」金三爺下了命令。他已經十分疲乏，白眼珠上橫著幾條細的血道兒，可是他還強打精神要把事情全盤的討論一過兒 —— 他覺得自己非常的重要，有主意，有辦法，因為他戰勝了冠曉荷。又點上了煙，巴唧了兩口，話和煙一齊放出來：「第一件，」他把左手的拇指屈起來，「明天怎麼埋親家太太。」

　　野求顧不得擦拭臉上的淚；眼珠兒定住，淚道兒在鼻子兩旁掛著，他對金三爺的紅鼻子發愣。聽到三爺的話，他低下頭去；即使三爺沒有看他，他也覺到有一對眼睛釘在了他的頭上。

　　瑞宣也沒話可說。

　　他們彷彿是用沉默哀懇著金三爺再發發善心。

　　金三爺咧了咧嘴，無可如何的一笑。「我看哪，事情還求李四爺給辦，錢，」他的眼真的釘在野求的頭上。

　　野求的頭低得更深了些，下巴幾乎碰到鎖子骨上面。「錢，唉！還得我出吧？」

　　野求大口的嚥著吐沫，有點響聲。

　　「誰教三爺你……」瑞宣停頓住，覺得在國破家亡的時候，普通的彼此敷衍的話是不應當多說的。

　　「第二件，埋了親家太太以後，又該怎麼辦。我可以把姑娘接回家去，可是那麼一來，誰照應著親家呢？要是叫她在這裡伺候著公公，誰養活著他們呢？」

　　野求抬了抬頭，想建議他的全家搬來，可是緊跟著便又低下頭去，不敢把心意說出來；他曉得自己的經濟能力是擔負不起兩個人的一日三餐的；況且姐丈的調養還特別要多花錢呢！

　　瑞宣心中很亂，假若事情發生在平日，他想他一定會有辦法。可是事情既發生在現時，即使他有妥當的辦法，誰能保險整個的北平不在明天變了樣子呢？誰敢保證明天錢先生不再被捕呢？誰知道冠曉荷要怎樣報復呢？誰敢說金三爺，甚至連他自己，不遇到兇險呢？在屠戶刀下的豬羊還能提出自己的辦法嗎？

　　他乾嗽了好幾下，才說出話來。他知道自己的話是最幼稚，最沒力

量，可是不能不說。即使是個半死的人，說一句話總還足以表示他有點活氣兒。「三伯伯！我看少奶奶得在這裡伺候著錢伯伯。我，和我的內人，會幫她的忙。至於他們公媳二人的生活費用，只好由我們大家湊一湊了。我這些話都不是長遠的辦法，而只是得過且過，混過今天再說明天。誰敢說，明天我們自己不被日本人拿去呢！」

野求長嘆了一口氣。

金三爺把大手放在光頭上，用力的擦了幾下子。他要發怒，他以為憑自己的武功和膽氣，他是天不怕地不怕，絕對不會受欺侮的。

這時候，裡屋裡錢先生忽然「啊」了一聲，像一隻母雞在深夜裡，冷不防的被黃狼咬住，那麼尖銳，苦痛，與絕望。野求的臉，好容易稍微轉過一點顏色來，聽到這一聲，馬上又變成慘綠的。瑞宣像被針灸了似的猛的站起來。金三爺頭上僅有的幾根頭髮全忽的豎起，他忘了自己的武功與膽氣，而覺得像有一把尖刀刺入他的心。

三個人前後腳跑進裡屋。錢老人由橫躺改為臉朝下的趴伏，兩臂左右的伸開，雙手用力的抓著床單子，指甲差不多摳進了布中。他似乎還睡著呢，可是口中出著點被床單阻住的不甚清楚的聲音。瑞宣細聽才聽明白：「打！打！我沒的說！沒有！打吧！」

野求的身上顫抖起來。

金三爺把頭轉向了外，不忍再看。咬了咬牙，他低聲的說：「好吧，祁大爺，先把親家治好了，再說別的吧！」

第 22 幕　開了課

　　無論刮多大的風，下多大的雨，無論天氣怎樣的寒，還是怎樣的熱，無論家中有什麼急事，還是身體不大舒服，瑞宣總不肯告假。假若不得已的請一兩點鐘假，他也必定補課，他不肯教學生在功課上吃一點虧。一個真認識自己的人，就沒法不謙虛。謙虛使人的心縮小，像一個小石卵，雖然小，而極結實。結實才能誠實。瑞宣認識他自己。他覺得他的才力，智慧，氣魄，全沒有什麼足以傲人的地方；他只能盡可能的對事對人盡到他的心，他的力。他知道在人世間，他的盡心盡力的結果與影響差不多等於把一個石子投在大海裡，但是他並不肯因此而把石子可惜的藏在懷中，或隨便的擲在一汪兒臭水裡。他不肯用壞習氣減少他的石子的堅硬與力量。打鈴，他馬上拿起書上講堂；打鈴，他才肯離開教室。他沒有遲到早退的，裝腔作勢的惡習。不到萬不得已，他也永遠不曠課。上堂教課並不給他什麼欣悅，他只是要對得住學生，使自己心中好受。

　　學校開了課。可是他並不高興去。他怕見到第二代的亡國奴。他有許多理由與事實，去原諒自己在北平低著頭受辱。他可是不能原諒自己，假若他腆著臉到講臺上立定，彷彿是明告訴學生們他已承認了自己無恥，也教青年們以他為榜樣！

　　但是，他不能不去。為了收入，為了使老人們心安，為了對學校的責任，他不能藏在家裡。他必須硬著頭皮去受刑 —— 教那些可愛的青年們的眼，像鐵釘似的，釘在他的臉上與心中。

　　校門，雖然是開學的日子，卻沒有國旗。在路上，他已經遇到三三兩兩的學生；他不敢和他們打招呼。靠著牆根，他低著頭疾走，到了校門外，學生們更多了。他不知道怎樣的走進了那個沒有國旗的校門。

　　教員休息室是三間南房，一向潮溼；經過一夏天未曾開啟門窗，潮氣像霧似的凝結在空中，使人不敢呼吸。屋裡只坐著三位教師。見瑞宣進來，他們全沒立起來。在往常，開學的日子正像家庭中的節日，大家可以會見一個夏天未見面的故人，和新聘來的生朋友，而後不是去聚餐，便是由校長請客，快活的過這一天。這一天，是大家以笑臉相迎，而後臉上帶著酒意，熱烈的握手，說「明天見」的日子。今天，屋裡像墳墓那樣潮溼，靜寂。三位都是瑞宣的老友。有兩位是愣磕磕的吸著煙，一位是注視著桌子上縱起的一片漆皮。他們都沒向瑞宣打招呼，而只微微的一點頭，像大家都犯了同樣的罪，在監獄中不期而遇的那樣。瑞宣向來是得拘謹就拘謹的人，現在就更不便破壞了屋中沉寂的空氣。他覺得只有冷靜，在今天，才似乎得體。在今天，只有冷靜沉寂才能表示出大家心中的苦悶。在靜寂中，大家可以漸漸的聽到彼此心中的淚在往外湧。

　　坐下，他翻弄翻弄一本上學期用過的點名簿。簿子的紙非常的潮溼，好幾頁聯到一處，很不易揭開。揭開，紙上出了一點點聲音。這一點聲音，在屋中凝結住的潮氣中發出，使他的身上忽然微癢，像要出汗的樣子。他趕緊把簿子合上。雖然這麼快的把簿子合上，他可是已經看到一列學生的名字 —— 上學期還是各別的有名有姓的青年，現在已一律的，沒有例外的，變成了亡國奴。他幾乎坐不住了。

　　聽一聽院裡，他希望聽到學生們的歡笑與喊叫。在往日，學生們在上課前後的亂鬧亂吵老給他一種刺激，使他覺到：青春的生命力量雖然已從他自己身上漸漸消逝，可是還在他的周圍；使他也想去和他們一塊兒蹦蹦跳跳，吵吵鬧鬧。現在，院裡沒有任何聲音！學生們 —— 不，不是學生們，而是亡國奴們 —— 也和他一樣因羞愧而靜寂！這比成群的飛機來轟炸還更殘酷！

　　他喜歡聽學生的歡笑，因為沒有歡笑的青春便是夭折。今天，他可是

不能希望他們和往日一樣的活潑；他們都是十四五歲左右的人，不能沒心沒肺！同時，他們確是不喊不叫了，難道他們從此永遠如此嗎？假若他們明天就又喊又鬧了，難道他們就該為亡國而只沉默一天嗎？他想不清楚，而只覺得房裡的潮氣像麻醉藥似的糊在他的鼻子上，使他堵得慌！

嚥了幾口氣，他渴盼校長會忽然的進來，像一股陽光似的進來，把屋中的潮氣與大家心中的悶氣都趕了走。

校長沒有來。教務主任輕輕的把門拉開。他是學校中的老人，已經作了十年的教務主任。扁臉，矮身量，愛說話而說不上什麼來，看著就是個沒有才幹，而頗勤懇負責的人。進了屋門，他的扁臉轉了一圈；他的看人的方法是臉隨著眼睛轉動，倒好像是用一面鏡子照大家呢。看清了屋中的四位同事，他緊趕幾步，撲過瑞宣來，很親熱的握手；而後，他又趕過那三位去，也一一的握手。在往常，他的話必定在握手以前已經說出來好幾句。今天，他的手握得時間比較的長，而沒有話可說。都握完手，大家站了一圈兒，心中都感到應當出點聲音，打破屋中的被潮溼浸透了的沉寂。

「校長呢？」瑞宣問。

「嗯——」教務主任的話來得很不順暢：「校長不大舒服，不大舒服。今天，他不來了；囑咐我告訴諸位，今天不舉行開學式；一打鈴，諸位老師上班就是了；和學生們談一談就行了，明天再上課——啊，再上課。」

大家又愣住了。他們都在猜想：校長也許是真病了，也許不是。和學生們談一談？談什麼呢？

教務主任很願再說些什麼，使大家心中痛快一些，可是他想不起說什麼才好。摸了摸扁臉，他口中出著點沒有字的聲音，搭訕著走出去。

四位先生又僵在了那裡。

鈴聲，對於一個作慣了教員的，有時候很好聽，有時候很不悅耳。瑞

宣向來不討厭鈴聲，因為他只要決定上課，他必定已經把應教的功課或該發還的卷子準備得好好的。他不怕學生質問，所以也不怕鈴聲。今天，他可是怕聽那個管轄著全校的人的行動的鈴聲，像一個受死刑的囚犯怕那綁赴刑場的號聲或鼓聲似的。他一向鎮定，就是十年前他首次上課堂講書的時節，他的手也沒有發顫。現在，他的手在袖口裡顫起來。

鈴聲響了。他迷迷糊糊的往外走，腳好像踩在棉花上。他似乎不曉得往哪裡走呢。憑著幾年的習慣，他的腳把他領到講堂上去。低著頭，他進了課堂。屋裡極靜，他只能聽到自己的心跳。上了講臺，把顫動著的右手放在講桌上，他慢慢的抬起頭來。學生們坐得很齊，一致的豎直了背，揚著臉，在看他。他們的臉都是白的，沒有任何表情，像是石頭刻的。一點辣味兒堵塞住他的嗓子，他嗽了兩聲。淚開始在他的眼眶裡轉。

他應當安慰他們，但是怎樣安慰呢？他應當鼓舞起他們的愛國心，告訴他們抵抗敵人，但是他自己怎麼還在這裡裝聾賣傻的教書，而不到戰場上去呢？他應當勸告他們忍耐，但是怎麼忍耐呢？他可以教他們忍受亡國的恥辱嗎？

把左手也放在桌上，支援著他的身體，他用極大的力量張開了口。他的聲音，好像一根細魚刺似的橫在了喉中。張了幾次嘴，他並沒說出話來。他希望學生們問他點什麼。可是，學生們沒有任何動作；除了有幾個年紀較大的把淚在臉上流成很長很亮的道子，沒有人出聲。城亡了，民族的春花也都變成了木頭。

糊裡糊塗的，他從嗓子裡擠出兩句話來：「明天上課。今天，今天，不上了！」

學生們的眼睛開始活動，似乎都希望他說點與國事有關的訊息或意見。他也很想說，好使他們或者能夠得著一點點安慰。可是，他說不出來。真正的苦痛是說不出來的！狠了狠心，他走下了講臺。大家的眼失望

的追著他。極快的，他走到了屋門；他聽到屋中有人嘆氣。他邁門檻，沒邁俐落，幾乎絆了一跤。屋裡開始有人活動，聲音很微，像是偷手摸腳的那樣往起立和往外走呢。他長吸了一口氣，沒再到休息室去，沒等和別的班的學生會面，他一氣跑回家中，像有個什麼鬼追著似的。

到家裡，誰也沒理，他連鞋也沒脫，便倒在床上。他的腦中已是空的，只有一些好像可以看得見的白的亂絲在很快的轉。他用力的閉著眼。腦中的亂絲好似轉疲了，漸漸的減低速度。單獨的，不相關聯的，忽現忽沒的觀念，像小星星似的，開始由那團亂絲中往起跳。他沒有能力使它們集合到一處，他覺得煩躁。

他忽然坐起來。彷彿像萬花筒受了震動似的，他的腦中忽然結成一朵小花 ──「這就是愛國吧？」他問自己。問完，他自己低聲的笑起來。他腦中的花朵又變了：「愛國是一股熱情所激發出來的崇高的行動！光是想一想，說一說，有什麼用處呢？」

一聲沒出，他又跟到錢家去。服侍錢先生，現在，變成他的最有意義，最足以遮羞的事！

另外請來一位西醫，詳細的給錢先生檢查過，錢先生的病是：「身上的傷沒有致命的地方，可以治好；神經受了極大的刺激，也許一時不能恢復原狀；他也許忘了以前一切的事，也許還能有記憶；他需要長時間的靜養。」

金三爺，李四爺，陳野求和小崔一清早就出了城，去埋葬錢太太。看家的還是四大媽。瑞宣來到，她叫他招呼著錢先生，她照應著少奶奶。

各線的戰事訊息都不大好。北平的街上增加了短腿的男女，也開始見到日本的軍用票。用不著看報，每逢看見街上的成群的日本男女，瑞宣就知道我們又打了個敗仗。上海的戰事，不錯，還足以教他興奮。可是，誰也能看出來，上海的戰事並沒有多少希望，假若其餘的各線都吃敗仗。在

最初，他把希望同等的放在北方的天險與南方的新軍上。他知道北方的軍隊組織與武器是無法和日本兵較量的，所以他希望以天險補救兵力與武器的缺陷。可是，天險一個個的好像紙糊的山與關，很快的相繼陷落。每逢這些地方陷落，他的心中就好像被利刃刺進一次。他所知道的一點地理是歷史的附屬。由歷史中，他記得山海關，娘子關，喜峰口，雁門關。他沒到過這些地方，不曉得它們到底「險」到什麼程度。他只覺得這些好聽的地名給他一些安全之感 —— 有它們便有中國歷史的安全。可是，這些地方都並不足以阻擋住敵人。在惶惑不安之中，他覺得歷史彷彿是個最會說謊的騙子，使他不敢再相信自己的國家中的一切。假若還有不騙人的事情，那便是在上海作戰的，曾經調整過的新軍。上海無險可守，可是倒能打得那麼出色。有「人」才有歷史與地理。可是，上海的國軍能支援多久？到底有多少師人？多少架飛機？他無從知道。他知道上海在海上，而海是日本人的。他懷疑日本以海陸空的聯合攻擊，我們只以陸軍迎戰，是否能致勝？同時，他覺得應當馬上離開家，去參加鬥爭；有人才有歷史與地理，難道他自己應該袖手旁觀麼？可是他走不動，「家」把他的生命埋在了北平，而北平已經失去它的歷史，只是個地理上的名詞。

　　他的胖臉瘦了一圈，眼睛顯著特別的大。終日，他老像想著點什麼不該隨便忘記了的事，可是一經想起，他又願意把它忘掉。亡了國的人既沒有地方安置身體，也沒有地方安置自己的心。他幾乎討厭了他的家。他往往想像：假若他是單身一人，那該多麼好呢？沒有四世同堂的鎖鐐，他必會把他的那一點點血灑在最偉大的時代中，夠多麼體面呢？可是，人事不是想像的產物；骨肉之情是最無情的鎖鏈，把大家緊緊的穿在同一的命運上。他不願再到學校去。那已經不是學校，而是青年的集中營，日本人會不久就來到，把嗎啡與毒藥放進學生們的純潔的腦中，教他們變成了第二等的「滿洲人」。

他只願看著錢先生。老人的痛苦像是一種警告：「你別忘了敵人的狠毒！」老人的哀鳴與各處的炮火彷彿是相配合的兩種呼聲：「舊的歷史，帶著它的詩，畫，與君子人，必須死！新的歷史必須由血裡產生出來！」這種警告與呼聲並不能使他像老三似的馬上逃出北平，可是消極的，他能因此而更咬緊一點牙，在無可如何之中不至於喪失了節操。這就有一點意義。至少，也比蹲在家裡，聽著孩子哭與老人們亂叨嘮強上一點。

同時，他深想明白明白錢老人為什麼能逃出虎口，由監獄跑回家中。老人已經落在虎口中，居然會又逃出來，這簡直不可置信！莫非日本人覺得戰事沒有把握，所以不願多殺人？還是日本的軍人與政客之間有什麼鬥爭與衝突，而使錢先生找到可以鑽出來的隙縫？或者是日本人雖然正打著勝仗，可是事實上卻有很大的犧牲，以致軍人和政客都各處亂動，今天來了明天走，沒有一定的辦法，沒有一定的主意，「二郎」拿來的人，「三郎」可以放了走？他想不清楚。他希望錢老人會詳詳細細的告訴他。現在，老人可還不會講話。他願意殷勤的看護，使老人早日恢復健康，早些對他說了一切。這是亡國的過程中的一個小謎。猜破了這個謎，他才能夠明白一點征服者與被征服者中間的一點關係，一個實在的具體的事件 —— 假若記載下來，也頗可以給歷史留下點兒「揚州十日」裡的創痕與仇恨！

服了止痛安神的藥，錢先生睡得很好。傷口和神經還時常教他猛的扭動一下，或哀叫一聲，可是他始終沒有睜開眼。

看著這像是沉睡，又像是昏迷的老人，瑞宣不由的時時不出聲的禱告。他不知向誰禱告好，而只極虔誠的向一個什麼具有的人形的「正義」與「慈悲」祈求保佑。這樣的禱告，有時候使他覺得心裡舒服一點，有時候又使他暗笑自己。當他覺得心裡舒服一點的時候，他幾乎要後悔為什麼平日那麼看不起宗教，以致缺乏著熱誠，與從熱誠中激出來的壯烈的行動。可是，再一想，那些來到中國殺人放火的日本兵們幾乎都帶著佛經，

神符，和什麼千人針；他們有宗教，而宗教會先教他們變成野獸，而後再入天堂！想到這裡，他又沒法不暗笑自己了。

看著昏睡的錢老人，瑞宣就這麼東想想西想想。一會兒，他覺得自己是有最高文化的人 —— 愛和平，喜自由，有理想，和審美的心；不野調無腔，不迷信，不自私。一會兒，他又以為自己是最沒有用處的廢物：城亡了，他一籌莫展；國亡了，他還是低著頭去作個順民；他的文化連絲毫的用處也沒有！

想到他的頭都有點疼了，他輕手躡腳的走出去，看看院裡的秋花，因為錢先生不喜用盆，而把花草多數都種在地上，所以雖然已經有許多天沒有澆灌，可是牆陰下的雞冠與葵花什麼的還照常開著花。看著一朵金黃的，帶著幾條紅道道的雞冠，他點點頭，對自己說：「對了！你溫柔，美麗，像一朵花。你的美麗是由你自己吸取水分，日光，而提供給世界的。可是，你缺乏著保衛自己的能力；你越美好，便越會招來那無情的手指，把你折斷，使你死滅。一朵花，一座城，一個文化，恐怕都是如此！玫瑰的智慧不僅在乎它有色有香，而也在乎它有刺！刺與香美的聯合才會使玫瑰安全，久遠，繁榮！中國人都好，只是缺少自衛的刺！」想到這裡，他的心中光亮起來；他認清了自己的長處，不再以自己為廢物；同時，他也認清，自己的短處，知道如何去堅強自己。他的心中有了力量。

正在這時候，祁老人拉著小順兒慢慢的走進來。時間是治療痛苦的藥。老人的病，與其說是身體上的，還不如說是精神上的。他心裡不痛快。慢慢的，他覺得終日躺在床上適足以增加病痛，還不如起來活動活動。有些病是起於憂鬱，而止於自己解脫的。時間會巧妙的使自殺的決心改為「好死不如賴活」。他從床上起來；一起來，便不再只愁自己，而漸漸的想起別人。他首先想到他的好友，錢先生。孟石出殯的時候，他在大門內看了一眼；而後又躺著哼哼了整一天。每一口棺材，在老人眼中，都

彷彿應當屬於自己。他並沒為孟石多想什麼，因為他只顧了想像自己的一把骨頭若裝在棺材裡該是什麼滋味。他很怕死。快入墓的人大概最注意永生。他連著問小順兒的媽好幾次：「你看我怎樣啊？」

她的大眼睛裡為錢家含著淚，而聲音裡為祖父拿出輕鬆與快活來：「爺爺，你一點病也沒有！老人哪，一換節氣都得有點腰痠腿疼的，躺兩天就會好了的！憑你的精神，老爺子，頂少頂少也還得活二十年呢！」

孫媳婦的話像萬應錠似的，什麼病都不治，而什麼病都治，把老人的心開啟。她順水推舟的建議：「爺爺，大概是餓了吧？我去下點掛麵好不好？」老人不好意思馬上由死亡而跳到掛麵上來，想了一會兒，把議案修正了一下：「衝一小碗藕粉吧！嘴裡老白唧唧的沒有味兒！」

及至老人聽到錢先生的回來，他可是一心一意的想去看看，而完全忘了自己的病痛。錢先生是他的好友，他應當盡可能的去安慰與照應，他不能再只顧自己。

他叫瑞豐攙著他去。瑞豐不敢去，第一，他怕到錢家去；第二，更怕被冠家的人看見他到錢家去；第三，特別怕在錢家遇見瑞宣——他似乎已痛深惡絕了大哥，因為大哥竟敢公然與冠家為敵，幫著錢默吟和金三爺到冠家叫鬧，打架。聽祖父叫他，他急忙躺在了床上，用被子蒙上頭，而由胖太太從胖喉嚨中擠出點聲音來：「他不大舒服，剛吃了阿司匹靈！」「嘔！還是吃一丸子羚翹解毒呀！秋瘟！」

這樣，老人才改派了小順兒作侍從。

小順兒很得意。看見了爸爸，他的小尖嗓子像開了一朵有聲的花似的：「爸爸！太爺爺來啦！」

怕驚動了錢老人與少奶奶，瑞宣忙向小順兒擺手。小順兒可是不肯住聲：「錢爺爺在哪兒哪？他叫日本鬼子給打流了血，是嗎？臭日本鬼子！」

　　祁老人連連的點頭，覺得重孫子聰明絕頂，值得驕傲。「這小子！什麼都知道！」

　　瑞宣一手攙著祖父，一手拉著兒子，慢慢往屋中走。進了屋門，連小順兒似乎都感到點不安，他不敢再出聲了。進到裡屋，祁老人一眼看到了好友──錢先生正臉朝外躺著呢。那個臉，沒有一點血色，可是並不很白，因為在獄中積下的泥垢好像永遠也不能再洗掉。沒有肉，沒有活軟氣兒，沒有睡覺時的安恬的樣子，腮深深的陷入，唇張著一點，嘴是個小黑洞，眼閉著，可是沒有閉嚴，眼皮下時時露出一點輕輕動的白膜，黑紫黑紫的炙痕在太陽穴與腦門上印著，那個臉已經不像個臉，而像個被一層乾皮包著的頭顱骨。他的呼吸很不平勻。堵住了氣，他的嘴就張得更大一些，眼皮似要睜開那麼連連的眨巴。小順兒用小手捂上了眼。祁老人呆呆的看著好友的臉，眼中覺得發乾，發辣，而後又發溼。他極願意發表一點意見，但是說不上話來，他的口與舌都有些麻木。他的意見，假若說出來，大概是：「瑞宣，你父親和錢先生的年紀仿上仿下。不知道為什麼，我好像看到你父親也變成這樣！」由這幾句要說而說不出的話，他慢慢的想起日本人。一個飽經患難的老人，像他，很會冷靜的，眼不見心不煩的，拒絕相信別人的話，好使自己的衰老了的心多得到一些安靜。從九一八起，他聽到多少多少關於日本人怎樣野蠻殘暴的話，他都不願信以為真。在他的心靈的深處，他早就知道那些話並不會虛假，可是他不願相信，因為相信了以後，他就會看出危險，而把自己能平平安安活到八十歲的一點分內的希望趕快扔棄了。現在，看到了好友的臉，他想到了自己的兒子，也就想到他自己。日本人的刺刀是並不躲開有年紀的人的。他可以故意的拒絕相信別人的話，但是沒法不相信錢先生的臉。那張臉便是殘暴的活廣播。

　　愣了不知有多久，他才迷迷糊糊的往前湊了一步。他想看看錢先生的身上。

「爺爺！」瑞宣低聲的叫。「別驚動他吧！」他曉得教老人看了錢先生的脊背，是會使老人幾天吃不下飯去的。「太爺爺！」小順兒扯了扯老人的袍襟：「我們走吧！」

老人努力的想把日本人放在腦後，而就眼前的事，說幾句話。他想告訴瑞宣應當給錢先生買什麼藥，請那位醫生，和到什麼地方去找專治跌打損傷的祕方。他更希望錢先生此時會睜開眼，和他說一兩句話。他相信，只要他能告訴錢先生一兩句話，錢先生的心就會寬起來；心一寬，病就能好得快。可是，他還是說不上話來。他的年紀，經驗，智慧，好像已經都沒有了用處。日本人打傷了他的好友，也打碎了他自己的心。他的鬍子嘴動了好幾動，只說出：「走吧，小順兒！」

瑞宣又攙住了祖父，他覺得老人的胳臂像鐵一樣重。好容易走到院中，老人立住，對那些花木點了點頭，自言自語的說：「這些花草也得死！唉！」

第 23 幕　謀大官

錢先生慢慢的好起來。日夜裡雖然還是睡的時間比醒的時間多，可是他已經能知道飢渴，而且吃的相當的多了。瑞宣偷偷的把皮袍子送到典當鋪去，給病人買了幾隻母雞，專為熬湯喝。他不曉得到冬天能否把皮袍贖出來，但是為了錢先生的恢復康健，就是冬天沒有皮袍穿，他也甘心樂意。

錢少奶奶，臉上雖還是青白的，可是堅決的拒絕了李四大媽的照應，而掙扎著起來服侍公公。

金三爺，反正天天要出來坐茶館，所以一早一晚的必來看看女兒與親家。錢先生雖然會吃會喝了，可是還不大認識人。所以，金三爺每次來到，不管親家是睡著還是醒著，總先到病榻前點一點他的四方腦袋，而並不希望和親家談談心，說幾句話兒。點完頭，他擰上一袋葉子菸，巴唧幾口，好像是表示：「得啦，親家，你的事，我都給辦了！只要你活著，我的心就算沒有白費！」然後，他的紅臉上會發出一點快活的光兒來，覺得自己一輩子有了件值得在心中存記著的事 —— 傳送了女婿，親家母，還救活了親家！

對女兒，他也沒有多少話可講。他以為守寡就是守寡，正像賣房的就是賣房一樣的實際，用不著特別的痛心與啼哭。約摸著她手中沒了錢，他才把兩三塊錢放在親家的床上，高聲的彷彿對全世界廣播似的告訴姑娘：「錢放在床上啦！」

當他進來或出去的時候，他必在大門外稍立一會兒，表示他不怕遇見冠家的人。假若遇不見他們，他也要高聲的咳嗽一兩聲，示一示威。不久，全衚衕裡的小兒都學會了他的假嗽，而常常的在冠先生的身後演習。

　　冠先生並不因此而不敢出門。他自有打算，沉得住氣。「小兔崽子
們！」他暗中咒罵：「等著你們冠爺爺的，我一旦得了手，要不像抹臭蟲
似的把你們都抹死才怪！」他的奔走，在這些日子，比以前更加活躍了許
多。最近，因為勤於奔走的緣故，他已摸清了一點政局的來龍去脈。由一
位比他高明著許多倍的小政客口中，他聽到：在最初，日本軍閥願意把華
北的一切權利都拿在自己的手中，所以他們保留著那個已經破碎不全的華
北政務委員會。同時，為維持北平一城的治安，他們從棺材裡扒出來幾個
老漢奸組織起維持會。其實維持會只是個不甚體面的古董鋪，並沒有任何
實權。那真正替敵人打掃街道與維持秩序的，卻是市政府。在市政府中，
天津幫占了最大的勢力。現在，山東，河北，河南，山西，敵軍都有迅速
的進展：敵軍既不能用刺刀隨在每箇中國人的背後，就勢必由日本政客與
中國漢奸合組起來個代替「政務委員會」的什麼東西，好掛起五色旗來統
治整個的華北，好教漢奸們替「皇軍」使用軍用票，搜刮物資，和發號施
令。這個機構很難產出，因為日本軍人根本討厭政治，根本不願意教類似
政治的東西拘束住他們的肆意燒殺。他們在找到完全聽他們的話的，同時
又能敷衍中國百姓的，漢奸以前，絕不肯輕易擺出個政府來。在天津，在
敵人占據了各學校之後，他們本無意燒掉各圖書館的書籍，不是愛惜它
們，而是以為書籍也多少可以換取幾個錢的。可是，及至他們的駐津領事
勸告他們，把書籍都運回國去。他們馬上給圖書館們舉行了火葬。他們討
厭外交官的多口。他們願像以總督統管朝鮮那樣，來統治華北和一切攻陷
的地方，把文官的勢力削減到零度。可是，軍隊的活動，不能只仗著幾個
命令；軍隊需要糧草，服裝，運輸工具，和怎樣以最少計程車兵取得最大
的勝利。這，使討厭文官與政治的軍閥沒法不想到組織政府，沒法不借重
於政客與漢奸。軍閥的煩惱永遠是「馬上得之，不能馬上治之」。

　　在日軍進入北平的時候，最先出現於北平人眼前的新組織是新民會，

一個從炮火煙霧中鑽出來的宣傳機關。冠曉荷聽見說有這麼個機關，而沒有十分注意它，他不大看得起宣傳工作。他心目中的「差事」是稅局，鹽務；他心中的頭銜是縣長，科長，處長……他覺得一個「會」，既無稅局與鹽務署的收入，又無縣長，處長的頭銜，一定就沒有什油水與前途。現在，他才明白過來：這個「會」是大有前途的，因為他是緊跟著軍隊的，替軍隊宣揚「德威」的親近的侍從。有它，日本軍隊才能在屠殺之後把血跡埋掩起來；有它，日本軍隊才能欺哄自己：他們對被征服的民眾的確有了「和平的」辦法。它不跟軍閥爭什麼，而是老老實實的在軍人身後唱著「太平歌詞」。軍人以炮火打癱了一座城，新民會趕緊過來輕輕的給上一點止痛的藥。

那位小政客告訴冠曉荷：「要謀大官，你非直接向日本軍官手裡去找不可。維持會不會有很長的壽命。到市政府找事呢，你須走天津幫的路線。新民會較比容易進去，因為它是天字第一號的順民，不和日本軍人要什麼 —— 除了一碗飯與幾個錢 —— 而緊跟著日本兵的槍口去招撫更多的順民，所以日本軍人願意多收容些這樣的人。只要你有一技之長，會辦報，會演戲，會唱歌，會畫圖，或者甚至於會說相聲，都可以作為進身的資格。此外，還有個萬不可忽視的力量 —— 請注意地方上的『老頭子』！老頭子們是由社會秩序的不良與法律保障的不足中造成他們的勢力。他們不懂政治，而只求實際的為自己與黨徒們謀安全。他們也許知道仇視敵人，但是敵人若能給他們一點面子，他們就會因自己的安全而和敵人不即不離的合作。他們未必出來作官，可是願意作敵人用人選士的顧問。這是個最穩固最長久的力量！」

這一點分析與報告，使冠曉荷聞所未聞。雖然在官場與社會中混了二三十年，他可是始終沒留過心去觀察和分析他的環境。他是個很體面的蒼蠅，哪裡有糞，他便與其他的蠅子擠在一處去湊熱鬧；在找不到糞的時

候，他會用腿兒玩弄自己的翅膀，或用頭輕輕的撞窗戶紙玩，好像表示自己是普天下第一號的蒼蠅。他永遠不用他的心，而只憑喝酒打牌等等的技巧去湊熱鬧。從湊熱鬧中，他以為他就會把油水撈到自己的碗中來。

　　聽到人家這一片話，他閉上了眼，覺得他自己很有思想，很深刻，倒好像那都是他自己思索出來的。過了一會兒，他把這一套話到處說給別人聽，而且宣告馬上要到天津去，去看看老朋友們。把這一套說完，他又謙虛的承認自己以前的浮淺：「以前，我說過：藝術是沒有國界的，和……那些不著邊際的話。那太浮淺了！人是活到老，學到老的！現在，我總算抓到了問題的根兒，總算有了進步！有了進步！」他並不敢到天津去。不錯，他曾經在各處做過事；可是，在他的心的深處卻藏著點北平人普遍的毛病——怕動，懶得動。他覺得到天津去——雖然僅坐三小時的火車——就是「出外」，而出外是既冒險而又不舒服的事。再說，在天津，他並沒有真正的朋友。那麼，白花一些錢，而要是還找不到差事，豈不很不上算？

　　對日本的重要軍人，他一個也不認識。他很費力的記住了十來個什麼香月，大角，板垣，與這個郎，那個田，而且把報紙上記載的他們的行動隨時在他的口中「再版」，可是他自己曉得他們與他和老虎與他距離得一樣的遠。至於「老頭子」們，他更無法接近，也不大高興接近。他的不動產雖不多，銀行的存款也並沒有超過一萬去，可是他總以為自己是個紳士。他怕共產黨，也怕老頭子們。他覺得老頭子就是寶爾墩，而寶爾墩的劫富安貧是不利於他的。

　　他想應當往新民會走。他並沒細打聽新民會到底都作些什麼，而只覺得自己有作頭等順民的資格與把握。至不濟，他還會唱幾句二簧，一兩折奉天大鼓（和桐芳學的），和幾句相聲！況且，他還作過縣長與局長呢！他開始向這條路子進行。奔走了幾天，毫無眉目，可是他不單不灰心，反

倒以為「心到神知」，必能有成功的那一天。無事亂飛是蒼蠅的工作，而亂飛是早晚會碰到一隻死老鼠或一堆牛糞的。冠先生是個很體面的蒼蠅。

不知別人怎樣，瑞豐反正是被他給「唬」住了。那一套分析，當冠先生從容不迫的說給瑞豐聽的時候，使瑞豐的小乾臉上灰暗起來。他——瑞豐——沒想到冠先生能這麼有眼光，有思想！他深怕自己的才力太小，不夠巴結冠先生的了！

冠先生可是沒對瑞豐提起新民會來，因為他自己既正在奔走中，不便教瑞豐知道了也去進行，和他競爭；什麼地方該放膽宣傳，什麼地方該保守祕密，冠先生的心中是大有分寸的。

二三十年的軍閥混戰，「教育」成像曉荷的一大夥蒼蠅。他們無聊，無知，無心肝，無廉恥，因為軍閥們不懂得用人，而只知道豢養奴才。在沒有外患的時候，他們使社會腐爛。當外患來到，他們使國家亡得快一點。

受過只管收學費與發文憑的教育的瑞豐，天然的羨慕曉荷。他自己沒作過官，沒接近過軍閥，可是他的文憑既是換取生活費用的執照，他就沒法不羨慕冠先生的衣食住行的舒服與款式。他以為冠先生是見過世面的「人物」，而他自己還是口黃未退的「雛兒」。

瑞豐決定趕快搬到三號的那間小屋子去住。那間小屋小到僅足以放下一張床的，只有個小門，沒有窗戶。當瑞豐去看一眼的時候，他沒看見什麼——因為極黑暗——而只聞到一些有貓屎味的潮氣。他願意住這間小屋，他的口氣表示出來：只要能和冠家住在一處，哪怕是教他立著睡覺也無所不可！

這時候，西長安街新民報社樓上升起使全城的人都能一抬頭便看見的大白氣球，球下面扯著大旗，旗上的大字是「慶祝保定陷落」！保定，在北平人的心裡幾乎是個地理上的名詞。它的重要彷彿還趕不上通州，更不

用說天津或石家莊了。他們只知道保定出醬菜與帶響的大鐵球。近些年來，揉鐵球的人越來越少了，保定與北平人的關係也就越發模糊不清了。現在，「保定陷落」在白氣球底下刺著大家的眼，大家忽然的想起它來，像想起一個失蹤很久的好友或親戚似的。大家全低下頭去。不管保定是什麼樣的城，它是中國的地方！多失陷一座別的城，便減少克復北平的一分希望。他們覺得應該為保定帶孝，可是他們看到的是「氣球」與「慶祝」！亡國是最痛心，最可恥，可是他們得去慶祝！自己慶祝亡國！

日本的「中國通」並不通。他們不曉得怎麼給北平人留面子。假若他們一聲不出的，若無其事的，接受勝利，北平人是會假裝不知道而減少對征服者的反感的。但是，日本人的「小」心眼裡，既藏不住狠毒，也藏不住得意。像貓似的，他們捉住老鼠不去馬上吃掉，而要戲耍好大半天；用爪牙戲弄被征服者是他們的唯一的「從容」。他們用氣球扯起保定陷落的大旗來！

新民會抓到表功的機會。即使日本人要冷靜，新民會的頭等順民也不肯不去鋪張。在他們的心裡，他們不曉得哪是中國，哪是日本。只要有人給飯吃，他們可以作任何人的奴才。他們像蒼蠅與臭蟲那樣沒有國籍。

他們決定為自慶亡國舉行大遊行。什麼團體都不易推動與召集，他們看準了學生 —— 決定利用全城的中學生和小學生來使遊行成功。

瑞豐喜歡熱鬧。在平日，親友家的喜事，他自然非去湊熱鬧不可了；就是喪事，他也還是「爭先恐後」的去吃，去看，去消遣。他不便設身處地的去想喪主的悲苦；那麼一來，他就會「自討無趣」。他是去看穿著白孝，哭紅了眼圈兒的婦女們；他覺得她們這樣更好看。他注意到酒飯的好壞，和僧人們的嗓子是否清脆，唸經比唱小曲更好聽；以便回到家中批評給大家聽。喪事是人家的，享受是他自己的，他把二者極客觀的從當中畫上一條清楚的界線。對於慶祝亡國，真的，連他也感到點不大好意思。可

是及至他看到街上鋪戶的五色旗，電車上的松枝與綵綢，和人力車上的小紙旗，他的心被那些五光十色給吸住，而覺得國家的喪事也不過是家庭喪事的擴大，只要客觀一點，也還是可以悅心與熱鬧耳目的。他很興奮。無論如何，他須看看這個熱鬧。

同時，在他的同事中有位姓藍名旭字紫陽的，賞給了他一個笑臉和兩句好話 ──「老祁，大遊行你可得多幫忙啊！」他就更非特別賣點力氣不可了。他佩服藍紫陽的程度是不減於他佩服冠曉荷的。

紫陽先生是教務主任兼國文教員，在學校中的勢力幾乎比校長的還大。但是，他並不以此為榮。他的最大的榮耀是他會寫雜文和新詩。他喜歡被稱為文藝家。他的雜文和新詩都和他的身量與模樣具有同一的風格：他的身量很矮，臉很瘦，鼻子向左歪著，而右眼向右上方吊著；這樣的左右開弓，他好像老要把自己的臉扯碎了似的；他的詩文也永遠寫得很短，像他的身量；在短短的幾行中，他善用好幾個「然而」與「但是」，扯亂了他的思想而使別人莫測高深，像他的眉眼。他的詩文，在寄出去以後，總是不久或好久而被人家退還，他只好降格相從的在學校的壁報上發表。在壁報上發表了以後，他懇切的囑咐學生們，要拿它們當作模範文讀。同時，他恨那些成名的作家。想起成名的作家，他的鼻子與右眼便分向左右拚命的斜去，一直到五官都離了本位，才放鬆了一會兒。他以為作家的成名都仗著巴結出版家與彼此互相標榜。他認為作家們偶爾的被約去講演或報紙上宣佈了到哪裡旅行或參觀，都是有意的給自己作宣傳與登廣告。他並不去讀他們的著作，而只覺得有了他們的著作才削奪了他自己發表作品的機會。他自己的心眼兒是一團臭糞，所以他老用自己的味兒把別人在他的思索中燻臭。因為他的心是臭的，所以他的世界也是臭的，只有他自己 ── 他覺得 ── 可憐可愛而且像花一樣的清香。

他已經三十二歲，還沒有結婚。對於女人，他只能想到性慾。他的臉

與詩文一樣的不招女人喜愛，所以他因為接近不了女人而也恨女人。看見別人和女性一塊走，他馬上想起一些最髒最醜的情景，去寫幾句他自己以為最毒辣而其實是不通的詩或文，發洩他心中的怨氣。他的詩文似乎是專為罵人的，而自以為他最富正義感。

他的口很臭，因為身子虛，肝火旺，而又不大喜歡刷牙。他的話更臭，無論在他所謂的文章裡還是在嘴中，永遠不惜血口噴人。因此，學校裡的同事們都不願招惹他，而他就變本加厲的猖狂，漸漸的成了學校中的一霸。假若有人肯一個嘴巴把他打出校門，他一定連行李也不敢回去收拾，便另找吃飯的地方去。可是，北平人與吸慣了北平的空氣的人 —— 他的同事們 —— 是對任何人任何事都不敢伸出手去的。他們敷衍他，他就成了英雄。

藍先生不佩服世界史中的任何聖哲與偉人，因而也就不去摹仿他們的高風亮節。當他想起一位聖哲的時候，他總先想到聖哲的大便是不是臭的。趕到想好了聖哲的大便也必然的發臭，他就像發現了一個什麼真理似的去告訴給學生們，表示他是最有思想的人。對同事們，除非在嘴巴的威脅之下，他永遠特立獨行，說頂討厭的話，作頂討厭的事。他自居為「異人」。對瑞豐，他可是一向相當的客氣。瑞豐是庶務。每逢他受藍先生的委託買些私人用的東西，像毛巾與稿紙什麼的，他總買來頂好的東西而不說價錢。藍先生每次都要問價錢，而後還發一大套議論 —— 貪汙是絕對要不的！儘管是公家的一根草，我們也不能隨便的拿！瑞豐笑著聽取「訓話」。聽完了，他只說一聲：「改天再說，忙什麼？」於是，「改天再說」漸漸的變為「不再提起」，而藍先生覺得瑞豐是有些道理的人，比聖哲和偉人還更可喜一點！

日本人進了城，藍先生把「紫陽」改為「東陽」，開始向敵人或漢奸辦的報紙投稿。這些報紙正缺乏稿子，而藍先生的詩文，雖然不通，又恰好

都是攻擊那些逃出北平，到前線或後方找工作的作家們，所以「東陽」這個筆名幾乎天天像兩顆小黑痣似的在報屁股上發現。他恨那些作家，現在他可以肆意的詬罵他們了，因為他們已經都離開了北平。他是專會打死老虎的。看見自己的稿子被登出，他都細心的剪裁下來，用學校的信箋裱起，一張張的掛在牆上。他輕易不發笑，可是在看著這些裱好了的小紙塊的時候，他笑得出了聲。他感激日本人給了他「成名」的機會，而最使他動心的是接到了八角錢的稿費。看著那八角錢，他想像到八元，八十元，八百元！他不想再扯碎自己的臉，而用右手壓著向上吊著的眼，左手搬著鼻子，往一塊兒攏合，同時低呼著自己的新筆名：「東陽！東陽！以前你老受著壓迫，現在你可以自己創天下了！你也可以結合一群人，領導一群人，把最高的稿費拿到自己手中了！鼻子不要再歪呀！你，鼻子，要不偏不倚的指向光明的前途喲！」

他入了新民會。

這兩天，他正忙著籌備慶祝大會，並趕製宣傳的文字。在他的文字裡，他並不提中日的戰爭與國家大事，而只三言五語的諷刺他所嫉恨的作家們：「作家們，保定陷落了，你們在哪裡呢？你們又在上海灘上去喝咖啡與跳舞吧？」這樣的短文不十分難寫，忙了一個早半天，他就能寫成四五十段；冠以總題：「匕首文」。對慶祝大會的籌備，可並不這麼容易。他只能把希望放在他的同事與學生們身上。他通知了全體教職員與全體學生，並且說了許多恫嚇的話，可是還不十分放心。照常例，學生結隊離校總是由體育教師領隊。他不敢緊緊的逼迫體育教員，因為他怕把他逼急而掄起拳頭來。別位教師，雖然拳頭沒有那麼厲害，可是言語都說的不十分肯定。於是，他抓到了瑞豐。

「老祁！」他費了許多力氣才把眉眼調動得有點笑意。「他們要都不去的話，我們倆去！我作正領隊 —— 不，總司令，你作副司令！」

　　瑞豐的小幹臉上發了光。他既愛看熱鬧，又喜歡這個副司令的頭銜。「我一定幫忙！不過，學生們要是不聽話呢？」「那簡單的很！」東陽的鼻眼又向相反的方向扯開。「誰不去，開除誰！簡單的很！」

　　回到家中，瑞豐首先向胖太太表功：「藍東陽入了新民會。他找我幫忙，領著學生去遊行。他總司令，我副司令！我看，只要巴結好了他，我不愁沒有點好事作！」說完，他還覺得不甚滿意，因為只陳述了事實，而沒拿出足以光耀自己的理由來。他想了一會兒，又找補上：「他為什麼不找別人，而單單的找我們？」他等著胖太太回答。她沒答理他。他只好自動的說出：「這都是因為我們平日會作事！你看，每逢他託我買東西，我總給他買頂好的，而不說價錢。一條毛巾或兩刀稿紙什麼的，難道他自己不會去買，而必定託我去？這裡就有文章！可是，我們也會作文章！一條毛巾或兩刀稿紙，我們還能沒地方去『拿』？『拿』來，送給他，這就叫不費之惠！我要連這個小過門都不會，還當什麼庶務？」

　　胖太太微微的點一點頭，沒有特別的誇獎他。他心中不甚滿意，所以找了大嫂去再說一遍，以期得到預期的稱讚。「大嫂，你等著看這個熱鬧吧！」

　　「喲！這年月還有什麼熱鬧呀？」大嫂的一向很水靈的眼近來有點發昏，白眼珠上老有些黃暗的朦子 —— 老太爺的不舒服，婆婆的病，丈夫的憂鬱，老三的出走，家計的困難，都給她增多了關切與工作。她仍然不大清楚日本人為什麼要和我們打仗，和為什麼占據了北平，可是她由困難與勞累中彷彿呷摸到了這些不幸與苦痛都是日本人帶給她的。她覺得受更大更多的苦難已經是命中注定的事了，她想不到還會有什麼熱鬧可看；就是有，她也沒心去看！

　　「頂熱鬧的大遊行！學校裡由我領隊！不是吹，大嫂，我老二總算有一套！你多咱看見過庶務作領隊的？」「真的！」大嫂不曉得怎樣回答好，

只用這個有一百多種解釋的字表示她的和藹。

老二把嫂嫂的「真的」解釋成：庶務領隊真乃「出類拔萃」。於是，有枝添葉的把事情的經過與將來的希望都又說了一遍。

「你哥哥也得去吧？」韻梅從老二的敘述中聽出點不大是味兒的地方來。她知道那個出好醬菜的城也是中國的，而中國人似乎不該去慶祝它的陷落。假若她沒想錯，她以為，瑞宣就又必很為難，因為難而也許又生她的氣。她很怕丈夫生氣。在結婚以前，她就由孃家人的神色與低聲的嘀咕中領會到她的未婚夫不大喜歡她。雖然心中反對自由結婚，她可是不能不承認現在的世界上確乎可以「自由」一下，而未婚夫的不歡喜她，或者正因為不「自由」！她認定了自己是毫無罪過的苦命人。假若瑞宣堅持不要她，她願意把這條苦命結束了。幸而瑞宣沒堅持己見，而把她娶過來。她並不感激他，因為既是明媒正娶，她自有她的身分與地位。可是，她心中始終有點不大安逸，總覺得丈夫與她之間有那麼一層薄紗，雖然不十分礙事，可是他們倆老因此而不能心貼著心的完全黏合在一處。沒有別的辦法，她只能用「盡責」去保障她的身分與地位 —— 她須教公婆承認她是個能幹的媳婦，教親友承認她是很像樣的祁家少奶奶，也教丈夫無法不承認她的確是個賢內助。她 —— 即使在結婚和生兒養女以後 —— 也不能學那些「自由」的娘們那種和男人眉來眼去的醜相。她不能把太太變為妖精，像二弟婦那樣。她只能消極的不招丈夫生氣，使夫婦相安無事。在思想上，言論上，和一部分行動上，瑞宣簡直是她的一個永不可解的謎。她不願費她的腦子去猜破這個謎，而只求盡到自己的責任，慢慢的教「謎」自動的說出謎底來。是的，她有時候也忍無可忍的和他吵幾句嘴，不過，在事後一想，越吵嘴便相隔越遠；吵嘴會使謎更難猜一些。她看清楚：不急，不氣，才會使日子過得平安。

最近，丈夫更像個謎了。可是她看得很明白，這個謎已經不是以前的

那個了。現在這個謎是日本人給她出的。日本人使她的丈夫整天的沒個笑容，臉上溼碌碌的罩著一層憂鬱的雲。她可憐丈夫，而無從安慰他。她既不知道日本人都懷著什麼鬼胎，又不清楚日本人的鬼胎在什麼地方影響著她的丈夫。她不敢問他，可又替他憋悶的慌。她只能擺出笑臉操作一切，而不願多說多道惹他生氣。只要他不對她發脾氣，她就可以安一點心，把罪惡都歸在日本人身上。因此，她也盼望中日的戰爭早早結束了，所有在北平的日本人全滾出去，好使瑞宣仍舊作她一個人的謎，而是全家的當家人，有說有笑有生趣。

瑞宣從錢家剛回來。關於學生遊行的事，他已經聽到，而且打定主意不去參加。他的校長，在開學的那天沒有到校，現在還請著假。瑞宣猜想：假若大遊行成為事實，校長大概十之八九會辭職的。他頗想到校長家中去談一談，假若校長真要辭職，他自己也該趕早另找事作；他知道校長是能負責必負責，而不能因負責累及自己的氣節的人。他願和這樣的人談一談。

他剛走到棗樹那溜兒，老二便由東屋的門外迎接上來。「大哥，你們學校裡籌備得怎樣了？我們那裡由我領隊！」「好！」瑞宣的臉上沒有絲毫的表情，這個「好」字是塊更無表情的硬石子。

韻梅在廚房的門口，聽到那塊石子的聲響。她心中跳了一下。假若她怕丈夫對她生氣的話，她就更怕他和別人發脾氣。她曉得丈夫在平日很會納著氣敷衍大家，使家中的暗潮不至於變為狂風大浪。現在，她不敢保險丈夫還能忍氣，因為北平全城都在風浪之中，難道一隻小木船還能不搖動嗎？

她說了話。她寧願話不投機，招丈夫對她發怒，也不願看著他們兄弟之間起了口舌。「剛由錢家回來吧？錢先生怎樣了？是不是能吃點什麼啦？跌打損傷可非吃不可呀！」「哪 —— 好點啦！」瑞宣仍舊板著臉，可

是他的回答教韻梅明白，並且放心，他理解了她的用意。

　　他走進自己的屋中。她相當的滿意自己。老二沒有聲音的笑了笑，笑老大的不識時務。

　　這時候，冠先生穿著半舊的綢袍走出門來。由他的半舊的衣服可以看出來，他要拜訪的一定不是什麼高貴的人。他奔了六號去。

第 24 幕　文夫婦

在冠家的歷史中，曾經有過一個時期，大赤包與尤桐芳聯合起來反抗冠曉荷。六號住的文若霞，小文的太太，是促成冠家西位太太合作的「禍首」。

小文是中華民國元年元月元日降生在一座有花園亭榭的大宅子中的。在幼年時期，他的每一秒鐘都是用許多金子換來的。在他的無數的玩具中，一兩一個的小金錠與整塊翡翠琢成的小壺都並不算怎樣的稀奇。假若他早生三二十年，他一定會承襲上一等候爵，而坐著八人大轎去見皇帝的。他有多少對美麗的家鴿，每天按著固定的時間，像一片流動的霞似的在青天上飛舞。他有多少對能用自己的長尾包到自己的頭的金魚，在年深苔厚的缸中舞動。他有多少罐兒入譜的蟋蟀，每逢競鬥一次，就須過手多少塊白花花的洋錢。他有在冬天還會振翅鳴叫的，和翡翠一般綠的蟈蟈，用雕刻得極玲瓏細緻的小葫蘆裝著，揣在他的懷裡；葫蘆的蓋子上鑲著寶石。……他吃，喝，玩，笑，像一位太子那麼舒適，而無須乎受太子所必須受的拘束。在吃，喝，玩，笑之外，他也常常生病；在金子裡生活著有時候是不大健康的。不過，一生病，他便可以得到更多的憐愛，糟蹋更多的錢，而把病痛變成一種也頗有意思的消遣；貴人的臥病往往是比窮人的健壯更可羨慕的。他極聰明，除了因與書籍不十分接近而識字不多外，對什麼遊戲玩耍他都一看就成了專家。在八歲的時候，他已會唱好幾齣整本的老生戲，而且腔調韻味極像譚叫天的。在十歲上，他已經會彈琵琶，拉胡琴 —— 胡琴拉得特別的好。

在滿清的末幾十年，旗人的生活好像除了吃漢人所供給的米，與花漢人供獻的銀子而外，整天整年的都消磨在生活藝術中。上自王侯，下至旗

兵，他們都會唱二簧，單絃，大鼓，與時調。他們會養魚，養鳥，養狗，種花，和鬥蟋蟀。他們之中，甚至也有的寫一筆頂好的字，或畫點山水，或作些詩詞 —— 至不濟還會謅幾套相當幽默的悅耳的鼓兒詞。他們的消遣變成了生活的藝術。他們沒有力氣保衛疆土和穩定政權，可是他們會使雞鳥魚蟲都與文化發生了最密切的關係。他們聽到了革命的槍聲便全把頭藏在被窩裡，可是他們的生活藝術是值得寫出多少部有價值與趣味的書來的。就是從我們現在還能在北平看到的一些小玩藝兒中，像鴿鈴，風箏，鼻菸壺兒，蟋蟀罐子，鳥兒籠子，兔兒爺，我們若是細心的去看，就還能看出一點點旗人怎樣在最細小的地方花費了最多的心血。

文侯爺不是旗人。但是，因為爵位的關係，他差不多自然而然的便承襲了旗人的那一部文化。假若他不生在民國元年，說不定他會成為穿宮過府的最漂亮的人物，而且因能拉會唱和鬥雞走狗得到最有油水的差事。不幸，他生在民國建國的第一天。他的思想 —— 假若他也有思想 —— 趣味，生活習慣與本領，完全屬於前朝，而只把兩隻腳立在民國的土地上。民國的國民不再作奴隸，於是北平那些用楠木為柱，琉璃作瓦的王府，不到幾年就因老米與銀錠的斷絕而出賣，有的改為軍閥的私宅，有的改為學校，有的甚至拆毀了而把磚瓦零賣出去，換些米麵。貴族的衰落多半是像雨後的鮮蘑的，今天還是龐大的東西，明天就變成一些粉末，隨風而逝！文侯爺的亭臺閣榭與金魚白鴿，在他十三四歲的時候，也隨著那些王公的府邸變成了換米麵的東西。他並沒感到怎樣的難過，而只覺得生活上有些下方便。那些值錢的東西本來不是他自己買來的，所以他並不戀戀不捨的，含著淚的，把它們賣出去。他不知道那些物件該值多少錢，也不曉得米麵賣多少錢一斤；他只感到那些東西能換來米麵便很好玩。經過多少次好玩，他發現了自己身邊只剩下了一把胡琴。

他的太太，文若霞，是家中早就給他定下的。她的家庭沒有他的那麼

大，也沒有那麼闊綽，可是也忽然的衰落，和他落在同一的情形上。他與她什麼也沒有了，可是在十八歲上他們倆有了個須由他們自己從一棵蔥買到一張桌子的小家庭。他們為什麼生在那用金子堆起來的家庭，是個謎；他們為什麼忽然變成連一塊瓦都沒有了的人，是個夢；他們只知道他們小兩口都像花一樣的美，只要有個屋頂替他們遮住雨露，他們便會像一對春天的小鳥那麼快活。在他們心中，他們都不曉得什麼叫國事，與世界上一共有幾大洲。他們沒有留戀過去的傷感，也沒有顧慮明天的憂懼，他們今天有了飯便把握住了今天的生活；吃完飯，他們會低聲的歌唱。他們的歌唱慢慢的也能供給他們一些米麵，於是他們就無憂無慮的，天造地設的，用歌唱去維持生活。他們經歷了歷史的極大的變動，而像嬰兒那麼無知無識的活著；他們的天真給他們帶來最大的幸福。

小文 —— 現在，連他自己似乎也忘了他應當被稱為侯爺 —— 在結婚之後，身體反倒好了一點，雖然還很瘦，可是並不再三天兩頭兒的鬧病了。矮個子，小四方臉，兩道很長很細的眉，一對很知道好歹的眼睛，他有個令人喜愛的清秀模樣與神氣。在他到票房和走堂會去的時候，他總穿起相當漂亮的衣裳，可是一點也不顯著匪氣。平時，他的衣服很不講究，不但使人看不出他是侯爺，而且也看不出他是票友。無論他是打扮著，還是隨便的穿著舊衣裳，他的風度是一致的：他沒有驕氣，也不自卑，而老是那麼從容不迫的，自自然然的，眼睛平視，走著他的不緊不慢的步子。對任何人，他都很客氣；同時，他可是絕不輕於去巴結人。在街坊四鄰遇到困難，而求他幫忙的時候，他絕不搖頭，而是手底下有什麼便拿出什麼來。因此，鄰居們即使看不起他的職業，可還都相當的尊敬他的為人。

在樣子上，文若霞比她的丈夫更瘦弱一點。可是，在精力上，她實在比他強著好多。她是本衚衕中的林黛玉。長臉蛋，長脖兒，身量不高，而且微有一點水蛇腰，看起來，她的確有些像林黛玉。她的皮膚很細很白，

眉眼也很清秀。她走道兒很慢，而且老低著頭，像怕踩死一個蟲兒似的。當她這麼羞怯怯的低頭緩步的時候，沒人能相信她能登臺唱戲。可是，在她登臺的時候，她的眉畫得很長很黑，她的眼底下染上藍暈，在臺口一揚臉便博個滿堂好兒；她的眉眼本來清秀，到了臺上便又添上英竦。她的長臉蛋揉上胭脂，淡淡的，極勻潤的，從腮上直到眼角，像兩片有光的淺粉的桃瓣。她「有」脖子。她的水蛇腰恰好能使她能伸能縮，能軟能硬。她走得極穩，用輕移緩進控制著鑼鼓。在必要時，她也會疾走；不是走，而是在臺上飛。她能唱青衣，但是拿手的是花旦；她的嗓不很大，可是甜蜜，帶著膛音兒。

論唱，論做，論扮相，她都有下海的資格。可是，她寧願意作拿黑杵的票友，而不敢去搭班兒。

她唱，小文給她拉琴。他的胡琴沒有一個花招兒，而託腔託得極嚴。假若內行們對若霞的唱作還有所指摘，他們可是一致的佩服他的胡琴。有他，她的不很大的嗓子就可以毫不費力的得到預期的彩聲。在維持生活上，小文的收入比她的多，因為他既無須乎像她那麼置備行頭和頭面，而且經常的有人來找他給託戲。

在他們小夫婦初遷來的時候，衚衕裡的青年們的頭上都多加了些生髮油 —— 買不起油的也多抿上一點水。他們有事無事的都多在衚衕裡走兩趟，希望看到「她」。她並不常出來。就是出來，她也老那麼低著頭，使他們無法接近。住過幾個月，他們大家開始明白這小夫婦的為人，也就停止了給頭髮上加油。大家還感到她的秀美，可是不再懷著什麼惡意了。

為她而出來次數最多的是冠曉荷。他不只在衚衕裡遇見過她，而且看過她的戲。假若她是住在別處，倒也罷了；既是近鄰，他覺得要對她冷淡，便差不多是疏忽了自己該盡的義務。再說，論年紀，模樣，技藝，她又遠勝尤桐芳；他要是漠不關心她，豈不是有眼而不識貨麼。他知道附近

的年輕人都在頭髮上加了油，可是他也知道只要他一往前邁步，他們就沒有絲毫的希望；他的服裝，氣度，身分，和對婦女的經驗，都應當作他們的老師。從另一方面看呢，小文夫婦雖然沒有捱餓的危險，可是說不上富裕來；那麼，他要是常能送過去一兩雙絲襪子什麼的，他想他必能討過一些便宜來的；有這麼「經濟」的事兒，他要是不向前進攻，也有些不大對得住自己。他決定往前伸腿。

在衚衕中與大街上，他遇上若霞幾次。他靠近她走，他嬌聲的咳嗽，他飛過去幾個媚眼，都沒有效果。他改了主意。

拿著點簡單的禮物，他直接的去拜訪新街坊了。小文夫婦住的是兩間東房，外間是客廳，內間是臥室；臥室的門上掛著張很乾淨的白布簾子。客廳裡除了一張茶几，兩三個小凳之外，差不多沒有什麼東西。牆上的銀花紙已有好幾張脫落下來的。牆角上放著兩三根藤子棍。這末一項東西說明瞭屋中為什麼這樣簡單 —— 便於練武把子。

小文陪著冠先生在客廳內閒扯。冠先生懂得「一點」二簧戲，將將夠在交際場中用的那麼一點。他決定和小文談戲。敢在專家面前拿出自己的一知半解的人不是皇帝，便是比皇帝也許更胡塗的傻蛋。冠先生不傻。他是沒皮沒臉。

「你看，是高慶奎好，還是馬連良好呢？」冠先生問。小文極自然的反問：

「你看呢？」小文的態度是那麼自然，使冠曉荷絕不會懷疑他是有意的不回答問題，或是故意的要考驗考驗客人的知識。不，沒人會懷疑他。他是那麼自然，天真。他是貴族。在幼年時，他有意無意的學會這種既不忙著發表意見，而還能以極天真自然的態度使人不至於因他的滑頭而起反感。

冠曉荷不知道怎樣回答好了。對那兩位名伶，他並不知道長在哪裡，

短在何處。「哪 ──」他微一皺眉,「恐怕還是高慶奎好一點!」唯恐說錯,趕緊又補上:「一點 ── 點!」小文沒有搖頭,也沒有點頭。他乾脆的把這一頁揭過去,而另提出問題。假若他搖頭,也許使冠先生心中不悅;假若點頭,自己又不大甘心。所以,他硬把問題擺在當地,而去另談別的。幼年時,他的侯府便是一個小的社會;在那裡,他見過那每一條皺紋都是用博得「天顏有喜」的狡猾與聰明鑄成的大人物 ── 男的和女的。見識多了,他自然的學會幾招。

　　臉上一點沒露出來,他的心中可實在沒看起冠先生。又談了一會兒,小文見客人的眼不住的看那個白布門簾,他叫了聲:「若霞!冠先生來啦!」倒好像冠先生是多年的老友似的。

　　冠先生的眼盯在了布簾上,心中不由的突突亂跳。很慢很慢的,若霞把簾子掀起,而後像在戲臺上似的,一閃身出了場。她穿著件藍布半大的褂子,一雙白緞子鞋;臉上只淡淡的拍了一點粉。從簾內一閃出來,她的臉就正對著客人,她的眼極大方的天真的看著他。她的隨便的裝束教她好像比舞台上矮小了好多,她的臉上下似在舞台上那麼豔麗,可是肉皮的細潤與眉眼的自然教她更年輕一些,更可愛一些。可是,她的聲音好像是為她示威。一種很結實,很清楚,教無論什麼人都能聽明白這是一個大方的,見過世面的,好聽而不好招惹的聲音。這個聲音給她的小長臉上忽然的增加了十歲。

　　「冠先生,請坐!」

　　冠先生還沒有站好,便又坐下了。他的心裡很亂。她真好看,可是他不敢多看。她的語音兒好聽,可是他不願多聽 ── 那語聲不但不像在舞台上那麼迷人,反而帶著點令人清醒的冷氣兒。

　　冠曉荷,在進到這小夫婦的屋裡以前,以為他必受他們倆的歡迎,因為他十分相信自己的地位身分是比他們倆高得很多的。因此,他所預備下

的話，差不多都屬於「下行」的：他會照應他們，他們理應感激與感謝他。他萬沒想到他們倆的氣度會是這麼自自然然的不卑不亢！他有點發慌！預備好的話已經拿不出來，而臨時找話說總容易顯出傻氣。

他扯什麼，他們夫婦倆就隨著扯什麼。但是，無論扯什麼，他們倆的言語與神氣都老有個一定的限度。他們自己不越這個限度，也不容冠曉荷越過去。他最長於裝瘋賣傻的「急進」。想當初，他第一次約尤桐芳吃飯的時候，便假裝瘋魔的吻了她的嘴。今天，他施展不開這套本事。

來看小文夫婦的人相當的多。有的是來約幫忙，有的是來給若露說戲，或來跟她學戲，有的是來和小文學琴，有的……這些人中有男有女，有老有少，他們都像是毫無用處的人，可是社會要打算成個社會，又非有他們不可。他們有一種沒有用處的用處。他們似乎都曉得這一點，所以他們只在進來的時候微向冠先生一點頭，表示出他們自己的尊傲。到臨走的時候，他們都會說一聲「再見」或「您坐著」，而並沒有更親密的表示。冠先生一直坐了四個鐘頭。他們說戲，練武把，或是學琴，絕對不因他在那裡而感到不方便。他們既像極坦然，又像沒把冠先生放在眼裡。他們說唱便唱，說比劃刀槍架兒便抄起牆角立著的藤子棍兒。他們在學本事或吊嗓子之外，也有說有笑。他們所說的事情與人物，十之八九是冠先生不知道的。他們另有個社會。他們口中也帶著髒字，可是這些字用得都恰當，因恰當而健康。他們的行動並沒有像冠先生所想像的那麼卑賤，隨便，與亂七八糟！他覺得大家對他太冷淡。他幾次想告辭而又不忍得走。又坐了會兒，他想明白：大家並沒冷淡他，而是他自視太高，以為大家應當分外的向他獻殷勤；那麼，大家一不「分外」的表示親熱，自然就顯著冷淡了。他看明白這一點，也就決定不僅呆呆的坐在那裡，而要參加他們的活動。在一個適當的機會，他向小文說，他也會哼哼兩句二簧。他的意思是教小文給他拉琴。小文又沒點頭，也沒搖頭，而把冠先生的請求擱在了一旁。

冠先生雖然沒皮沒臉，也不能不覺得發僵。他又想告辭。

正在這時候，因為屋裡人太多了，小文把白布簾折捲起來。冠曉荷的眼花了一下。

裡間的頂棚與牆壁是新糊的四白落地，像洞房似的那麼乾淨溫暖。床是鋼絲的。不多的幾件木器都是紅木的。牆上掛著四五個名伶監製的泥花臉，一張譚叫天的戲裝照片，和一張相當值錢的山水畫。在小文夫婦到須睡木板與草墊子的時候，他們並不因沒有鋼絲床而啼哭。可是，一旦手中有了錢，他們認識什麼是舒服的，文雅的；他們自幼就認識鋼絲床，紅木桌椅，與名貴的字畫。

冠曉荷看愣了。這間臥室比他自己的既更闊氣，又文雅。最初，他立在屋門口往裡看。過了一會兒，假裝為細看那張山水畫，而在屋中巡閱了一遭。巡閱完，他坐在了床沿上，細看枕頭上的繡花。他又坐了一個鐘頭。在這最後的六十分鐘裡，他有了新的發現。他以為文若霞必定兼營副業，否則怎能置備得起這樣的桌椅擺設呢？他決定要在這張床上躺那麼幾次！

第二天，他很早的就來報到。小文夫婦沒有熱烈的歡迎他，也沒有故意的冷淡他，還是那麼不即不離的，和昨天差不多。到快吃飯的時候，他約他們去吃個小館，他們恰巧因有堂會不能相陪。

第三天，冠先生來的更早。小文夫婦還是那樣不卑不亢的對待他。他不能否認事情並沒什麼發展，可是正因為如此，他才更不能放鬆一步。在這裡，即使大家都沒話可說，相對著發愣，他也感到舒服。

在這三五天之內，大赤包已經與尤桐芳聯了盟。大赤包的孃家很有錢。在當初，假若不是她家中的銀錢時常在冠曉荷的心中一閃一閃的發光，他絕不會跟她結婚；在結婚之前，她的臉上就有那麼多的雀斑。結婚之後，大赤包很愛冠曉荷 —— 他的確是個可愛的風流少年。同時，她也

很害怕，她感覺到他並沒把風流不折不扣的都拿了出來給她 —— 假若他是給另一個婦人儲存著可怎麼好呢！因此，她的耳目給冠曉荷撒下了天羅地網。在他老老實實的隨在她身後的時候，她知道怎樣憐愛他，打扮他，服侍他，好像一個老姐姐心疼小弟弟那樣。趕到她看出來，或是猜想到，他有衝出天羅地網的企圖，她會毫不留情的管教他，像繼母打兒子那麼下狠手。可惜，她始終沒給冠家生個男娃娃。無論她怎樣厲害，她沒法子很響亮的告訴世界上：沒有兒子是應當的呀！所有的婦科醫院，她都去訪問過；所有的司管生娃娃的神仙，她都去燒過香；可是她攔不住冠曉荷要娶小 —— 他的宗旨非常的光明正大，為生兒子接續香菸！她翻滾的鬧，整桶的流淚，一會兒聲言自殺，一會兒又過來哀求……把方法用盡，她並沒能攔住他娶了尤桐芳。

在作這件事上，冠曉荷表現了相當的膽氣與聰明。三天的工夫，他把一切都辦好；給朋友們擺上了酒席，他告訴他們他是為要兒子而娶姨太太。他在南城租了一間小北屋，作為第二洞房。

大赤包在洞房中人還未睡熟，便帶領著人馬來偷營劫寨。洞房裡沒有多少東西，但所有的那一點，都被打得粉碎。她給尤桐芳個下馬威。然後，她僱了輛汽車，把桐芳與曉荷押解回家。她沒法否認桐芳的存在，但是她須教桐芳在她的眼皮底下作小老婆。假若可能，她會把小老婆折磨死！

幸而桐芳建穩了陣地，對大赤包的每一進攻都予以有力的還擊。這樣，大赤包與尤桐芳雖然有機會就吵，可是暗中彼此伸了大指，而桐芳的生命與生活都相當的有了保障。

冠曉荷天天往文家跑，使大赤包與尤桐芳兩位仇敵變成了盟友。大赤包決定不容丈夫再弄一個野娘們來。桐芳呢，既沒能給曉荷生兒子，而年歲又一天比一天大起來，假若曉荷真的再來一份兒外家，她的前途便十分

黯淡了。她們倆聯了盟。桐芳決定不出一聲，而請大赤包作全權代表。大赤包一張口就說到了家：「曉荷！請你不要再到六號去！你要非去不可呢，我和桐芳已商量好，會打折你的腿。把你打殘廢了，我們倆情願養活著你，伺候著你！」

曉荷想辯駁幾句，說他到文家去不過是為學幾句戲，並無他意。

大赤包不准他開口。

「現在，你的腿還好好的，願意去，只管去！不過，去過以後，你的腿……我說到哪裡，作到哪裡！」她的語聲相當的低細，可是臉煞白煞白的，十足的表明出可以馬上去殺人的決心與膽氣。

曉荷本想逗一逗她，可是幾次要抬腿出去，都想到太太的滿臉煞氣，而把腿收回來。

桐芳拜訪了若霞一次。她想：她自己的，與文若霞的，身分，可以說是不分上下。那麼，她就可以利用這個職業相同的關係 —— 一個唱鼓書的與一個女票友 —— 說幾句坦白而發生作用的話。

桐芳相當痛苦的把話都說了。若霞沒有什麼表示，而只淡淡的說了句：「他來，我沒法攆出他去；他不來，我永遠不會下帖請他去。」說完，她很可愛的笑了一小聲。

桐芳不甚滿意若霞的回答。她原想，若霞會痛痛快快的一口答應下不准冠曉荷再進來的。若霞既沒這樣的堅決的表示，桐芳反倒以為若霞真和曉荷有點感情了。她不敢登時對若霞發作，可是回到家中，她決定與大赤包輪流在大門洞內站崗，監視曉荷的出入。

曉荷沒法逃出監視哨的眼睛。他只好留神打聽若霞在何時何地清唱或彩唱，好去捧場，並且希望能到後臺去看她，約她吃回飯什麼的。他看到了她的戲，可是她並沒從戲臺上向他遞個眼神。他到後臺約她，也不知道

怎麼一轉動，她已不見了！

　　不久，這點只為「心到神知」的祕密工作，又被大赤包們看破。於是，冠先生剛剛的在戲院中坐下，兩位太太也緊跟著坐下；冠先生剛剛拚著命喊了一聲好，歡迎若霞出場，不知道他的兩隻耳朵怎麼就一齊被揪住，也說不清是誰把他腳不擦地的拖出戲院外。胡裡胡塗的走了好幾十步，他才看清，他是作了兩位太太的俘虜。

　　從這以後，曉荷雖然還不死心，可是表面上服從了太太的話，連向六號看一看都不敢了。

　　在日本兵入了城以後，他很「關切」小文夫婦。不錯，小文夫婦屋中擺著的是紅木桌椅，可是戲園與清唱的地方都關起門來，而又絕對不會有堂會，他們大概就得馬上捱餓！他很想給他們送過一點米或幾塊錢去。可是，偷偷的去吧，必惹起口舌；向太太說明吧，她一定不會相信他還能有什麼「好」意。他越關切文家，就越可憐自己在家庭中竟自這樣失去信用與尊嚴！

　　現在，他注意到了新民會，也打聽明白慶祝保定陷落的大遊行是由新民會主持，和新民會已去發動各行各會參加遊行。所謂各會者，就是民眾團體的，到金頂妙峰山或南頂娘娘廟等香火大會去朝香獻技的開路，獅子，五虎棍，耍花壇，槓箱官兒，秧歌等等單位。近些年來，因民生的凋敝，迷信的破除，與娛樂習尚的改變，這些「會」好像已要在北京城內絕跡了。在抗戰前的四五年中，這些幾乎被忘掉的民間技藝才又被軍隊發現而重新習練起來 —— 它們表演的地方可不必再是香火大會，表演的目的也往往由敬神而改為競技。許多老人們看見這些檔子玩藝兒，就想起太平年月的光景而不住的感嘆。許多浮淺的青年以為這又是一個復古的現像，開始詛咒它們。

　　新民會想起它們來，一來因為這種會都是各行業組織起來的；那麼，

有了它們就差不多是有了民意；二來因為這不是田徑賽或搏擊那些西洋玩藝，而是道地的中國東西，必能取悅於想以中國辦法滅亡中國的日本人。

冠曉荷這次的到六號去是取得了太太的同意的。他是去找棚匠劉師傅。耍太獅少獅是棚匠們的業餘的技藝。當幾檔子「會」在一路走的時候，遇見橋樑，太獅少獅便須表演「吸水」等極危險，最見工夫的玩藝。只有登梯爬高慣了的棚匠，才能練獅子。劉師傅是耍獅子的名手。

冠曉荷不是替別人來約劉師傅去獻技，而是打算由他自己「送給」新民會一兩檔兒玩藝。不管新民會發動得怎樣，只要他能送上一兩組人去，就必能引起會中對他的注意。他已和一位新聞記者接洽好，替他作點宣傳。

剛到六號的門外，他的心已有點發跳。進到院中，他願像一枝火箭似的射入東屋去。可是，他用力剎住心裡的閘，而把腳走向北小屋去。

「劉師傅在家？」他輕輕的問了聲。

劉師傅的身量並不高，可是因為渾身到處都有力氣，所以顯著個子很大似的。他已快四十歲，臉上可還沒有什麼皺紋。臉色相當的黑，所以白眼珠與一口很整齊的牙就顯著特別的白。有一口白而發光的牙的人，像劉師傅，最容易顯出精神，健壯來。圓臉，沒有什麼肉，處處都有稜有角的發著光。

聽見屋外有人叫，他像一條豹子那麼矯健輕快的迎出來。他已預備好了一點笑容，臉上的稜角和光亮都因此而軟化了一些。及至看清楚，門外站著的是冠曉荷，他的那點笑容突然收回去，臉上立刻顯著很黑很硬了。

「嘔，冠先生！」他在階下擋住客人，表示出有話當面講來，不必到屋中去。他的屋子確是很窄別，不好招待貴客，但是假若客人不是冠曉荷，他也絕不會逃避讓座獻茶的義務的。冠先生沒有接受劉師傅的暗示，

大模大樣的想往屋裡走。對比他地位高的人，他把人家的屁也看成暗示；對比他低下的人，暗示便等於屁。

「有事嗎？冠先生！」劉師傅還用身子擋著客人。「要是 —— 我們茶館坐坐去好不好？屋裡太不像樣兒！」他覺得冠先生不會還聽不出他的意思來，而閃開了一點身子 —— 老擋著客人像什麼話呢。

冠先生似乎根本沒聽見劉師傅的話。「無聊」，假若詳細一點來解釋，便是既不怕白費了自己的精神，又不怕討別人的厭。冠先生一生的特長便是無聊。見劉師傅閃開了點，他伸手去拉門。劉師傅的臉沉下來了。「我說，冠先生，屋裡不大方便，有什麼話我們在這裡說！」

見劉師傅的神氣不對了，冠先生才想起來：他今天是來約請人家幫忙的，似乎不該太不客氣了。他笑了一下，表示並不惱劉師傅的沒有禮貌。然後，很甜蜜的叫了聲「劉師傅」，音調頗像戲臺上小旦的。「我求你幫點忙！」「說吧，冠先生！」

「不！」曉荷作了個媚眼。「不！你得先答應我！」「你不告訴我明白了，我不能點頭！」劉師傅說得很堅決。「不過，一說起來，話就很長，我們又沒個地方 ——」曉荷看了四圍一眼，覺得此地實在不是講話的所在。「沒關係！我們粗鹵人辦事，三言兩語，脆快了當，並不挑地方！」劉師傅的白牙一閃一閃的說，臉上很難看。「劉師傅，你知道，」冠先生又向四外看了一眼，把聲音放得很低，「保定……不是要大遊行嗎？」

「嘔！」劉師傅忽然笑了，笑得很不好看。「你是來約我耍獅子去？」

「小點聲！」冠先生開始有點急切。「你怎麼猜著的？」「他們已經來約過我啦！」

「誰？」

「什麼民會呀！」

「嗚！」

「我告訴了他們，我不能給日本人耍！我的老家在保定，祖墳在保定！我不能慶祝保定陷落！」

冠曉荷愣了一小會兒，忽然的一媚笑：「劉師傅，你不幫忙他們，可否給我個臉呢？我們是老朋友了！」說罷，他皺上點眉看著劉師傅，以便增補上一些感動力。

「就是我爸爸來叫我，我也不能去給日本人耍獅子！」說完，劉師傅拉開屋門，很高傲，威嚴的走進去。

冠先生的氣不打一處來！他恨不能追進屋去，把劉棚匠飽打一頓！可是，他不敢發作；論力氣，劉師傅能打他這樣的四五個人；論道理，儘管他恨劉師傅，可是他不能派給合適的罪名。他呆呆的立在那裡，非常的僵得慌！小文從外面走來，非常的安詳，自然。

冠先生急中生智，忙向劉師傅的屋門推了兩下子，「不送！不送！」他的聲音帶出那麼多的誠懇與著急，劉師傅似乎非服從不可了。

小文看見了冠先生的動作，彷彿也聽見了劉師傅在屋裡說：「那麼，就真不送了！」他的小四方臉上泛起一層笑意，準備和冠先生搭話。

「文先生！幹嘛去啦？」冠先生親熱的打招呼。小文大大方方的一笑，把左手抬了起來，教冠先生看：「剛由當鋪回來！」

冠先生看清他的手裡攥著一張當票兒。他想順著這張當票子說出他對文宅的關切與願意幫忙。可是，小文的神氣既不以噹噹為恥，也似乎沒感到生活有什麼可怕的壓迫。他把當票子給冠先生看，似乎完全出於天真好玩，而一點也沒有向他求憐的意思。看著小文，冠先生一時不能決定怎樣張嘴好。他微一愣住，小文可就不知怎的笑了笑，點了頭，躲開了。他第二次獨自立在了院中。

他的氣更大了！他本想搭訕著和小文一同走進東屋，看看若霞──能多親近她一次，就是回家多挨幾句罵也值得！小文這樣的溜開，教他不好意思邁大步趕上前去──人的行動和在舞台上的差不多，丟了一板，便全盤錯亂了。他低著頭往外走。

看！誰在大槐樹下立著呢？祁瑞豐！

冠先生的眼剛剛看清瑞豐的小幹臉，他的心就像噹的響了一聲似的那麼痛快，高興在這張小幹臉上，他看到了一點他自己；像小兒看見親孃似的，他撲了過來。

瑞豐看著小妞子玩耍呢──他自己還沒有兒女，所以對侄男侄女倒確乎很愛護。在小順兒與妞子之間，他又特別的喜愛妞子；一個男孩子不知怎的就容易惹起什麼「後代香菸」之感，而難免有點嫉妒；女孩子似乎就沒有這點作用。為將要有領隊遊行的榮耀，他今天特別的高興，所以把妞子帶到門外來玩耍；假若遇到賣糖果的，他已決定要給妞子五分錢，教她自己挑選幾塊糖。

沒有等冠先生問，他把藍東陽與遊行等等都一五一十的說了。他非常的得意，說話的時候直往起欠腳，好像表示自己的身量和身分都高起一塊似的。

冠先生有點嫉妒。一個像針尖那麼小的心眼，要是連嫉妒也不會了，便也就不會跳動了。可是，他不便表示出他的妒意。他勉強的笑，笑得很用力，而沒有多少笑意。他拉住了瑞豐的手：

「我能不能見見這位藍東陽先生呢？嗯，乾脆我請他來吃晚飯好不好？你夫婦作陪！」

瑞豐的心開開一朵很大的花。請吃飯便是他的真，善，美！可是，他不敢替東陽先生答應什麼。論實際的情形，他不能替東陽作主；論作戲，

他也須思索一下，好顯出自己的重要。「一定這麼辦了！」冠先生不許瑞豐再遲疑。「你勞駕跑一趟吧，我馬上就去備一份兒帖子！好在，就是他今天不能來，你和他商定一個時間好啦！」

瑞豐受了感動。他也想由心的最深處掏出一點什麼來，還敬給冠先生。想了一會兒，他心裡冒出來一串「嘔！嘔！嘔！」他想起來了：

「冠先生！東陽先生還沒結過婚！你不是囑託過我，給大小姐留點心？」

「是呀！那就更好啦！他是學 —— 」

「文學的！手底下很硬！啊 —— 硬得很！」

「極好了！高第看過好多本小說！我想，她既喜愛文學，就必也喜愛文學家！這件事麼 —— 好得很！」

大槐樹下兩張最快活的臉，在一塊兒笑了好幾分鐘，而後依依不捨的分開 —— 一個進了三號，一個進到五號。

第 25 幕　北平人

北平，那剛一降生似乎就已衰老，而在滅亡的時候反倒顯著更漂亮的北平，那因為事事都有些特色，而什麼事也顯不出奇特的北平，又看見一椿奇事。

北平人，正像別處的中國人，只會吵鬧，而不懂得什麼叫嚴肅。

北平人，不論是看著王公大人的，行列有兩三里長的，執事樂器有幾百件的，大殯，還是看著一把紙錢，四個槓夫的簡單的出喪，他們只會看熱鬧，而不會哀悼。

北平人，不論是看著一個綠臉的大王打跑一個白臉的大王，還是八國聯軍把皇帝趕出去，都只會咪嘻咪嘻的假笑，而不會落真的眼淚。

今天，北平可是 —— 也許是第一次吧 —— 看見了嚴肅的，悲哀的，含淚的，大遊行。

新民會的勢力還小，辦事的人也還不多，他們沒能發動北平的各界都來參加。參加遊行的幾乎都是學生。

學生，不管他們學了什麼，不管他們怎樣會服從，不管他們怎麼幼稚，年輕，他們知道個前人所不知道的「國家」。低著頭，含著淚，把小的紙旗倒提著，他們排著隊，像送父母的喪似的，由各處向天安門進行。假若日本人也有點幽默感，他們必會咂摸出一點諷刺的味道，而申斥新民會 —— 為什麼單教學生們來作無聲的慶祝呢？

瑞宣接到學校的通知，細細的看過，細細的撕碎，他準備辭職。

瑞豐沒等大哥起來，便已梳洗完畢，走出家門。一方面，他願早早的到學校裡，好多幫藍東陽的忙；另一方面，他似乎也有點故意躲避著大哥

的意思。

　　他極大膽的穿上了一套中山裝！自從日本人一進城，中山裝便與三民主義被大家藏起去，正像革命軍在武漢勝利的時候，北平人 —— 包括一些旗人在內 —— 便迎時當令的把髮辮卷藏在帽子裡那樣。瑞豐是最識時務的人。他不但把他的那套藏青嗶嘰的中山裝脫下來，而且藏在箱子的最深處。可是，今天他須領隊。他怎想怎不合適，假若穿著大衫去的話。他冒著汗從箱子底上把那套中山裝找出來，大膽的穿上。他想：領隊的必須穿短裝，恐怕連日本人也能看清他之穿中山裝是隻為了「裝」，而絕對與革命無關。假若日本人能這樣原諒了中山裝，他便是中山裝的功臣，而又有一片牛好向朋友們吹了。

　　穿著中山裝，他走到了葫蘆肚的那片空地。他開始喊嗓子：立 —— 正，齊步 —— 走……。他不知道今天是否由他喊口令，可是有備無患，他須喊一喊試試。他的嗓音很尖很乾，連他自己都覺得不甚好聽。可是他並不灰心，還用力的喊叫；只要努力，沒有不成的事，他對自己說。

　　到了學校，東陽先生還沒起來。

　　學生也還沒有一個。

　　瑞豐，在這所幾乎是空的學校裡，感到有點不大得勁兒。他愛熱鬧，可是這裡極安靜；他要表演表演他的口令，露一露中山裝，可是等了半天，還不見一個人。他開始懷疑自己的舉動 —— 答應領隊，和穿中山裝 —— 是否聰明？直到此刻，他才想到，這是為日本人辦事，而日本人，據說，是不大好伺候的。哼，帶著學生去見日本人！學生若是一群小猴，日本人至少也是老虎呀！這樣一想，他開始害了怕；他打算乘藍東陽還沒有起來，就趕緊回家，脫了中山裝，還藏在箱子底兒上。不知怎的，他今天忽然這樣怕起日本人來；好像是直覺的，他感到日本人是最可怕的，最不講情理的，又像人，又像走獸的東西。他永遠不和現實為敵。亡

國就是亡國，他須在亡了國的時候設法去吃，喝，玩，與看熱鬧。自從日本人一進城，他便承認了日本是征服者。他覺得只要一這樣的承認，他便可以和日本人和和氣氣的住在一處──憑他的聰明，他或者還能占日本人一點小便宜呢！奇怪，今天他忽然怕起日本人來。假若不幸（他閉上眼亂想），在學生都到了天安門的時候，而日本人開了機關槍呢？像一滴冰水落在脊背上那樣，他顫抖了一下。他，為了吃喝玩樂，真願投降給日本人；可是，連他也忽然的怕起來。

學生，慢慢的，三三兩兩的來到。瑞豐開始放棄了胡思亂想；只要有人在他眼前轉動，他便能因不寂寞而感到安全。

在平日，他不大和學生們親近。他是職員，他知道學生對職員不像對教員那麼恭敬，所以他以為和學生們隔離得遠一些也許更能維持自己的尊嚴。今天，他可是決定和學生們打招呼。

學生們對他都很冷淡。起初，他還以為這是平日與他們少聯絡的關係；及至學生差不多都來齊，而每個人臉上都是那麼憂鬱，不快活，他才又感到點不安。他還是沒想到學生是為慶祝保定陷落而羞愧，沉默；他又想起那個「萬一學生都到了天安門，而日本人開了機關槍呢？」他感到事情有些不妙。大家不笑不鬧，他便覺得要有什麼禍事發生。他找了藍先生去。藍先生剛醒，而還沒有起床的決心；閉著眼，享受著第一支香菸。看到了煙，瑞豐才敢問：「醒啦？藍先生！」

藍先生最討厭人家擾他的早睡和早上吸第一支菸時的小盹兒。他沒出聲，雖然聽清楚了瑞豐的話。

瑞豐又試著說了聲：「學生們都到得差不多了。」

藍東陽發了怒：「到齊了就走吧，緊著吵我幹嘛呢？」「校長沒來，先生只來了一位，怎能走呢？」

「不走就不走！」藍先生狠命的吸了一口煙，把菸頭摔在地上，把腦袋又鑽到被子裡面去。

瑞豐愣在了那裡，倒好像發愣有什麼作用似的。雖然他無聊，無知，他卻沒有完全丟掉北平人的愛面子。雖然巴結藍先生是關係著他的前途，他可是不能忍受這樣的沒禮貌。他願意作真奴隸，而被呼為先生；虛偽是文化的必要的粉飾！他想放手不管遊行這回事了，他的臉面不能就這麼隨便的丟掉！可是，他又不願就這麼乾巴巴的和藍先生斷絕了關係；一個北平人是不妨為維持臉面而丟一點臉面的。他想，他應當平心靜氣的等藍先生完全醒清楚了再說。假如藍先生在完全清醒了之後，而改變了態度，事情就該從新另想一番了。

正在瑞豐這麼遲疑不決的當兒，藍先生的頭又從那張永遠沒有拆洗過的被子裡鑽了出來。為趕走睏倦，他那一向會扯動的鼻眼像都長了腿兒似的，在滿臉上亂跑，看著很可笑，又很可怕。鼻眼扯動了一大陣，他忽然的下了床。他用不著穿襪子什麼的，因為都穿著呢；他的睡衣也就是「醒衣」。他的服裝，白天與夜間的不同只在大衫與被子上；白天不蓋被，夜間不穿大衫，其餘的都畫夜不分。

下了床，他披上了長袍，又點上一支菸。香菸點好，他感覺得生活恰好與昨晚就寢時聯接到一塊 —— 吸著煙就寢，吸著煙起床，中間並無空隙，所以用不著刷牙漱口洗臉等等麻煩。

沒有和瑞豐作任何的商議，藍先生髮了話：「集合！」「這麼早就出發嗎？」瑞豐問。

「早一點晚一點有什麼關係呢！有詩感的那一秒鐘便是永生，沒有詩的世紀等於零！」東陽得意的背誦著由雜誌上拾來的話。

「點名不點？」

「當然點名！我好懲辦那偷懶不來的！」

「要打校旗？」

「當然！」

「誰喊口令？」

「當然是你了！你想起什麼，作就是了！不必一一的問！」東陽的脾氣，在吃早點以前，是特別壞的。

「不等一等校長？」

「等他幹嘛？」東陽右眼的黑眼珠猛的向上一吊，嚇了瑞豐一跳。「他來，這件事也得由我主持！我，在，新，民，會，裡！」這末幾個字是一個一個由他口中像小豆子似的蹦出來的，每蹦出一個字，他的右手大指便在自己的胸上戳一下。他時常作出這個樣子，而且喜歡這個樣子，他管這叫做「鬥爭的姿態」。

瑞豐有點摸不清頭腦了，心中很不安。不錯，他的確是喜歡熱鬧，愛多事，可是他不願獨當一面的去負責任，他的膽子並不大。立在那裡，他希望藍先生同他一道到操場去集合學生。他不敢獨自去。可是，藍先生彷彿把事情一總全交給了瑞豐；對著唇間的菸屁股，他又點著了一支菸；深深的呼了一口，他把自己摔倒在床上，閉上了眼。

瑞豐雖然不大敢獨自去集合學生，可也不敢緊自麻煩藍先生。看藍先生閉上了眼，他覺得只好乖乖的走出去，不便再說什麼。事實上，藍東陽的成功，就是因為有像瑞豐這樣的人甘心給他墊腰。藍先生並沒有什麼才氣 —— 不論是文學的，還是辦事的。在他沒有主意的時候，他會發脾氣，而瑞豐這樣的人偏偏會把這樣的發脾氣解釋成有本事的人都脾氣不好。在他的幾年社會經驗中，藍先生沒有學會了別的，而只學到：對地位高的人要拚命諂媚 —— 無論怎樣不喜歡捧的人也到底是喜歡捧！對地位

相同和地位低的人要儘量的發脾氣，無理取鬧的發脾氣。地位相同的人，假若因不惹閒氣而躲避著他，他便在精神上取得了上風。對比他地位低的人，就更用不著說，他的脾氣會使他的地位特別的凸出，倒好像他天生的應當是太子或皇帝似的。

瑞豐把校旗和點名簿都找出來。幾次，他想拿著點名冊子到操場去；幾次，他又把它們放下。事前，他絕對沒有想到領隊出去會是這麼困難。現在，他忽然的感覺到好多好多足以使他脊骨上發涼的事 —— 假若他拿著校旗到操場去而被學生打罵一頓呢！假若到了天安門而日本人開了機關槍呢！他的小幹腦袋上出了汗。

他又找了藍先生去。話是很難編造得精巧周到的，特別是在頭上出著汗的時候。可是他不能不把話說出來了，即使話中有揭露自己的軟弱的地方。

藍先生聽到瑞豐不肯獨自到操場去的話，又發了一陣脾氣。他自己也不願意去，所以想用脾氣強迫著瑞豐獨自把事辦了。等瑞豐真的把學生領走，他想，他再偷偷的隨在隊伍後邊，有事呢就溜開，沒事呢就跟著。到了天安門，也還是這樣，天下太平呢，他便帶出大會幹事的綢條，去規規矩矩的向臺上的日本人鞠躬；見風頭不順呢，他便輕手躡腳的躲開。假若詩歌是狡猾卑鄙的結晶，藍東陽便真可以算作一個大詩人了。

瑞豐很堅決，無論如何也不獨自去集合，領隊。他的膽子小，不敢和藍先生髮脾氣。但是，為了自己的安全，他不惜拿出近乎發氣的樣子來。

結果，在打了集合的鈴以後，藍先生拿著點名冊，瑞豐拿著校旗，又找上已經來到的那一位先生，一同到操場去。兩位工友抱著各色的小紙旗，跟在後面。

瑞豐的中山裝好像有好幾十斤重似的，他覺得非常的壓得慌。一進操場，他預料學生們必定哈哈的笑他；即使不笑出聲來，他們也必會偷偷的

唧唧咕咕。

出他意料之外，學生三三兩兩的在操場的各處立著，幾乎都低著頭，沒有任何的聲響。他們好像都害著什麼病。瑞豐找不出別的原因，只好抬頭看了看天，陰天會使人沒有精神。可是，天上的藍色像寶石似的發著光，連一縷白雲都看不到。他更慌了，不曉得學生們憋著什麼壞胎，他趕快把校旗 —— 還捲著呢 —— 斜倚在牆根上。

見瑞豐們進來，學生開始往一處集攏，排成了兩行。大家還都低著頭，一聲不出。

藍先生，本來嘴唇有點發顫，見學生這樣老實，馬上放寬了點心，也就馬上想拿出點威風來。這位詩人的眼是一向只看表面，而根本連想也沒想到過人的軀殼裡還有一顆心的。今天，看到學生都一聲不出，他以為是大家全怕他呢。腋下夾著那幾本點名冊子，向左歪著臉，好教向上吊著的那隻眼能對準了大家，他發著威說：「用不著點名，誰沒來我都知道！一定開除！日本友軍在城裡，你們要是不和友軍合作，就是自討無趣！友軍能夠對你們很客氣，也能夠十分的嚴厲！你們要看清楚！為不參加遊行而被開除的，我必報告給日本方面，日本方面就必再通知北平所有的學校，永遠不收容他。這還不算，日本方面還要把他看成亂黨，不一定什麼時候就抓到監牢裡去！聽明白沒有？」藍先生的眼角糊著一灘黃的膏子，所以不住的眨眼；此刻，他一面等著學生回答，一面把黃糊子用手指挖下來，抹在袍襟上。

學生還沒出聲。沉默有時候就是抵抗。

藍先生一點沒感到難堪，回頭囑咐兩位工友把各色的小旗分給每個學生一面。無語的，不得已的，大家把小旗接過去。旗子散完，藍先生告訴瑞豐：「出發！」

瑞豐跑了兩步，把校旗拿過來，開啟。那是一面長方的，比天上的藍

色稍深一點的藍綢旗。沒有鑲邊，沒有綴穗，這是面素淨而大方的旗子；正當中有一行用白緞子剪刻的字。

校旗展開，學生都自動的立正，把頭抬起來。大家好像是表示：教我們去就夠了，似乎不必再教代表著全校的旗幟去受汙辱吧！這點沒有明說出來的意思馬上表面化了 —— 瑞豐把旗子交給排頭，排頭沒有搖頭，也沒有出聲，而只堅決的不肯接受。這是個十五歲而發育得很高很大的，重眉毛胖臉的，誠實得有點傻氣的，學生。他的眼角窩著一顆很大的淚，腮上漲得通紅，很困難的呼吸著，雙手用力的往下垂。他的全身都表示出：假若有人強迫他拿那桿藍旗，他會拚命！

瑞豐看出來胖學生的不好惹，趕緊把旗子向胖子背後的人遞，也同樣的遇到拒絕。瑞豐僵在了那裡，心中有點氣而不敢發作。好像有一股電流似的一直通到排尾，極快的大家都知道了兩個排頭的舉動。照舊的不出聲，大家一致的把臉板起來，表示誰也不肯接受校旗。瑞豐的小眼珠由排頭溜到排尾，看出來在那些死板板的臉孔下都藏著一股怒氣；假若有人不識時務的去戳弄，那股怒氣會像炸彈似的炸開，把他與藍東陽都炸得粉碎。他木在那裡。那而校旗像有毒似的他不願意拿著，而別人也不願意接過去。

藍先生偏著點臉，也看清自己在此刻萬不可以發威。他告訴一位工友：「你去打旗！兩塊錢的酒錢！」

這是個已快五十歲的工友。在這裡，他已一氣服務過十五年。在職務上，他不過是工友。在維持學校的風紀上，他的功勞實在不亞於一位盡心的訓導員。以他服務多年的資格，他對教員與學生往往敢說出使他們愧悔的忠言。他的忠告，有時候足以調解了兩三個人的糾紛，有時候甚至於把一場風潮從暗中撲滅。大家都敬愛他，他也愛這個學校 —— 校長，教員，學生，都年年有變動，只有他老在這裡。

今天，論年紀，資格，都不該叫老姚——那位老工友——打旗，跑那麼遠的路。老姚心裡對慶祝保定陷落也和學生們一樣的難過。聽藍先生派他，他愣了一會兒。他不願意去。可是，他看出來，教員已經和學生為校旗而僵持著，假若他也拒絕打旗，就也許激起一些不快的事兒來。嘆了口氣，他過去把旗子接到手中，低著頭立在隊伍的前面。

現在該瑞豐喊口令了。他向後退著跑了幾步，自己覺得這幾步跑得很有個樣子。跑到適當的距離，他立住，雙腳並齊，從丹田上使力，喊出個很尖很刺耳的「立」字來。他的頭揚起來，脖筋都漲起多高，支援著「立」字的拉長；而後，腳踵離開了地，眼睛很快的閉上，想喊出個很脆很有力的「正」字來。力量確是用了，可是不知怎的「正」字竟會像啞叭爆竹，沒有響。他的小幹臉和脖子都紅起來。他知道學生們一定會笑出聲兒來。他等著他們發笑，沒有旁的辦法。奇怪，他們不但沒有笑聲，連笑意也沒有。他幹嗽了兩下，想敷衍了事的喊個向右轉和齊步走，好教自己下臺。可是他的嗓音彷彿完全丟夫了。他張了張嘴，而沒有聲音出來。

老姚對立正，齊步走，這一套是頗熟習的。看見瑞豐張嘴，他就向右轉，打起旗來，慢慢的走。

學生們跟著老姚慢慢的走，走出操場，走出校門，走出巷口。他們的頭越來越低，手中的小紙旗緊緊的貼著褲子。他們不敢出一聲，也不敢正眼的看街上的人。他們今天是正式的去在日本人面前承認自己是亡國奴！

北平特有的秋晴裡走著一隊隊的男女學生——以他們的小小的，天真的心，去收容歷史上未曾有過的恥辱！他們沒法子抵抗。他們在不久之前都聽過敵人的炮聲與炸彈聲，都看見過敵人的坦克車隊在大街上示威，他們知道他們的父兄師長都不打算抵抗。他們只能低著頭為敵人去遊行。他們的手中的小旗上寫著「大日本萬歲！」

這最大的恥辱使甚至於還不過十歲的小孩也曉得了沉默，他們的口都

被恥辱給封嚴。汽車上，電車上，人力車上，人家與鋪戶的門前，都懸著旗，結著彩，可是北平像死了似的那麼靜寂。一隊隊的低頭不語的小學生走過，這默默的隊伍使整條條的街都登時閉住了氣。在往日，北平的街上有兩條狗打架，也會招來多少人圍著看；或者還有人喊幾聲好。今天，行人都低著頭。鋪戶裡外沒有看熱鬧的。學生的隊伍前面沒有喇叭與銅鼓，領隊的人既不喊一二一，也不吹著哨子，使大家的腳步齊一。大家只是那麼默默的，喪膽遊魂的，慢慢的走。排在隊伍中的不敢往左右看，路上的行人也不敢向隊伍看。他們都曉得今天不是什麼遊行，而是大家頭一次公開的與敵見面，公開的承認敵人是北平的主人！路上的人都曉得：往日的學生遊行多半是向惡勢力表示反抗；他們有時候贊同學生的意見，也有時候不十分滿意學生的舉動；但是不管怎樣，他們知道學生是新的國民，表現著新的力量；學生敢反抗，敢鬧事。今天，學生們卻是到天安門去投降，而他們自己便是學生們的父兄！

　　瑞豐本是為湊熱鬧來的，他萬沒想到街上會這麼寂寞。才走了一里多路，他就感覺到了疲乏；這不是遊行，而是送殯呢！不，比送殯還更無聊，難堪！雖然他的腦子相當的遲鈍，可是看看街上，再看看學生，他也沒法否認事情大概有點不對！隊伍剛一走入大街的時候，他還跳前跳後，像看羊群的犬似的，表示自己的確有領隊的能力與熱心。為挽救適才在操場中沒有把口號喊好的丟臉，他一邊跳前跳後，還一邊點動著小幹腦袋，喊起一二一，好教大家把腳步放齊，振作振作精神。可是，他白費了力。大家的腳抬不起來。慢慢的，他停止了喊一二一；慢慢的，他也停止了跳前跳後，而只在隊伍的中溜兒老老實實的走；慢慢的，他也低下頭去。他不曉得為什麼自己會這樣了。他愛熱鬧，他一向不懂得什麼叫做嚴肅。可是，今天北平的街上與北平的學生使他第一次低下頭去，感覺到他應該一聲不出。他很後悔參加這次的遊行。他偷眼向前後找藍東陽，已然不見

了。他的心中有點發慌。雖然陽光是那麼晴美，街上到處都懸旗結綵，可是他忽然覺得怪可怕！他不知道天安門安排著什麼險惡的埋伏，他只覺得北平的天，北平的地，與北平的人，今天都有點可怕。他沒有多少國家觀念，可是，現在他似乎感到了一點不合適──亡了國的不合適！

迷迷糊糊的走到東四牌樓，他很想偷偷的離開隊伍。可是他又不敢這樣辦，怕藍先生責罵他。他只好硬著頭皮向前走，兩個腿肚子好像要轉筋似的那麼不好受。

這時節，瑞宣正在屋裡對著日曆發愣，今天是雙十節！

他拒絕了參加遊行。於是，無可避免的，他就須聯想到辭職。在學校裡，他是個在盡心教功課而外別無野心的人。雖然在更換教務主任與校長的時節，他常常被大家看成為最有希望的候補人，可是這純粹出於他的資望與人品的感召，而與他自己絲毫不相干；他絕對不肯運動任何人幫忙他作主任或校長。他的盡心教課是目的，不是為達到什麼目的的手段。在教課而外，對於學生團體的活動，只要是學校認為正當的，只要他接到正式的約請，他就必定參加。他以為教育不僅是教給學生一點課本上的知識，而也需要師生間的感情的與人格的接觸。他知道在團體的活動中，他自己不是個愛出風頭的人，但是他並不因此而偷懶──他會很冷靜的熱心。在他的心裡他反對學生們的時常出去遊行。可是，每逢遊行，他必定參加，不管他對遊行的目的贊同與否。他以為自己既是教師，就該負看管學生的責任，特別是在學生結隊離開學校的時候。誠然，他的熱心絕不會使他侵犯了校長或任何教員職員的職權，或分外多管些閒事，可是跟著隊伍走動的本身，就叫他心中安適──他應當在學生的左右。假若學生們遇到什麼不幸與危險，他自己必會盡力保護他們。隨著學生平安無事的回來，看著學生都進了校門，他才把心放下。然後，不進校門，便急快的回家──他並不為參加遊行而多用學校一盆水，洗去臉上的灰土。

　　今天，他沒去參加遊行。他不能去！他不能去大睜白眼的看著男女學生在國慶日向日本旗與日本人鞠躬！可是，從另一方面想，他這是不盡責。他應當辭職。他生平最看不起那些拿著薪水而不負責辦事的人。不過，辭職只是安慰自己的良心，並無補於眼前的危難 —— 假若，他想，日本人把學生集合在天安門而施行大屠殺呢？在理智上，他找到許多日本人不致於那麼毒狠的理由，而且也想到：即使有他跟隨著學生，日本人若是要屠殺，他有什麼能力去阻止呢？日本人若用機關槍掃射，他也必死無疑；而他是一家人的家長！思前想後，他決定不了什麼。越決定不了，他就越焦躁；他頭上出了汗。最後，他想到：即使日本人本不想在今天屠殺，焉知道我們的學生中沒有向日本人扔一兩個炸彈的呢？那麼多的學生難道真的就沒有一個有膽氣的？是的，今天在北平投一兩個炸彈也不過像往大海中扔一塊小磚兒；可是，歷史是有節奏的，到時候就必須有很響的一聲鼓或一聲鑼。豪俠義士們便是歷史節奏中的大鑼大鼓。他們的響聲也許在當時沒有任何效果，可是每到民族危亡的時機，那些巨響就又在民族的心中鳴顫。那是天地間永久不滅的聲音。想到這裡，他的理智無論如何再也不能控制住情感。不管是生是死，他須到天安門去看看。

　　披上長袍，他一邊扣著鈕釦，一邊往外疾走，連小順兒的「爸，你上哪兒？」也沒顧得回答！

　　剛出了大門，他便碰到了小崔 —— 剛剛把車由街上拉回來。瑞宣本不想和小崔打招呼，可是一眼看到了車子，他愣了一下。他要坐小崔的車，不僅是為路相當的遠，也是因心中急躁，不耐煩一步一步的走去。

　　小崔，在拉著車子的時節，永遠不肯對鄰居們先打招呼，怕是被人誤會他是攬生意。他的車子新，腿快，所以要價兒也高一些。他怕因自己的車價兒高而使鄰居們為難。現在，看祁瑞宣向他一打愣，他先說了話；他是把瑞宣算在坐得起他的車子的階級中的。

「祁先生坐車嗎？要坐的話，我就拉一趟！」沒等瑞宣答話，他絮絮叨叨的說下去，好像心中久已憋得慌了的樣子：「街上光一隊一隊的過學生，碰不著一個坐車子的！學生，幹什麼都是學生，真也有臉！去年，給委員長打旗子遊街的是他們；今天，給日本人打旗子遊街的又是他們！什麼學生，簡直是誠心找罵！你說是不是？」

瑞宣的臉成了大紅布；假若可能，連頭髮根也都發了紅！他知道小崔罵的是學生，而並非罵他。他也知道小崔的見解並不完全正確，小崔是不會由一件事的各方面都想到而後再下判斷的。雖然這樣，他可是沒法子止住臉紅，小崔罵的是學生，而他祁 —— 瑞宣 —— 便是學生的老師呀！他自己現在也是要上天安門去呀！再說，小崔的見解，不管對與不對恐怕也就是一般人共同的見解，而一般人共同的見解，不管對與不對，是會很快的變成類似信仰的東西的！他不知道是誰 —— 日本人還是中國的漢奸 —— 出的這樣的絕戶主意，教學生們在國慶日到天安門去向敵人磕頭。萬般皆下品，唯有讀書高！讀書人是小崔們的偶像。讀書人是有腿兒的禮義廉恥，是聖人的門徒。讀書人領頭兒喊抵制日貨，擁護國民政府，還有許多不可解的什麼男女平權，自由獨立⋯⋯今天，讀書人卻領著頭兒去喊大日本萬歲！

瑞宣極快的想起這些，又極快的止住思索：他須決定是否還到天安門去。假若還去的話，他會坐在車上和小崔談，教小崔知道些學生們的困難與痛苦。可是，他決定了不去。他的話不會說服了小崔，不是因為小崔的腦袋是木頭的，而是因為小崔的帶著感情的判斷恐怕是無可駁倒的，除非今天在會場上有一兩個學生扔出炸彈去；可是，到底有這樣的學生沒有呢？

冠先生，穿著藍緞子硬夾袍，滿面春風的從三號扭了出來。他的眼珠微一移動，就把小崔像米中的一粒細砂似的篩了出去，而把全副的和顏悅

色都向瑞宣擺正。

小崔把車放在門口，提起車墊子來。他很納悶為什麼祁瑞宣這樣手足失措的，但又不肯和冠曉荷在一處立著，所以很不高興的走進家門去。

「瑞宣！」冠先生的聲音非常的溫柔親熱。「是不是要到天安門去？這個熱鬧倒還值得一看！要去，我們一道走？」瑞宣願意和小崔談一整天，而不高興和冠曉荷過一句話。小崔恨學生們，冠先生卻愛看學生們的熱鬧。「這……」瑞宣不曉得自己口中說了幾個什麼字，迷迷糊糊的便走了回來，在院中低著頭走。

冠先生並不是去看熱鬧，而是想教日本人看看他。對怎樣加入新民會去，他還沒找到什麼門路。本來想約劉師傅去給弄兩檔兒「玩藝」，引起日本人的注意，誰知道劉師傅會那麼不知趣，毫不客氣的拒絕了。玩藝兒既獻不上去，他想他至少須教日本人看看他自己。不錯，在逮捕錢默吟的時候，日本憲兵已看見了他。但是，憲兵不過是憲兵，憲兵大概不會放給他差事。今天，在天安門前，必定有一些日本要人，叫要人看見才有作官的希望。

瑞豐和他的隊伍差不多是最早來到天安門的。他預料著，會場四圍必定像開廟會一樣的熱鬧，一群群賣糖食和水果的小販，一群群的紅男綠女，必定沿著四面的紅牆，裡三層外三層的呼喊，擁擠，來回的亂動；在稍遠的地方甚至有照西湖景和變戲法的，敲打著簡單而有吸引力的鑼鼓。他也希望山東面西面和南面，一會兒傳來一線軍樂的聲音，而後，喇叭與銅鼓的聲音越來越大，他能探一探頭便看見一張在空中飄動著的旗子。北平學校的校旗是一校一個樣子，一個顏色，誰也不和誰相同的。在旗子後邊，他喜歡看那耀武揚威的體操教員與那滿身是繩子棒子的童子軍。他特別歡喜那嘀嗒嘀嗒的軍樂，音調雖然簡單，可是足以使他心跳；當他的心這樣跳動的時候，他總覺得自己頗了解鐵血主義似的。在他高興而想哼唧

的時候，十之八九他是哼唧著軍號的簡單的嗒嘀嗒。

　　可是，眼前的實在景物與他所期望看到的簡直完全不同。天安門的，太廟的，與社稷壇的紅牆，紅牆前的玉石欄杆，紅牆後的黑綠的老松，都是那麼雄美莊嚴，彷彿來到此處的晴美的陽光都沒法不收斂起一些光芒，好使整個的畫面顯出肅靜。這裡不允許吵鬧與輕佻。高大的天安門面對著高大的正陽門，兩個城樓離得那麼近，同時又像離得極遠。在兩門之間的行人只能覺得自己像個螞蟻那麼小。可憐的瑞豐和他的隊伍，立在西門之間的石路上，好像什麼也不是了似的。瑞豐看不到熱鬧，而只感到由城樓，紅牆，和玉石出來一股子什麼沉重的空氣，壓在他的小細脖頸；他只好低下頭去。為開會，在玉石的橋前已搭好一座簡單的講臺。蓆棚木板的講臺，雖然插滿了大小的旗子，可是顯著非常的寒倫，假若那城樓，石橋，是不朽的東西，這蓆棚好像馬上就可以被一陣風颳得無影無蹤！臺上還沒有人。瑞豐看看空臺，看看城樓，趕緊又低下頭去。他覺得可怕。在秋日的晴光中，城樓上的一個個的黑的眼睛好像極慢極慢的眨動呢！誰敢保，那些黑眼睛裡沒有機關槍呢！他極盼多來些人，好撐滿了廣場，給他仗一些膽氣！慢慢的，從東，西，南，三面都來了些學生。沒有軍鼓軍號，沒有任何聲響，一隊隊的就那麼默默的，無可如何的，走來，立住。車馬已經停止由這裡經過。四外可是沒有趕檔子的小販，也沒有看熱鬧的男女。瑞豐參加過幾次大的追悼會，哪一次也沒有像今天這麼安靜 —— 今天可是慶祝會呀！

　　學生越來越多了。人雖多，可是仍舊填不滿天安門前的廣場。人越多，那深紅的牆與高大的城樓彷彿也越紅越高，鎮壓下去人的聲勢。人，旗幟，彷彿不過是一些毫無份量的毛羽。而天安門是一座莊嚴美麗的山。巡警，憲兵，也增多起來；他們今天沒有一點威風。他們，在往日，保護過學生，也毆打過學生，今天，他們卻不知如何是好 —— 天安門，學

生，日本人，亡國，警察，憲兵，這些連不到一氣的，像夢似的聯到了一氣！懶懶的，羞愧的，他們站在學生一旁，大家都不敢出聲。天安門的莊嚴尊傲使他們沉默，羞愧——多麼體面的城，多麼可恥的人啊！

藍東陽把幹事的綢條還在衣袋裡藏著，不敢掛出來。他立在離學生差不多有半裡遠的地方，不敢擠在人群裡。常常欠起一點腳來，他向臺上望，切盼他的上司與日本人來到，好掛出綢條，抖一抖威風。臺上還沒有人。吊起他的眼珠，他向四外尋，希望看見個熟人；找不到，天安門前是多麼大呀，找人和找針一樣的難。像剛停落下來的鳥兒似的，他東張張西望望，心裡極不安。天安門的肅靜和學生的沉默教他害了怕。他那比雞腦子大不了多少的詩心，只會用三五句似通不通的話去幸災樂禍的譏誚某人得了盲腸炎，或嫉妒的攻擊某人得到一百元的稿費。他不能欣賞天安門的莊嚴，也不能了解學生們的憤愧與沉默。他只覺得這麼多人而沒有聲音，沒有動作，一定埋藏著什麼禍患，使他心中發顫。

學生們差不多已都把腳站木了，臺上還沒有動靜。他們飢渴，疲倦，可是都不肯出聲，就是那不到十歲的小兒女們也懂得不應當出聲，因為他們知道這是日本人叫他們來開會。他們沒法不來，他們可是恨日本鬼子。一對對的小眼睛眨巴眨巴的看著天安門，那門洞與門樓是多麼高大呀，高大得使他們有點害怕！一對對的小眼睛眨巴眨巴的看著蓆棚，蓆棚上掛著日本旗，還有一面大的，他們不認識的五色旗。他們莫名其妙，這五道兒的旗子是幹什麼的，莫非這就是亡國旗麼？誰知道！他們不敢問老師們，因為老師們今天都低著頭，眼中像含著淚似的。他們也只好低下頭去，用小手輕輕的撕那寫著中日親善等等字樣的紙旗。

學生差不多已到齊，但是天安門前依舊顯著空虛冷落。人多而不熱鬧比無人的靜寂更難堪——甚至於可怕。在大中華的歷史上，沒有過成千上萬的學生在敵人的面前慶祝亡國的事實。在大中華的歷史上，也沒有過

成千上萬的學生，立在一處而不出一聲。最不會嚴肅的中國人，今天嚴肅起來。

開會是帶有戲劇性的；臺上的播音機忽然的響了，奏著悲哀陰鬱的日本歌曲。四圍，忽然來了許多持槍的敵兵，遠遠的把會場包圍住。臺上，忽然上來一排人，有穿長袍的中國人，也有武裝的日本人。忽然，帶著綢條的人們 —— 藍東陽在內 —— 像由地裡剛鑽出來的，跳跳鑽鑽的在四處跑。不知是誰設的計，要把大會開得這麼有戲劇性。可是，在天安門前，那偉大莊嚴的天安門前，這點戲劇性沒有得到任何效果。一個小兒向大海狂喊一聲是不會有效果的。那廣播的音樂沒有使天安門前充滿了聲音，而只像遠遠的有人在唸經或悲啼 —— 一種好自殺的民族的悲啼。遠遠的那些兵，在天安門與正陽門的下面，是那麼矮小，好像是一些小的黑黑的寬寬的木棒子；在天安門前任何醜惡的東西都失掉了威風。臺上，那穿長袍的與武裝的，都像些小傀儡，在一些紅紅綠綠的小旗子下，坐著或立著；他們都覺得自己很重要，可是他們除了像傀儡而外，什麼也不像。藍東陽與他的「同志」們，滿以為忽然的掛出綢條，會使自己全身都增加上光彩，而且使別人敬畏他們，可是天安門與學生們只是那麼靜靜的，一動不動，一聲不出，似乎根本沒有理會他們。

一個穿長袍的立起來了，對著擴聲機發言。由機器放大了的聲音，碰到那堅厚的紅牆，碰到那高大的城樓，而後散在那像沒有邊際似的廣場上，只像一些帶著痰的咳嗽。學生們都低著頭，聽不到什麼，也根本不想聽見什麼；他們管那穿長袍而伺候日本人的叫做漢奸。

穿長袍的坐下，立起個武裝的日本人。藍東陽與他的「同志」們，這時候已分頭在各衝要的地方站好，以便「領導」學生。他們拚命的鼓掌，可是在天安門前，他們的掌聲直好像大沙漠上一隻小麻雀在拍動翅膀。他們也示意教學生們鼓掌，學生們都低著頭，沒有任何動作，臺上又發出了

那種像小貓打胡嚕的聲音，那個日本武官是用中國話說明日本兵的英勇無敵，可是他完全白費了力，臺下的人聽不見，也不想聽。他的力氣白費了，而且他自己似乎也感到沒法使天安門投降；天安門是那麼大，他自己是那麼小，好像一個猴向峨嵋山示威呢。

　　一個接著一個，臺上的東洋小木人們都向天安門發出嗡嗡的蚊鳴，都感到不如一陣機關槍把臺下的人掃射乾淨倒還痛快。他們也都感到彷彿受了誰的愚弄。那些學生的一聲不出，天安門的莊嚴肅靜，好像都強迫著他們承認自己是幾個猴子，耍著猴子戲。他們在城樓上，玉石橋下面，都埋伏了兵與機關槍，防備意外的襲擊。在臺上，他們還能遠遠的望到會場外圍給他們放哨的兵 —— 看著也像小傀儡。可是，天安門和學生們好像不懂得炸彈與手槍有什麼用處，沉默與淡漠彷彿也是一種武器，一種不武而也可怕的武器。

　　臺上和臺下的幹事們喊了幾句口號。他們的口都張得很大，手舉得很高，可是聲音很小，很不清楚。學生們一聲不出。慶祝保定的勝利？誰不知道保定是用炸彈與毒氣攻下來的呢！

　　臺上的傀儡們下了臺，不見了。帶綢條的幹事們拿著整籃子的昭和糖來分發，每個學生一塊。多麼高大的天安門啊，每人分得那麼小的一塊糖！中日親善啊，每人分得一塊糖，在保定被毒氣與炸彈毀滅之後！昭和糖與小旗子都被扔棄在地上。

　　冠先生早已來到，而不敢往前湊，怕有人放炸彈。臺上已經有兩三個人講過話，他才大著膽來到臺前。他很想走上臺去，可是被巡警很不客氣的攔住。他只好站在學生的前面。學生的第一行離講臺也有五六丈遠，臺上的人不容易看清楚了他。他想往前挪一挪，按照舊戲中呈遞降表的人那樣打躬，報門而進，好引起臺上的注意。巡警不准他往前挪動。他給巡警解釋了幾句：

「請放心，我沒有別的意思！我是要給臺上的人們行個禮！」

「難道臺上的人是尊家的爸爸？」巡警沒有好氣的問。

　　冠先生沒再說什麼，也沒再想往前挪動，只那麼心到神知的，遠遠的，向上深深鞠了躬。而後，他必恭必敬的聽著臺上發出來的聲音；揚著臉，希望臺上的人或者能看清了他的眉眼。最後，他也接過一塊昭和糖，而且對「幹事」說：「會開得很好呢！」—— 天安門的一幕滑稽劇，只得到這麼一句稱讚。

四世同堂——城破

作　　者：老舍
發 行 人：黃振庭
出 版 者：複刻文化事業有限公司
發 行 者：複刻文化事業有限公司
E-mail：sonbookservice@gmail.com
粉 絲 頁：https://www.facebook.com/
　　　　　sonbookss/
網　　址：https://sonbook.net/
地　　址：台北市中正區重慶南路一段六十一號八
　　　　　樓 815 室
Rm. 815, 8F., No.61, Sec. 1, Chongqing S. Rd.,
Zhongzheng Dist., Taipei City 100, Taiwan

電　　話：(02)2370-3310
傳　　真：(02)2388-1990
印　　刷：京峯數位服務有限公司
律師顧問：廣華律師事務所 張珮琦律師
定　　價：375 元
發行日期：2024 年 01 月第一版
◎本書以 POD 印製

國家圖書館出版品預行編目資料

四世同堂——城破 / 老舍 著 . -- 第
一版 . -- 臺北市：複刻文化事業有
限公司 , 2024.01
面；　公分
POD 版
ISBN 978-626-7426-15-9(平裝)
857.7　　112022171

電子書購買

臉書

爽讀 APP